KB110086

소쩍새가 우는 사연

소쩍새가 우는 사연

발행일 2021년 4월 14일

지은이 원영모
펴낸이 손형국
펴낸곳 (주)북랩
편집인 선일영 편집 정두철, 윤성아, 배진용, 김현아
디자인 이현수, 한수희, 김민하, 김윤주, 허지혜 제작 박기성, 황동현, 구성우, 권태련
마케팅 김회란, 박진관
출판등록 2004. 12. 1(제2012-000051호)
주소 서울특별시 금천구 가산디지털 1로 168, 우림라이온스밸리 B동 B113~114호, C동 B101호
홈페이지 www.book.co.kr
전화번호 (02)2026-5777 팩스 (02)2026-5747

ISBN 979-11-6539-334-2 03810 (종이책) 979-11-6539-335-9 05810 (전자책)

원 영 모 장 편 소 설

소쩍새가 우는 사연

목차

1. 네 남자, 네 여자

강호가 서울역에 도착했을 때는 오전 11시. 약속시간보다 1시간이나 늦었다. 등줄기에 땀이 흐른다. 늦었다는 조바심 때문이 아니다. 일찍 찾아온 더위이기도 하지만 그녀를 만난다는 사실에 심장이 뛰면서 흐르는 땀이다. 만나면 뭐라고 말할까? 기차 타고 오는 내내 궁리해도 할 말이 없다.

'군대 다녀올 때까지 기다려주세요.'

그러나 너무 무책임하다. 시집갈 나이가 한참 지난 여인에게 기약 없이 기다리라니….

'나 기다리지 말고 좋은 사람 만나서 시집가세요.'

이것도 아니다. 서로 죽자 하고 사랑한다면서 겨우 한다는 얘기가 기다리지 말라니….

장교후보생으로 간다고 하지만 군대다. 그것도 훈련 36주에 3년 복무기간을 채우고 전역하려면 근 4년을 기다려야 한다. 군대 간 사이에 무슨 일이 일어날지 모르지만 오늘만큼은 말해야 한다.

약속시간보다 1시간이나 늦었는데도 그녀는 기다렸다. 멀리 보이는 개찰구 바깥에서 하얀색 블라우스에 차양이 넓은 하늘색 모자를 쓴 그녀가 언제부터였는지 옷소매가 흐트러진 채 손을 흔들고 있었다.

오후 2시까지 용산역 광장에 집합하라는 입대통지서를 너덜너덜 접은 상태로 바지 뒷주머니에 쑤셔 놓고 다녀오겠다고 인사드릴 때만 해도 부모님은 함께 서울로 가시는 줄 아셨다. 막내아들이 군대 간다고 굳이 서울까지 배웅하시겠다는 부모님과 마을 앞 버스정류장에서 헤어질 때 눈시울이 붉어지는 어머니 모습을 보면서 죄송한 마음이야 당연히 있었다. 마지막 모습이라도 눈에 담고 싶은 부모님 심정이야 이해하지만 수정을 부모님과 맞닥뜨리게 해서는 안 된다. 그렇게 도망치듯 올라와서 만나는 여인이다.

강호는 환하게 웃는 그녀를 다른 사람들이 보든지 말든지 번쩍 들어 올리며 껴안았다. 다른 때 같으면 말도 안 되는 행동이다. 그러나 오늘은 이래야 할 것 같다. 수정도 싫지 않은 모양이다. 강호를 향해 흔들던 두 팔을 자연스레 목에 감았다. 그녀의 거친 숨소리와 함께 얇은 옷으로 전달되는 체온을 느끼며 서서히 내려놨다.

"좀 늦었죠?"

"호호호. 아니, 늦을 거라고 생각했어요. 부모님이 너무 빨리 올라간다고 섭섭했겠네?"

강호를 바라보는 눈빛이 반짝거렸다. 장난기 가득하게 웃으며 자연스럽게 팔짱을 낀다.

"허허. 그래서 좀 늦었어요. 여기까지 올라오신다는 것을 겨우겨우 말렸습니다."

"이제 정말 가나 봐?"

"왜? 거짓말 같아요?"

"그건 아니고, 정말 떠난다고 생각하니 믿고 싶지 않아서."

그렇다. 이제 겨우 사랑하는 연인이 되었건만 헤어져야 한다. 이별의 슬픔보다는 진즉에 좀 더 사랑하지 못한 아쉬움이 컸다. 오늘도 자투리 시간이나마 함께 있고 싶어서 새벽부터 설쳤다. 수정하고의 관계를 모르는 부모님은 서둘러 올라가려는 아들이 못내 서운하신 표정이다. 그러나 서운해하시는 부모님보다 그녀와의 만남이 더 소중했다.

역을 빠져나와서야 잡았던 손을 풀었다. 아직 여름이라고 하기에는 이른 6월 하순이건만 햇볕은 벌써부터 뜨겁다. 분홍색 양산을 받아들고, 다른 손은 그녀의 가느다란 허리를 감싸면서 역 광장을 가로질러 도동으로 향했다. 남대문부터 시작해서 남산도서관까지 수많은 날을 함께했던 추억의 남산 길로 자연스럽게 접어들었다. 추억의 길이라 하지만 예전에는 이렇게 다정한 모습이 아니었다. 애달픈 짝사랑이 사랑으로 교감되었을 때에는 이미 이 길을 떠난 뒤였다. 그래서 더 애잔하게 가슴으로 와닿는 길이다. 그때나 지금이나 도로 옆에 서 있는 은행나무는 변함없이 물이 오를 대로 올라 파랗다 못해 검푸른 잎이 하늘을 가렸다. 가을이면 책갈피에 하나쯤 꽂아두고 싶은 잎이지만, 지금처럼 더운 날에는 햇빛 가리개로 더할 나위 없다. 여름에는 나무 밑에서, 가을에는 노란 잎을 밟으며 그녀를 수도 없이 기다렸던 길이다.

그 길을 이제 언제 또다시 만날지 모른다는 생각에 그저 묵묵히 손잡고 걸었다. 잠시 후면 헤어져야 하기에 할 말도 많을 텐데 오히려 말이 없다. 말하면 그녀로 꽉 찬 마음이 혹시라도 비어질까. 이 마음을 아무리 멋진 말로 표현한들 밤하늘의 별처럼 그 사연을 설명하기 어렵다. 지금 이 순간 영원하기를 바라는 마음으로 조용히 허리를 감싼 채 걸을 뿐이다. 좀 전에 기차 타고 오면서 뭐라고 말할까, 걱정했던 생각은 기우였다. 사랑하는 마음이 있으면 그것으로 충분하다. 마음과 마음이 우주를 삼켰다.

용산역에 도착했을 때는 일찍 찾아온 무더위와 광장에 가득 모인 장정들의 열기까지 합쳐서 더운 바람이 목덜미를 달궜다. 역에서 내리는 여행객을 후려서 몸 파는 아가씨들의 은근한 미소도 더위에 한몫하고 있었다. 오늘처럼 군 입대하느라 장정들이 몰려있을 때가 대목인지라 더위도 아랑곳하지 않고, 집합 시간이 다가오는데도 홀로 있는 수컷을 찾아 매의 눈으로 광장을 누비는 창녀들의 음기까지 더해서 이래저래 용산역 광장은 들썩거렸다.

부모와 아니면 친구들과 어울려서 시끄럽게 떠드는 중에도 눈에 띄는 것은, 애인과 헤어져야 하는 안타까움에 떨어지지 못하는 연인들이다. 광장을 벗어나 으슥한 건물 모퉁이에 옹기종기 모여 있었다. 어느 연인은 훌쩍이는 여인의 눈물을 닦아주며 등을 다독여주고, 한 남자는 눈물 젖은 여자 앞에서 하늘을 향해 담배 연기만 뿜어대고 있었다. 강호와 수정도 이런 무리 속에서 헤어져야 한다는 아쉬움에 길게 포옹하고 있었다. 서로의 심장 소리를 들으며….

오후 2시 정각, 어디선가 나타난 장교가 역내로 올라가는 계단 위에 올라서서 확성기로 사이렌 소리를 내며 외쳤다.

애애앵!

"자자! 모두 주목! 주목해 주세요. 잠깐 앞으로 모여주세요. 보병학교 입교통지서 받은 장교후보생들은 앞으로 나와 주세요!"

대위 계급장을 단 장교는 병사 두 명을 옆에 세워놓고 큰소리로 외쳐댔다.

"모두 주목! 주목해 주세요. 장교후보생들은 앞으로 나와 주세요!"

떠들썩하던 사람들은 드디어 떠날 시간이 되었다고 슬금슬금 장교가 있는 곳으로 모였다. 건물 모퉁이에서 눈물짓던 여인, 하늘을 쳐다보며 담배 연기 내뿜던 남자도 마치 도살장에 끌려가는 소처럼 느릿느릿 걸었다. 잠시 후에는 군인이 될지라도 지금은 민간인이라는 것을 숨기지 않으려고 장교가 외치든 말든 시골 장날 시장통처럼 시끄럽던 모습이 금방 조용해졌다. 이 한마디에….

"오늘 소집 날짜가 맞지만 사정에 의거 내일 출발하기로 했습니다. 여러분은 내일 다시 이 시간에 이곳으로 모여주시기 바랍니다. 다시 한번 공지합니다. 여러분은 내일 다시 이 시간에 이곳으로 모여주시기 바랍니다. 이상입니다."

윙윙거리는 확성기 소리로 잘 들리지 않았지만 분명하다. 내일까지 입영 일자를 연기한다는 소리다. 사병에게 미리 준비한 팻말을 광장 한편에 세워놓도록 지시하고 사라진다. 미안하다는 말 한마디

없이, 하다못해 미안한 표정도 아닌 당연한 일 처리인 양 당당한 모습이다. 팻말에도 역시 똑같이 적혔다.

『공고. ○○장교후보생 소집 일자 변경 공지합니다. 19○○년 6월 25일 오후 2시. 용산역 앞 광장. 육군보병학교장』

더 이상 말도 없이 팻말만 덩그러니 광장에 세워 놓고 사라지는 군인을 보면서 잠깐 동안 술렁이던 사람들은 일제히 썰물 빠지듯 흩어졌다. 군인이 미안하다고 할 것이 아니다. 우리가 감사하다고 전했어야 했다.

허리를 감싸고 있던 팔이 슬며시 풀렸다. 잠시 후면 언제 만날지 몰라서 수정 씨 허리만 움켜잡았던 팔이다. 그녀와 함께하는 1분이 아쉬웠던 참이다. 천지신명이시여. 이렇게 고마울 수가 없다. 갑자기 생긴 24시간으로 인해 세상이 정지되었다. 오로지 둘만의 시간이다.

"우와! 수정 씨! 내일로 연기되었네요. 허허허. 내일까지 같이 있을 수 있어요."

"호호호. 그래요."

그녀 역시 남자 팔을 잡고 팔짝팔짝 뛰면서 좋아한다. 오늘 헤어져야 한다는 것은 어제도 알았고 그제도 알았다. 그러나 막상 헤어져야 하는 시각이 다가오면서 아쉬운 감정이 극에 도달해 있을 때 하루를 연장한단다.

오래 생각할 필요 없이 청량리역으로 향했다. 강촌으로 가자. 비록 하루일지라도 두 사람에게는 천금 같은 시간이다. 일단 복잡한 서울을 벗어나 또 다른 추억을 만들기에는 강촌이 적격이다. 하룻밤의 젊음을 불태울 곳을 향해 완행열차는 한낮의 열기를 뿜어대며 달렸다. 싱그럽게 펼쳐지는 여름 풍광에 내일이면 군대에 들어간다는 사실도 잊은 채 꿈에 부풀었다.

강호가 수정 씨를 처음 만난 것은 2년 전 대학 2학년 때다. 시골 출신인 강호는 서울역 앞에서 고향 후배와 자취를 했다. 서로 다른 대학이라 등교하기 편한 곳으로 고른 곳이 서울역 인근이다. 그중에서도 국립중앙도서관이 가깝고 보증금 싼 곳이 남산 길 중턱 언덕에 다닥다닥 붙어 있는 동네였다. 서울역 광장에서 남산타워를 향해 바라보면 언덕에 슬레이트 지붕으로 고만고만한 집들이 골목길을 사이에 두고 빽빽하게 들어서 있는 곳이다. 골목길도 어른 두 명이 겨우 비껴갈 정도로 좁아서 처마가 서로 맞붙어 있는, 그런 골목길이 실핏줄처럼 제멋대로 뻗어나가서 잘못 들어섰다가는 출구를 못 찾아 헤매는 곳이다. 그나마 들어간 집은 남산 순환도로 큰길에서 골목길로 두 번째 집이다. 골목길을 헤매며 다니지 않아도 된다. 서울역에 가려면 좀 돌아도 남대문 방향으로 큰길 따라다닐 수 있다. 그래도 서울역까지 빨리 가려면 골목길 계단으로 한숨 쉴 만큼 내려가면 청소 차량이 다니는 도로가 나온다. 걸어서 서울역으로 가는 가장 빠른 길이다. 그러나 어지간히 바쁘지 않으면 이 도로를 이용하지 않았다. 도로 양옆으로 세워진 집이라고는 겉으로 보아도 성냥갑만 한 것이, 아기 손바닥보다 작은 창문이 하나 있는데 그것도 창문이라고 바깥에서는 볼 수 없게 손수건 같은 커튼이 처져 있는 집들이다. 어느 집은 어떻게 해서라도 가리고 싶어서 커튼 대신 신문쪼가리를 붙여서 한쪽이 너덜거리는 창문도 있다. 콧구멍보다도 작지만 햇빛을 받아들이는 유일한 창일 텐데, 아예 외부세계와는 차단하고 싶은 모양새다. 야트막한 처마 밑으로 머리통만큼 숙여야 들어갈 수 있는 쪽문 앞에는 집집마다 의자가 놓여 있었다. 의자라기보다는 그냥 엉덩이 걸쳐 놓을 수 있도록 각목하고 합판으로 얼기설기 만들어 놓은 작은 평상이다. 그래도 두 사람이 앉아서 노닥거리며 시간을 보낼 수 있는 크기라 그나마 넉넉하게 보인다. 이렇게 문 앞에 의자를 만들어 놓고 하루 온종일 앉아있는 주인은 지나가는 남자들을 유혹하며 몸 파는 아가씨들이다.

그렇다, 자취방 아랫동네는 창녀촌이다. 지방에서 올라온 시골 남정네들을 서울역에서부터 삐끼가 달라붙어 이곳으로 보내주기도 하지만, 어쩌다 지나가던 행인이 걸려드는 곳이다.

한번은 자취 시작하고 며칠 안 되어 멋모르고 아침 등굣길에 이곳을 지나가게 되었다. 봄이라고는 하지만 아직은 삼월의 쌀쌀한 봄바람이 불던 때다. 허벅지가 다 보이는 짧은 치마에 반팔 티셔츠로 겨우 속을 가린 채, 문 앞에 놓여 있는 의자마다 아가씨들이 줄줄이 앉아 있었다. 시골서 올라온 총각 눈에는 별천지다. 어릴 적 소꿉놀이하면서 옆집 사는 순애 치마 속을 보면서 야릇한 호기심이 있었지만, 한두 명도 아니고 이렇게 대놓고 아침 댓바람부터 허연 허벅지를 보는 순간 오히려 긴장감이 돌았다. 책가방 들고 가는 모습이 누가 보아도 학생 차림인지라 설마 무슨 일이 있겠냐 싶으면서도 긴장한 모습을 보이고 싶지 않아서 일부러 두 다리에 힘주고 걸었다. 너희 창녀와 대학생이라는 신분 차이가 있으니만큼 섣불리 건드리지 말라고 시위라도 하듯이 앞만 보고 걸었다. 팽팽한 긴장감에 공연히 눈길 마주치는 순간 쥐도 새도 모르게 낚일 것 같다. 살얼음판을 걷는 기분이지만 그렇다고 무작정 뛰어 내려가지도 못했다. 왠지 졸장부 같은 생각이 들었다. 그냥 여자일 뿐인데 뭐가 무서워서 피하나? 머릿속과는 다르게 가슴은 쿵쾅거리면서 발걸음에 무게를 실었지만 엉거주춤 걷는 꼴이다. 그러나 이런 현상을 한두 번 봐온 아가씨들이 아니다. 아가씨들 눈에는 그저 쳐놓은 그물로 들어오는 먹잇감이다. 긴장감도 잠시 아가씨들은 한결같이,

"학생! 쉬었다 가!"

"학생!"

손짓으로 부르면서 짧은 치마를 들썩이는 것은 그런대로 애교다. 몇 명은 아예 다가와서 분 냄새 풍기며 팔짱을 끼고 작은 쪽문으로 잡아끄는가 하면 가방을 뺏어서 골목길로 도망간다. 좀 전의 팽팽한 긴장감이 깨지는 순간, 혼신이 분리되어 몸과 마음이 따로 논다. 의젓하게 신분 격차를 느끼려던 심산은 풍비박산 나고 가방 쫓아서 골목을 헤매야 했다. 아가씨들 눈에는 윗동네에 사는 학생이 아니라 여자 생각나서 놀러 온 손님일 뿐이다. 손님도 아니고 그냥 물건이다. 먼저 차지한 사람이 주인이다. 내 의지와는 상관없이 먼저 차지하려는 아귀다툼에 내동댕이치는 곳이다. '정신을 잃게 한다.'는 말을 여기서 실감한다. 조금만 정신 줄 놓고 허점만 보이면 쥐도 새도 모르게 어느 쪽문으로 끌려들어 간다.

등굣길 아침부터 아가씨들과 몸싸움하며 겨우 가방 챙겨서 내려가려면 직선거리라 하여도 결코 빠르지 않았다. 그뿐인가? 가방 뺏기지 않으려고 노심초사하면서도 의자에 앉아서 힐끗힐끗 보여주던 치마 속 팬티색이 눈앞에 어른거려서 학교 가는 내내 머리가 혼란스럽다. 아가씨들과 실랑이를 피하려면 두 배의 거리라 할지라도 남대문으로 빙 돌아서 가야 하는 집이다.

일자형 집으로 안방과 자취생이 사용하는 건넛방 사이에는 완충지역인 마루가 있었다. 안방에는 그래도 집 지을 때 처음부터 만든 부엌이라서 연탄 때는 아궁이며 부뚜막이 넓고 제대로 모양새가 나왔지만, 건넛방 부엌은 훗날 세주면서 지붕과 벽을 나무판자로 얼기설기 이어 지어서 여름철 장맛비가 세차게 내릴 때는 우산 쓰고 밥해야 한다. 그런데도 오랫동안 함께 살았던 이유는 싼 맛이기도 하지만, 그보다는 주인집 딸들이 자취생과 비슷한 연배에 숫자도 같아서 뭔가 동지애 같은 느낌이 들어서다. 시골 고등학교 선·후배 사이인 자취생은,

박강호 [22, A대 2학년, 1년 재수했음], 최승희 [21, K대 2학년], 김인정 [20, Y대 1학년], 강대석 [20, S대 1학년].

대한민국의 일류대학이 전부 모였다.

한편 주인집에는 딸만 4명 줄줄이 있다가 막내가 중2 아들이다.

첫째 [27, 대학을 졸업하고 고등학교 영어 선생님], 둘째 [21, 대학 2학년], 셋째 [20, 연년생으로 1년 재수 중], 넷째는 여고 2학년이다.

처음 이사 올 때만 해도 주인집에는 부모님이 계셨는데, 한 달도

채 안되어 제주도 감귤농장으로 일하러 간다며 떠난 이후 2년 넘도록 올라오지 않았다. 처음부터 의도한 것은 아니지만, 그렇게 한 지붕 밑에 4명의 처녀·총각이 함께 살았다. 여고생인 넷째도 교복을 입어서 그렇지 다 큰 처자다. 처녀·총각이 한두 명도 아니고 각각 4명씩이다. 다 큰 성인남녀 8명이 한 지붕 아래에서 살았다. 처녀·총각의 멋진 환상을 꿈꾸는 것도 잠시, 남녀칠세부동석이라는 말을 아예 무시해서 유교 사상을 훌쩍 떠넘긴 세상이라 하지만, 서로 조심해야 할 일이 많았다. 특히 아침나절의 화장실 사용부터가 항상 문제다.

화장실이라고는 딱 하나밖에 없으면서 재래식이다. 일명 '푸세식' 화장실. 화장실 하나를 두고 중학생인 사내아이 한 명까지 합해서 9명이라는 인간이 사용해야 했다. 아침이면 일어나는 시간은 달라도 사람이 많으니 화장실에 누군가 있을 때가 더 많다. 화장실을 미리 약속해서 사용하는 것도 아니고, 더구나 밤새 참았던 생리 현상을 해결하려니 대부분 급했다. 남자들끼리라면 빨리 끝내라고 애원이라도 하겠지만, 주인집 처녀가 있을 때는 발만 동동거린다. 이 현상은 처녀들도 마찬가지다. 안에 누군지는 몰라도 총각이 있으면 문 앞에 있지도 못하고 마당에서 배를 움켜잡으며 얼굴이 노랗게 될 때까지 견뎌야 했다.

그래도 어쩔 수 없이 함께 지낸 지 얼마 지나지 않아서다. 아침 등교 준비로 바쁘게 설치고 있는 참에 방문 밖에서 큰언니가 찾았다.

"강호 학생, 잠깐 볼까요?"

주인집과 함께 살면서 초기에는 상의하고 협조할 일이 많았다. 그럴 때마다 무리 중에서 제일 선배라는 핑계로 강호를 찾았다. 평소와 다르게 썩 밝은 목소리는 아니다. 주로 상의할 일이 있으면 퇴근 후에 찾았는데, 긴급히 할 얘기가 있나 보다 싶어 강호는 셔츠 단추를 끼우던 손놀림을 빠르게 하면서 나갔다. 핸드백 들고 마당에 서 있는 것을 보아하니 출근 중이다.

"잠깐 저기, 화장실 좀 보고 올래요?"

얼굴을 보면서 눈인사도 하기 전에 새초롬한 표정인 채, 턱으로 대문 옆에 있는 화장실 쪽을 가리킨다. 순간 머릿속에 오늘 아침 화장실 갔을 때 장면이 떠올랐다. 바닥이 엉망이었다. 엉망이라는 말은 그래도 순한 표현이다. 참혹하다. 누가 봐도 이쪽 사내놈 짓이다. 뻔히 알지만 시늉이라도 내야겠기에 엉거주춤 마루에서 내려와 슬리퍼를 질질 끌면서 화장실로 갔다.

시골에 있는 재래식 화장실은 커다란 드럼통을 묻어 놓고 그 위에 나무판자 두 개로 발판삼아서 일 보게 했다. 아래가 전부 보인다. 그러나 여기 서울 한복판에 있는 화장실은 그나마 다행이다. 가운데에 직사각형으로 구멍만 남기고 나머지는 나무판자로 전부 덮었다. 주인집 처녀들의 깔끔한 성격 탓인지, 본래 여자들만 사용했기 때문인지 언제 보아도 나무 발판은 청결했고 보송보송 말라 있었다. 이 집 막내 아들놈도 누나들 따라 앉아서 소변을 보았으니 물기가 있을 리 없다. 그런데 이놈의 총각 놈들 4명이 들어서면서 문제가 생겼다. 서서 소변을 보면서 나무 발판에 흔적을 남겨 놓았다. 아무리 구멍에 정조준해서 싼다고 해도 다녀간 흔적을 남길 수밖에 없었다. 그래도 조심했기에 구멍 주위에만 몇 방울 정도로 끝났었다. 그런데 지난 밤사이에 무슨 일이 있었는지 바닥 전체가 흥건하게 젖었다. 물청소라도 한 것처럼 화장실 바닥이 온통 물이다. 누가 정말로 청소라도 했다면 몰라도…. 분명 소변 잔재다.

“강호 학생! 그동안 참아 왔는데, 동생들 교육 좀 해줄래요? 제발 앉아서 보든지 아니면 옆에 흘리지를 말든지. 부탁해요. 강호 학생.”

“아 예, 죄송합니다.”

화내면서 말하는 것은 아니지만 단호한 말투다. 오죽하면 다 큰 처녀가 총각에게 할 말인가? 본인이 싸지른 것도 아닌데…. 얼굴은 벌겋게 달아서 아무런 대꾸도 못하고 머리만 긁적거리며 도망치듯 방으로 들어왔다. 아침부터 뭔 일인가 쳐다보는 놈들에게 처음으로 큰소리쳤다.

“야! 지난밤, 화장실에 개판으로 싸 댄 놈이 누구냐? 해도 너무한 거 아냐? 그따위로 소변보려면 아예 앉아서 싸라. 누구야?”

“에이, 승희 형이 어제 술 마시고 와서 밤새 그랜 거 아뇨? 새벽에 갔을 때 벌써 엉망이던데요.”

자취생 중에서 제일 막내인 인정이가 방바닥 빗질하다 말고 승희를 보면서 못마땅한 말투다. 승희는 고등학교 선배인데도 인정이가 은근히 라이벌로 느낀다. 그렇지 않아도 어제 마신 술 때문에 속이 뒤집혀서 아직도 이부자리에 누워서 끙끙대던 참이다. 지난밤에 뭔 일이 있었나? 아침부터 쓴소리 들으려니 영 기분이 잡친다. 방바닥에 놓여있던 주전자를 들어서 물을 벌컥대면서 툴툴댄다.

“그렇다고 사내놈이 어떻게 앉아서 싸요.”

강호는 좀 전에 큰언니가 화장실 보고 오라며 턱짓으로 말하던 모습이 떠올라서 새삼 창피하고 부아가 난다.

"야! 앉아서 싸지 않으려면 옆에 흘리지 말든지. 아침부터 이게 뭐냐? 창피하게…. 내가 봐도 오늘은 너무 심했다. 지금 당장 가서 물청소해야겠더라."

나이와 관계없이 선·후배 위계가 확실한 것이 있다. 제일 강한 곳이 군대다. 강한 것이 아니라 그래야 한다. 군대는 무조건 계급이고 군번 순이다. 다음이 고등학교 선·후배다. 같은 대학 2학년이지만 승희는 강호에게 형이라 한다. 고등학교 선배다.

이날 저녁에 모처럼 4명이 둘러앉아 회의를 했다. 딱히 모일 것도 없다. 넓지 않은 방에 방문 쪽과 부엌 쪽 벽면만 남겨놓고 4개의 책상이 2개의 벽을 향해 놓여있기에 각자의 책상에서 그냥 등만 돌리면 된다. 그래도 학생인지라 제일 먼저 준비한 것이 책상이다. 밥 먹고 잘 때만 빼고, 서로 벽을 향해 책 보고 있노라면 영락없는 독서실이다.

"오늘 아침에도 화장실 문제로 선생님한테 싫은 소리 들었고, 아침·저녁으로 식사 당번도 문제가 많잖아. 이참에 우리가 새로 할 일을 정하는 게 어때?"

그러자 역시나 인정이가 한마디 한다.

"승희 형은 맨날 술 마시고 저녁 준비도 안 하잖아요. 어제도 승희 형이 당번이었던 거 알아요?"

"어제? 내가 당번이었나? 요즘에는 뭐 다들 늦게 오지 않았나?"

승희는 아침에 화장실 건도 그렇고 식사 당번도 본인 때문에 생긴 문제라 머리를 긁적거리며 강호 눈치를 본다.

"아니, 형이 맨날 늦지, 누가 늦어요? 강호 형이나 나는 어쩌다 늦었지만 그래도 당번 날은 일찍 와서 준비해 놓았잖아요."

평소에 불만이 많았던 인정은 승희의 말에 입이 대자로 나온 채 볼멘소리다.

"그래서 말인데, 서로 역할을 다시 정하자."

"어떻게?"

"내가 보니깐 승희는 저녁마다 늦잖아. 더구나 요리에도 관심이 없고, 대석이야 어차피 저녁마다 일이 있어서 늦으니 할 수 없고…. 그래서 그런데, 나하고 인정이는 그래도 저녁에 일찍 들어올 수 있으니깐 저녁 당번으로 돌아가면서 하고, 아침은 대석이가 해라. 대신에 아침은 많이 먹지도 않으니 저녁에 먹었던 음식으로 차리면 될 거야."

대석이는 S대 학생답게 구하기 어렵다는 고교생 과외 아르바이트 하면서 매일 저녁마다 늦었다. 자취생 중에 유일한 수입원이다. 가끔 돈 생기면 술 한 잔이라도 산다는 유세로 힘든 일은 빼줬다.

"아니, 그럼 나는?"

승희는 의아한 눈으로 물었다. 그렇지 않아도 본인 때문에 생긴 일이라 민망해서 쭈그리고 눈치만 보고 있었다.

"승희는 아침도 어차피 늦게 일어나서 식사 준비도 못하잖아. 그러니깐 청소 당번 어때? 방 청소는 물론이고 화장실 청소까지."

"으잉, 청소를 맨날 해야 해?"

"그건 알아서 하고, 어떻든 깨끗하면 되지."

화장실을 깨끗하게 사용하는 것도 중요하지만, 아침부터 똥통으로 얼굴 붉혔던 것을 생각하니 자존심 상한다. 아예 청소까지 하기로 했다.

사실 그동안 남자들은 질러만 놓았고 뒷정리는 주인집 처녀들이 했다. 막말로 일은 엄한 놈이 저질렀고 주인이라고 허구한 날 청소하려니 짜증 났지만 꾹 참아왔다. 그런데 오늘은 해도 너무했다. 셋째가 새벽에 일어나 비몽사몽간에 화장실 갔다가 방에 들어서자마자 입을 삐죽거리면서 큰소리다.

"큰언니! 화장실 가 봤어요?"

큰언니는 부엌에 나가려고 막 앞치마를 두르던 참이다. 셋째의 호들갑에 얼굴을 찡그리며,

"왜? 또? 동수 깨겠다."

"아유! 미쳐! 내가. 화장실에서 미끄러질 뻔했잖아요. 바닥이 그게 뭐예요. 걔네들에게 뭐라고 해봐요. 도대체 어떻게 싸대는 건지."

지금 동생 말마따나 화장실이 보통 엉망이 아니었다. 조심해서 그렇지 언니도 동생처럼 미끄러질 뻔했다. 결국은 다 큰 처녀가 사내들 화장실 문화로 아침부터 싫은 소리 할 수밖에 없었다.

전기요금은 매달 인원수 비례로 내느라 정산했고, 쓰레기 처리도 상의하려니 이쪽 방의 대표로 강호는 큰언니와 자주 만났다. 둘째나 셋째는 데면데면 쳐다보니 별로 말할 기회도 없었고 매번 큰언니와 마주쳤다. 어느 때는 반찬을 많이 했다면서 자취생들에게 건

네주기도 했고, 가끔은 밥을 많이 했으니 안방으로 건너와 함께하자는 경우도 있었다.

안방에서 함께할 때는 대부분 둘째와 셋째가 바깥에서 밥 먹고 들어오는 경우다. 넷째인 여고생은 어차피 매일 늦기 때문에 막내와 큰언니만 있었다. 이쪽 총각들도 대석이는 밤늦게 들어오고 다른 두 놈은 대학 생활이 바쁜지 허구한 날 늦게 귀가하기 때문에 주로 강호 혼자서 저녁 식사하는 경우가 많았다.

어떻게 보면 사소한 만남일 수 있지만, 남녀관계라는 것이 아무리 목석같아도 자주 부닥치다 보면 마음이 열린다. 강호는 한참 연상인 큰 언니에게 야릇한 호기심이 생겼다. 노처녀에 대한 가련한 마음이 생기면서 측은지심도 정이라고 은근히 정이 들었다.

여름이 문턱에 다다른 어느 일요일 오후, 이쪽 총각들은 일이 있어서 전부 나갔고 주인집 아가씨들도 놀러 나갔는지 집안이 절간처럼 조용했다. 강호는 인기척이라고는 하나도 없는 안채를 의식하면서 한가롭게 마루에 걸터앉아 시원한 바람 쏘이면서 책을 읽고 있었다. 독서삼매에 빠졌던 모양이다. 아무도 없는 줄 알았던 집안에 큰언니가 있었다. 가까이 왔을 때까지도 몰랐다. 발자국 소리도 없이 옆에 다가와 앉으며,

"호호호. 강호 학생은 애인 없어요?"

"어이쿠, 어디 안 나가셨어요?"

"호호호. 그러는 강호 학생은 오늘처럼 좋은 날에 뭐 하세요?"

"아, 네, 뭐…."

갑자기 나타난 것도 놀라웠지만, 스스럼없이 옆에 다가와 앉는 모습에 당황했다.

"이렇게 날도 좋은데 집에서 책이나 보고 있어요. 애인 없어요?"

"하하, 전 애인 필요 없어요."

"아니, 왜요?"

"그냥 그래요."

"아니 왜? 이렇게 키도 크고 잘생겼는데 애인이 안 생기나?"

"아이, 뭐 별로 생각이 없어서요."

"호호호. 그런 게 어디 있어요. 내 다음에 예쁜 여자 소개해 줄까요?"

"글쎄요."

"알았어요, 조만간에 멋진 여자 소개해 줄 테니, 부탁 좀 해도 될까?"

"예? 뭔데요?"

세운 무릎을 치마폭에 감추고, 헐렁한 셔츠차림으로 다소곳이 옆에 앉아 말을 건네는 순간부터 강호는 왠지 가슴이 울렁거렸다. 근래 들어 큰언니와 대화하다 보면 은근히 마음속에 조용히 파문을 일으키면서 얼굴이 붉어졌었다. 애써 덤덤한 표정을 잃지 않으려고 노력하면 할수록 오히려 긴장되어서 정면으로 마주 보지 못하고 고개를 숙이곤 했다. 지금도 느닷없이 애인이라는 단어가 나오자마자 시선을 어디에 고정해야 할지 모른 채 대화하고 있었다. 그런데 부탁이 있단다.

"우리 막내 동수가 누나들하고만 있으니 하는 짓이 계집애 같지 않아요? 호호호."

부탁한다면서 뜬금없이 막내를 들먹이며 겸연스럽게 웃는다.

"글쎄요? 그래서요."

"내가 요즘 아침에 보니깐 그쪽 학생들이 일찍 일어나서 새벽 조깅을 하는 것 같은데… 그때 우리 막내도 데리고 가면 안 될까?"

큰누나 입장에서는 막내이면서 귀한 아들인지라 부모는 물론 온 식구가 애지중지 키운 탓도 있지만, 누나들의 틈바구니에서 제대로 남자구실을 못할 것 같은 생각이 들었나 보다. 하기야 소변도 누나 따라 앉아서 누는 놈이다. 마침 총각들로 우글대는 건넛방 학생들이 새벽에 운동을 하는 듯하니, 이참에 게으름 피우는 것도 해소시키고 형들과 지내면서 남자다운 모습으로 만들고 싶었던 게다. 그동안 반찬은 물론이고 여러 가지 도움받은 것이 많아서 뭔가 보답하고 싶었다. 더구나 은근히 마음속에 연정을 느끼게 하는 여인의 부탁이다.

"아이고 그거야, 당장 내일부터 하겠습니다. 우리가 아침 6시에 기상하거든요. 내일부터는 좀 더 일찍 5시 반에 일어나도록 하죠. 동수가 우리보다 일찍 등교하잖아요."

"그래 줄래요?"

"하하하. 걱정하지 마세요. 그리고 앞으로는 저희가 책임지고 동수를 사내처럼 키우겠습니다."

"호호호. 그렇게까지 해주면 고맙죠."

결국 다음날 새벽부터 일어나기 싫어하는 막내를 반강제로 남산자락의 시원한 공기를 마시게 했다. 마당에는 시멘트로 역기를 만

들어서 아침·저녁으로 상체 운동도 함께하는 열정을 보였다.

굳이 막내를 위해서라기보다는 수컷들의 본능이다. 집안에 여자들이 득실거리는데 그 누구인지는 모르더라도 사내들의 건장한 모습을 보여주고 싶었다. 누가 먼저라고 할 것도 없이 4명의 남자는 열심히 역기를 들었다. 그렇다고 금방 멋진 몸이 되는 것도 아닌데, 그저 여자들 눈에 사내의 건강미를 뽐어대는 순간이다. 큰누나의 특별한 부탁이라 하지만 애꿎은 막내가 형들과 운동하느라 아침 댓바람부터 단잠도 설치고 일어나 조깅하랴, 역기 들랴 작은 체구로 쫓아오느라 힘들었다. 그래도 형들과 함께 있는 시간이 즐거운지 새벽잠을 깨울 때는 짜증 내면서도 운동할 때는 싫은 기색 없이 잘 따랐다.

가끔은 방과 후, 모르는 문제라며 가르쳐 달라고 다가왔다. 이런 연유로 큰누나와 막내만 있는 안방에서 스스럼없이 저녁 식사를 함께하는 경우가 종종 생겼다. 처음에는 밥 먹자마자 인사만 하고 물러났지만, 몇 번 왕래하면서 보고 있던 TV를 마저 보고 나오는 여유도 생겼다. 어느 때는 식사와는 별개로 특별히 볼거리라도 있으면 자연스레 안방으로 건너가 TV를 함께 시청했다.

동수가 모르는 문제를 가르쳐달라고 왔을 때는 형 역할을 한답시고, 학교생활이나 고민거리 상담도 나눴다. 나중에는 은근히 누나들 신상 털기에 들어갔다.

"동수야? 셋째 누나야 재수하느라 학원에서 늦는다 해도 둘째 누나는 왜 맨날 늦나? 애인 있냐?"

"글쎄요, 없는 것으로 아는데요."

애인 없다는 소리에 귀가 번쩍했다.

"그래? 그런데 뭐 한다고 이렇게 늦어? 오늘처럼 큰누나 늦게 오는 날은 일찍 와서 저녁 준비라도 하지 말이다."

"그거야 저도 모르죠. 둘째 누나는 워낙 옛날부터 만나는 사람들이 많아요."

"뭐, 고교 시절에 한 가닥 했었다며?"

"예, ○○○ 전국 여학생회장이었어요. 그래서 그런지 지금도 맨날 바빠요."

둘째는 이사 오던 날 첫인상이 좋았다. 얼굴도 이지적이며 서글서글하게 잘 생겼고 몸매도 예뻤다. 4명의 자매 중에서 유독 눈에 띄었다. 강호와 같은 2학년이지만 나이는 1년 연하. 어떻게 해서라도 사귀고 싶었다. 그런데 웬 처녀가 바깥에서 뭐 하는지 남자보다도 항상 바빴다. 대학생이 아니고 잦은 야근으로 힘들어하는 직장인 같았다. 모두 늦어서 막내 혼자 밥 챙겨 먹는 날이면 큰언니의 잔소리가 마루를 건너서 이쪽 방까지 들리곤 했다.

"야! 수경아 오늘처럼 내가 늦게 오는 날이면 너라도 일찍 와서 동수 밥이라도 챙겨줘야지. 너는 뭐 한다고 허구한 날 이렇게 늦냐? 계집애가 일찍 좀 다녀라."

"언니는 내가 뭐 노느라 늦어요? 나도 활동하는 일이 많잖아요."

"야! 네가 사업가냐? 학생 주제에 무슨 일이 그렇게 많아?"

"내 등록금은 내가 알아서 한다고 했죠? 언니한테 손 벌리지 않으려고 그러니깐 너무 잔소리하지 마."

"내가 너희들 때문에 힘드니깐 하여튼 일찍 들어와! 알았냐?"

"아! 알았어요. 그리고 동수도 이제 중2인데 저 혼자서 밥 먹을 수 있지. 그것 갖고 너무 그러지 마요, 언니."

"아니, 그래도 그렇지. 누나가 넷이나 되면서 그래 막내 밥 챙겨주는 게 그렇게 힘드냐?"

"누가 힘들다고 했어요? 중학생이면 지도 알아서 챙겨 먹을 수 있는 거 아니냐는 거지, 알았어요. 창피하게 고만 얘기해요."

사실 큰 언니가 애인을 소개시켜준다고 할 때 "애인 필요 없어요." 하면서도 내심 둘째를 얘기하지 않을까 은근히 기대했다. 그만큼 첫인상이 좋았다.

처음 자취를 시작하면서는 둘째와 수작을 부리기 위해서 우연히 마주치는 것처럼 아침부터 마당에서 서성거리곤 했다. 그러나 재수 좋아 눈이라도 맞을라치면, 눈인사도 없이 쌩하고 지나쳤다. 그렇다고 뒤에다 대고 말 걸기도 그렇고, 영 입맛이 썼다. 마음에 들어 적극적으로 도전하려 해도, 썩 마음이 내키지 않는 이유다. 성질이 차갑다. 본래부터 차가웠는지? 아니면 조용히 살던 곳에 사내들이 북적대는 통에 경계심이 높아졌는지? 하여튼 한 지붕 밑에 살면서도 접근하기 어려운 존재다.

그러던 어느 날, 오래간만에 아르바이트하는 대석까지 포함해서 4명이 회식을 했다. 대석이 월사금 받았다고 바깥에서 한턱 쏜다는 것을 경비도 아낄 겸 집에서 했다. 남대문시장에서 쌀 포대로 쓰는 커다란 자루에 홍합을 한가득 사 와서 일일이 박박 문질러 씻는 데 1시간이나 걸렸다. 끓이는 큰 냄비가 없어서 안집에서 쓰는 커다란 솥단지까지 빌려서 홍합탕을 만들어 상에 올릴 때는 좀 늦은 저녁이 되었다. 홍합탕을 안주 삼아 소주로 회식이다. 소주는 커다란 냄비에 '환타'와 희석시켰다. 달달하면서 톡 쏘는 맛이 살아 있는 노란색 소주에 홍합탕의 만남이다.

"우리가 여기 와서 이렇게 술 마시는 것 처음이지? 하여튼 대석이 덕분에 오늘 호식한다."

강호는 말하면서 모두에게 술을 따랐다.

"그러네. 맨날 바깥에서만 마셨지. 우리끼리는 처음이유."

하루가 멀다 하고 술 마시던 승희도 국물을 떠먹던 인정이 까지 국물 맛이 좋단다.

"와! 이거 국물 맛이 끝내주네요."

"인정아, 우리만 먹으려니 미안하다. 안방에 가서 선생님이랑 애들도 오라고 하지. 아까 솥 빌릴 때 뭐하냐고 묻던데."

자취생들은 큰언니를 선생님이라고 불렀다. 다른 동생들은 둘째니 셋째라고 불렀지만 큰언니만큼은 나이도 연상이면서 교사라는 직함이 있어서다. 그동안 여러 번 얻어먹기도 했고 저녁나절에 홍합을 한가득 씻는 것을 보고 궁금히 여기던 큰언니가 생각나서다.

"에이, 아까 저녁 먹던데, 오겠어유?"

인정은 마시던 술잔을 내려놓으며 귀찮다는 표정이다.

"그래도 모르잖아. 우리끼리 먹기가 좀 거시기하네."

"그래, 말이라도 한 번 하고 와."

홍합을 뒤적이던 승희까지 거들자 인정이는 마지못해 일어나서 건너갔다. 미적거리며 가기에 말로만 끝날 줄 알았다. 그런데 큰언니가 함께 왔다.

"호호호. 뭐를 그렇게 맛있게 했다고 불러요?"

"아이고! 어서 오세요, 그냥 우리끼리 먹기가 미안해서요."

차린 것도 없는데 공연히 불렀나 싶으면서도 총각들만 우글거리는 방에 여성이 들어서는 것 만해도 황송한 마음에 일동은 엉거주춤 일어났다가 앉았다.

"여기 학생들은 그동안 조용히 지낸다고 생각했는데, 오늘은 뭔 일이에요?"

"하하하. 여기 대석이가 어제 월사금 받았다고 한턱 쏘는 겁니다. 선생님도 술 한잔하시죠?"

"호호호. 힘들게 벌었는데, 축하해요. 그리고 전 술 잘 못해요. 딱 한 잔만 할게요. 그런데 뭔 술이 노래요?"

그렇게 시작한 홍합탕과의 술은 늦은 시각까지 마셨다. 달달한 술에 홍합 하나를 초고추장에 찍어 먹으니 술인지 주스인지 모르게 잘도 넘어갔다. 큰언니는 딱 한 잔만 한다며 받더니 결국은 모두가 따라주는 술을 다 받아 마신 탓으로 말이 많아졌다.

"호호호. 요즘에는 마당이고 화장실까지 깨끗하게 청소해줘서 고마워요. 그런데 왜 애인들은 없어요?"

"우리 같은 처지에 애인이 생기겠어요?"

"처지라뇨? 대한민국에서 여기 있는 총각들보다 더 훌륭한 사람들이 어디 있나요?"

큰언니는 방금 따라준 술잔을 반쯤 마시다가 그대로 총각들 눈높이에 맞춰 팔을 휘익 젓는다.

"아이고, 말씀만 들어도 고맙습니다. 그러는 선생님이야말로 애인 없으세요?"

"저요?"

순간 모두의 눈은 큰언니의 입으로 향했다. 그러나 좀 전에 그토록 밝게 웃으며 얘기하던 모습은 사라지고 술잔을 내려놓더니 어두운 표정으로 홍합탕만 뒤적이면서 한참이나 머뭇거린다.

"저야, 동생들이 저렇게 많은데…."

"네? 그게 뭔 말이죠?"

"하이고, 저희가 실없는 소리 했나 보군요? 자 술 한잔 더하시죠?"

맞다, 큰언니는 진즉에 시집갈 나이다. 애인이 아니고 신랑감이 필요했다. 그러나 동생들 뒷바라지에 자신을 내려놔야 했다. 즐거웠던 회식이 큰언니의 상황을 알고 나서는 왠지 분위기가 무겁게 끝났다.

2. 노래에 빼앗긴 영혼

1학기 말 시험 마친 기념으로 강호는 친구들과 술 마시고 조금 늦은 시간에 들어왔다. 초여름이지만 밤 날씨가 기분 좋다. 살살 불어오는 바람을 느끼며 술기운에 버스정류장에서부터 알고 있는 노래들을 흥얼거리며 집에 들어서는데, 대문 바깥까지 은은한 노래가 들린다. 큰언니가 마루에서 혼자 음악을 듣고 있었다. 무슨 노래인지는 몰라도 구슬프면서 애잔한 감성을 느끼게 했다.

"늦었네요?"

"네. 친구들과 술 한잔했어요."

"여기 앉아서 이 노래 들어볼래요?"

"아, 네. 그러죠. 무슨 노래죠?"

"그냥 한번 들어봐요."

평소의 목소리보다 두 음정 정도나 낮게 착 가라앉은 목소리다. 들릴 듯 말 듯 작은 목소리이지만 거절할 수 없는 강렬함이 있었다. 늦은 시간에 그냥 있어도 외로워 보였을 텐데, 애잔한 노래를 듣고 있었으리라 생각하니 더없이 처량해 보인다. 쓸쓸함을 감싸주기 위해서라도 옆에 앉았다. 카세트 녹음기에서는 좀 전에 들어오며 들었던 그 노래가 흘러나왔다.

애인이 된 늑대인간과의 애절한 사연이 있는 노래라는 것은 훗날 알았지만, '나자리노'라는 제목으로 방영된 '늑대의 사랑'이라는 영화 음악으로 크게 히트 친 노래다. 이때는 이런 사연이 있는 노래라는 것을 미처 몰랐다. 그러나 조용히 늦은 밤에 두 남녀가 마루에 앉아 듣고 있으려니 애처로우며 쓸쓸함이 묻어나면서도 감미로웠다. 곡이 끝나는구나 싶었는데 또다시 같은 노래를 튼다. 연속해서 세 번을 듣고서야 조용히 녹음기 정지 버튼을 눌렀다.

혼자 들어도 애달픈 노래를 여인과 함께 들었다. 그것도 술 취한 상태에서 은근히 연정을 느끼는 여인과 세 번을 반복해서 들었다. 아무리 감정이 없다 하여도 생길 수밖에 없다.

큰언니는 굳이 늦은 시간에 귀가하는 사람을 앉혀놓고, 들려주고 싶은 노래라며 마취나 된 듯 눈을 감은 채 들었다. 그런 의도가 궁금했지만, 그녀의 표정을 읽으면서 함께 듣노라니 쓸쓸한 노래만큼이나 그녀의 마음이 다가왔다.

그동안은 못 느꼈다. 요 며칠 사이에도 밤마다 들려오던 노래였다. 조용한 밤이면 마루를 건너 이쪽 방까지 은은하게 들리곤 했다. 처량함이 묻어나는 곡을 연속해서 듣는 사람이 도대체 누구인가 궁금했었다.

그날 이후로도 노래는 밤마다 들렸다. 이제는 그동안 무심코 들리던 노래가 아니다. 같은 음악을 한두 번도 아니고 몇 날 며칠을 반복해서 듣다 보면 짜증이 날 만도 한데, 오히려 귀를 기울이고 있었다. 노래에 묻힌 사연이 궁금했고 큰언니의 마음을 들여다보고 싶었다. 그런 관심을 갖다 보니 책을 보거나 공부를 하면서도, 흘러나오는 음악에 맞춰 자연스레 따라 불렀다. 이제는 노래가 안 들려도 무의식적으로 흥얼댔다.

"나나나나~ 나나~나~나~."

저녁 먹고 나서 한가로이 잡지를 뒤적이며 부르고 있으려니 며칠째 이런 모습을 지켜보던 인정이가 슬며시 한마디 한다.

"아니, 형도 전염되었어요? 요즘 밤마다 저 노래야. 선생님이 누구한테 바람맞았나?"

"혹시, 강호 형 생각해서 저런 거 아니에요? 형도 며칠 전에 같이 들었잖아요."

옆에서 신문지 깔아놓고 손톱깎이로 발톱을 깎던 승희가 의심스러운 눈치로 거든다. 며칠 전 마루에서 선생님과 함께 들었을 때, 승희는 방에 있었다. 강호가 오기 한참 전부터 틀어놓고 있었단다. 함께 세 곡을 듣고서야 들어갔으니 뭔가 의심이 간다는 얘기다. 베토벤이나 모차르트의 명곡이라면 몰라도 사랑의 연가를 일부러 기다려서 함께 들으려는 여인의 마음이 무엇이겠냐?

"어? 그랬어요? 에이, 형 때문이네."

"야, 노래 함께 들었다고 뭔 일 생기냐?"

"그렇잖아요. 늦은 밤에 일부러 형 올 때까지 기다렸다가 함께 듣자고 하는 것이 의미 있는 거 아닌가?"

강호는 후배들이 놀리는 것인 줄 알면서 스스로도 이상해서 오히려 큰소리로 얼버무렸다.

“야야, 무슨 헛소리야? 나보다 다섯 살이나 많은 사람이 무슨 할 일이 없어서 그러냐?”

“아이고, 강호 형! 사랑에는 국경도 없다는 말 모르세요? 조심하세요. 노처녀 하소연에 넘어가지 말고.”

“그런 걱정일랑 붙들어 매고, 니들이나 잘해라. 그나저나 인정이 너는 왜? 셋째하고 뭐 안 맞는 게 있냐?”

마음 한쪽에는 왠지 찔리는 것도 있는지라 보던 잡지를 덮으면서 말꼬리를 돌렸다. 인정이가 같은 나이로 재수생인 셋째와 가끔 아옹다옹하는 모습을 봤었다.

“그 계집애가 싸가지가 없어요.”

“아니, 왜?”

“아니, 오늘 아침도 그래요. 내가 세수하려고 기껏 펌프질해서 양동이에 물 채워놨더니, 그 계집애가 잽싸게 나타나서 말 한마디도 없이 양동이째로 쓰잖아요. 하이고, 어이가 없어서…. 그래서 점잖게 그랬죠.”

“뭐라고?”

“물 쓰려면 그래도 고맙다고 해야지. 그랬더니 뭐라는지 아세요?”

강호는 굳이 고맙다는 말을 들을 필요도 없거니와 오히려 펌프질해서 물 보충이라도 해주었을 것이다. 그런데 말투로 보아하니 셋째 대응이 궁금했기에 그냥 관심 있는 척 물어봤다.

“뭐라는데?”

“그게 뭐가 그렇게 큰일이라고…. 그러면서 오히려 흘기잖아요. 아니 내가 뭐 잘못 말했나? 계집애가 하여튼 싸가지가 없어요. 은근히 나를 깔아뭉개려고 한다니깐."

관심 없이 듣고 있던 승희도 한마디 한다.

"야야, 아무래도 재수생 자격지심이 있어서 그런 거 아냐?"

"형들한테는 안 그러면서 나한테만 그러잖아요."

서울 한복판에 있는 집인데도 불구하고 수도시설이 없다. 마당에 있는 펌프로 물을 퍼 올려서 사용한다. 시간 있을 때마다 펌프질해서 커다란 벽돌색 플라스틱 대야에 물을 채워놓았다. 마중물로 사용하거나 발 씻을 때만 이용하는 물이다. 대부분은 그 옆 양동이에 매번 새로운 물을 펌프질해서 사용했다. 당연히 아침에는 9명이 동시에 사용하느라 화장실만큼이나 물 쓰는데도 자유롭지 못했다.

수건 챙기고 나가다가도 누군가가 있으면 다시 방으로 들어왔다. 순서가 정해진 것도 아니고 눈치껏 알아서 사용했다. 가끔 급한 사람은 세수하고 있는 사람을 피해서 요령껏 옆에서 해야 했다.

그런 와중에도 남자들은 주인집 여자가 나타나면 선심 쓰듯이 자리를 내어주곤 했다. 오히려 물을 퍼주는 센스까지 발휘해서 좋은 점수를 받으려고 애썼다. 시골 우물가에 처녀·총각처럼 묘한 기류가 생겼다. 그러나 유독 인정이하고 셋째는 같은 나이이지만 재수생이라는 자격지심인지 사사건건 시비조다. 인정이가 특별히 잘못한 것도 없는데, 그냥 미운가 보다. 잘못이라면 서울에서 공부한 사람이 오히려 시골 촌놈보다 못한 결과에 속이 쓰린데 눈앞에 얼쩡거리는 것부터가 잘못이다. 여자의 마음을 헤아리지 못하는 것도 잘못이지만 잘난 척 보이는 것이 더 싫다. 그런데, 같은 입장이지만 대석에게 대하는 태도는 또 다르다. 어지간히 잘난 놈은 잘난 척으로 보이지만, 아주 잘난 놈은 역시 잘났다고 본다. Y대와 S대의 영향은 주인집 딸들 반응에서도 달랐다.

'나자리노'는 여름방학이 되어 시골로 내려가기 전까지도 밤마다 계속 들렸다. 정말 노래에 무슨 사연이 있든지, 아니면 짝사랑하는 누군가와 함께 들은 기억을 못 잊어서… 그 세상에 푹 빠진 사람 같았다. 그렇지 않고서야 같은 노래만 연속해서 듣는 것도 병이다. 노래에 미치지 않았으면 사연에 미쳤든지, 어떻게 한 노래만 연속해서 몇 시간째 듣는가 말이다. 누구를 향한 상사병이 아니고서야 이해할 수가 없었다.

그런데 이상하게도 노래를 들으면 들을수록 중독성이 있었다. 방학이라 시골 내려와서 며칠 지나지 않아서다. 강호는 '나자리노'가 들리지 않자 잠을 못 잤다. 잠들기 전에 들렸던 '나자리노'에 취했는지 아니면 듣고 있을 여인을 생각하며 잠들었는지 몰라도 노래 없는 밤은 허전했다. 노래에 파묻힌 그녀의 쓸쓸한 밤을 생각하면서 자신도 모르게 노래가 간절해졌다. 밤마다 들려오던 노래 속에 묻어 있던 그녀의 애절한 마음이 그리웠다. 그저 애잔한 노래가 아니라 그녀의 마음이 실린 노래였다. 괴로워하는 날이 커갈수록 노래보다도 선생님인 그녀를 생각하고 있음을 알게 되었다. 밤마다 찾아오는 불면증이 노래로 인한 상사병이었다.

강호는 카세트 녹음기도 없으면서 시내 전파사에서 무작정 '나자리노'가 담긴 테이프를 구했다. 겨우 생각해 낸 곳이 집에서 멀리 떨어지지 않은 고교 4년 선배가 운영하는 식당이다. 고등학교 졸업하자마자 군대를 자발적으로 지원해서 갔다 오더니, 시내에 하나밖에 없는 극장 옆에 식당을 차렸다. 나름 젊은이를 상대로 하는 식당이다. 모던스타일로 꾸며놓고 음악도 잔잔하게 깔면서 장사하는 곳이다. 그곳에 카세트 녹음기가 있는 것을 알고 있었다.

"김 선배님! 나 왔수."

"어, 오랜만이네. 어쩐 일이냐?"

선배는 점심시간을 훌쩍 지난, 한가한 시간대라 주방 앞 식탁에 앉아 양파를 다듬고 있었다. 주방일이며 홀 서빙까지 혼자서 한다. 양파 다듬던 손을 멈추고 쳐다보는데 반갑지만 놀란 표정이다. 혼자 들어오는 모습이 의아했던 모양이다. 예전에는 가끔 친구들과 술 한잔하러 찾아왔었다. 친구들도 대부분 고등학교 친구인지라 선배가 하는 식당을 선호했다. 이왕이면 아는 집에서 먹어야 마음도 놓이고 대접받는 기분을 낼 수 있어서다. 의례히 술 마실 일이 있으면 찾아왔다. 그런데 오늘은 혼자일 뿐 아니라 밥때도 아니고, 술 마실 시간치고는 이른 시간이다. 이래저래 이상한 눈으로 쳐다보는 선배를 무시하고 식탁 맞은편 의자에 앉으면서 다시 한번 식당 안을 휘둘러보았다. 역시나 주방 쪽으로 연결된 탁자 위에 카세트 녹음기가 보였다. 손님이 있건 없건 상관없이 하루 종일 음악을 틀어놓는 모양이다.

"장사는 잘 돼요?"

"장사가 그렇지 뭐…. 그래, 식사는 했고?"

"지금이 몇 시인데요. 당연히 했죠. 그나저나 내가 뭐 도와줄 일 없수? 주방 보조나 홀 서빙 뭐 이런 거…?"

"왜? 알바하려고? 돈이 궁한가?"

"아니 뭐…. 그냥 도와줄 일 없나 해서?"

막상 식당에 들어서면서 흘러나오는 음악을 듣고 나서부터는 입에서 말이 쉽게 떨어지지 않았다. 영업용으로 사용하고 있는 카세트를 빌려달라고 해본들 쉽게 내어주지 않을 것이다. 그런 모습이 이상했던지,

"말해봐. 뭔데?"

"으응, 저기, 들을 노래가 있어서…. 테이프는 있는데 카세트가 없잖아요."

"그런데, 그게 왜?"

"아니, 저거, 지금 틀고 있는 카세트, 며칠만 빌릴 수 없을까? 내가 대신에 뭐 좀 도와드리고…."

주방과 홀 사이에 있는 선반 위에서는 잔잔한 음악이 계속해서 흘러나오고 있었다. 외국 팝송인 것 같은데 제목은 모르지만, 피아노 반주로 부르는 여가수의 목소리가 가냘프고 아름답다. 손님한테 들려주기도 하고, 선배가 일하면서 듣는 음악이다.

"뭐? 저거? 아니 뭐 들으려고…? 저것은 안 돼야."

선배는 그때까지도 양파를 다듬던 손에서 칼을 내려놓더니 놀란 표정으로 손사래를 쳤다. 이왕 나온 말, 미친놈 소리를 들을지라도 어떻게 해서라도 '나자리노'를 들어야 했다.

"그러니깐 부탁하는 거 아뇨? 대신에 저녁 시간대에 서빙하고 설거지는 제가 할게요. 제일 바쁠 때 아니에요?"

"그러지 말고 테이프를 갖고 와라. 내가 틀어줄 테니."

순간 빌려 갈 생각만 했지, 이곳에서 들을 수 있다는 생각은 미처 못 했다. 궁하면 통한다는 말이 맞다. 사고의 발상은 늘 반대편에서부터 시작이다.

"몇 시에 끝나죠?"

"그거야 손님 있을 때까지지. 그나저나 요즘에는 손님이 없어서 9시면 끝나."

"그러면 내일 제가 저녁 6시쯤 올게요. 일 마치고 들으면 되죠?"

"나야 좋지."

다음 날 부모님에게는 "선배 식당에 일 도와주기로 했으니 혹시 늦어서 못 들어올 수도 있다."고 거짓말하고 저녁 6시 맞춰서 식당으로 갔다. 그동안 불면증에 시달리게 했던 노래다. 밤새워 들을 수도 있다. 주머니에는 혹시라도 빼먹고 갈 수 있겠다 싶어서 일찌감치 테이프를 챙겨놓았다. 귓가에서 맴돌던 노래를 들을 수 있다는 사실만으로도 흥분된다. 노래에 이토록 심취해 본 적이 있었을까? 절대 아니다. 겨우 아는 노래라고는 동요나 가요 몇 개에 불과하다. 더구나 외국 노래는 어쩌다 음악다방이라며 친구 따라가서 제목도 처음 들었던 노래 몇 곡이 전부다.

그런데 뭐에 미쳐서 노래 한 곡 때문에 해보지도 않던 식당일까지 하면서 들으러 갔다. 사실은 노래보다도 노래를 들으며 그녀와의 상상 데이트를 꿈꾸고 있었는지 모른다.

"강호야! 나는 일찍 갈 테니 뭔 노래인지 몰라도 실컷 듣고 가라. 문은 잠그지 말고 셔터만 내리면 돼."

식당에 들어섰을 때, 틀어줄 테니 테이프 달라는 것을 굳이 나중에 듣겠다고 하면서 안 줬다. 왠지 혼자 있을 때에 들어야 할 것 같아서다. 함께 들으면 감정이 반으로 줄어드는 기분이기도 하지만 노래 속에 스며 있는 그녀의 마음을 다른 사람에게 들키고 싶지 않았다.

선배가 퇴근하자 간판 등이며 홀 안의 모든 전등을 끄고 어둠 속으로 그녀를 불러들였다. 희미한 가로등 불빛 아래에서 조용히 테이프를 넣고 틀었다. 서울에서 들었던 그 노래다. 며칠 몇 날을 밤새워 애타게 그리워하던 노래. 반복 버튼을 눌러 놓고 오랜 시간을 연속해서 들었다. 그녀가 늦은 밤인데도 불구하고 잠 못 이루며 반복해서 들었던 이유를 알겠다. 노래에 마성이 있어서가 아니다. 노래가 내 마음인지 내 마음이 노래인지? 아무리 들어도 질리지 않고 오히려 점점 노래 속으로 빨려갔다. 그녀의 마음속으로 스며들고 있었다.

방학 내내 식당으로 출근 도장 찍었다. 선배는 바쁜 저녁 시간에 일을 도와주는 강호가 고마우면서도 아무리 노래에 미쳤다지만 이상한 놈으로 쳐다봤다.

"야, 강호야. 너 실연당했니? 누구야? 그 여자가?"

"아뇨."

"아니긴. 분명 여자 때문인데."

"허, 참. 그냥 노래가 좋아서 듣는 거유."

"야야, 웃기지 마. 아무리 그렇다고 노래하나 듣겠다고 매일 저녁마다 식당일 도와주는 놈이 어디 있냐? 여자에게 미치지 않고서는…. 하기야 여자에게 미쳤어도 너 같은 놈은 없을 거다."

정말 미쳤다. 노래 한번 같이 들었다고 연민의 정이 이토록 미치게 할 줄은 몰랐다. 밤새워 들으며 그녀를 느꼈다. 그녀와 함께 춤추고 꿈을 꿨다. 진정 짝사랑이고, 상사병에서 헤어나지 못 할 때에 방학이 끝났다.

2학기 시작되면서 다시 남산 자취방에 모였다. 그래도 한 지붕 밑에서 몇 개월이나마 함께 지내다 모처럼 다시 모인 탓인지 주인집 처녀들은 예전하고 느낌이 달랐다. 말하는 품새는 물론이고 아침 등굣길에 어쩌다 마주치면 인사부터 깍듯해졌다. 특히 둘째가 많이 바뀌었다. 몇 개월 전만 해도 눈인사는커녕 조선 시대 여인네처럼 못 볼 남정네라도 만난 것처럼 고개를 돌려서 지나갔다. 스치고 지나가도 찬바람 불었다. 그런데 언제 그랬냐는 듯이 아는 척을 한다. 아는 척이라고 크게 다른 것은 아니지만 먼저 "안녕하세요?"라고 인사를 건넨다. 하기야 여기 4인방은 어디에 내놔도 꿀리지 않았다. 강호가 좀 처져서 A대학이지만 다른 3명은 모두가 선망하는 SKY다. 3명보다는 못하지만 강호도 상위권에 있는 대학이다. 이런 대학생들이 한 지붕 밑에서 함께 지내고 있다는 사실만으로도 주인집 아가씨들은 황홀해야 했다. 그런 사실을 좀 늦게 깨달은 둘째의 태도가 변했을 뿐이다. 그러나 진즉에 지금처럼 고분고분하고 상냥했다면 좋았을 텐데 이제는 아니다. 강호 마음속에는 오로지 선생님만 보인다. 방학 내내 노래와 함께 꿈속에서 찾았던 여인이다. 이제는 손만 뻗으면 잡을 수 있고 귀를 기울이면 들을 수 있다. 조용히 있으면 그녀의 숨소리까지 들리는 곳에 함께 있다는 사실만으로도 가슴이 뜨거워졌다. 방학 전까지는 몰랐던 감정이다. 큰언니의 말과 행동에 예민해졌다. 예민하기보다는 관심이 많아졌다. 모든 촉각이 큰언니에게 쏟아졌다. 방에 있다가도 퇴근하는 소리가 들리면 일부러 나가서 얼굴이라도 한번 봐야 했다. 의미 없는 말이라도 섞어야 했다.

"지금 오세요?"

"아 예, 일찍 왔네요."

특별히 할 말은 없다. 그러나 이렇게 해서라도 목소리를 들어야 했고, 얼굴을 봐야 했다. 지난여름 텅 빈 식당에서 '나자리노'를 크게 틀어놓고 얼마나 들었나? 노래와 함께 듣고 싶었던 목소리다. 흘러나오던 '나자리노'는 끊겼지만 노래 대신에 간간히 들리는 그녀의 목소리에 귀를 기울였다. 안방에서 나는 작은 소리라 할지라도. 무슨 말인지도 모르면서 오직 그녀의 목소리라는 사실 하나만으로 몸이 경직되고 마음이 달아올랐다. 이런 마음으로 하루 종일 기다리다 퇴근길에 마주치는 대화는 너무 짧다. 더 깊은 대화를 더 많이 나누기 위해서 강호는 용기를 냈다.

선생님은 퇴근하면서 남대문시장에 들러 반찬거리를 사서 오는 경우가 대부분이라 특별한 사유가 없는 한 집에 오는 시간은 비슷하다. 언덕길을 걸어오는 그녀를 우연히 마주치는 것처럼…. 강호는 퇴근 시간에 맞춰 남산 길목에서 서성거렸다.

"어! 강호 학생, 웬일이에요?"

"아이고, 선생님 지금 오세요? 장 본 거 이리 주시죠?"

강호는 삐죽이 나와 있는 대파가 볼썽사나웠지만 아랑곳하지 않고 들고 있는 검은 봉지를 뺏다시피 건네받았다. 무거워 보여 안쓰러워서가 아니다. 이렇게라도 마음을 주고받고 싶었다.

"아니, 안 그래도 되는데 …."

생각보다 무겁지는 않으나 여자가 오래 들고 있기에는 버겁겠다. 그래도 그녀의 삶이 들어가 있는 물건이라 생각하니 가볍게 느껴진다.

"매일 이렇게 들고 가려면 힘들었겠어요?"

"호호호. 그래도 들을 만해요."

만나면 하고 싶은 말도 많으리라 여겼지만 막상 여인 앞에서 할 말을 잃었다. 그녀도 갑자기 나타난 강호가 아직은 어색한 모양이다. 한동안 말없이 걸었다. 말만 없을 뿐 이 순간이 벅차다. 함께 걷고 있다는 사실에 가슴은 쿵쾅거리고 지난 여름밤이 떠올랐다. 꿈속에서 셀 수 없이 함께 걸었던 거리다. 그 거리를 지금 꿈속의 여인과 함께하고 있다. 오르막 비탈길이기는 하지만 그렇게 힘들게 오르는 길은 아니다. 그런데도 한 발자국 뒤에서 따라오는 그녀의 거친 숨소리가 들린다. 앞을 향해 걷고 있으면서도 모든 청각은 그녀에게 향했다. 숨소리에서부터 그녀의 맥박 뛰는 소리까지…. 한동안 말없이 뒤따르던 그녀가,

"강호 학생은 참 좋은 남자예요."

"예? 무슨 말씀을…."

"내가 지켜보니깐 참 자상하고 성실한 사람으로 보여요. 호호호."

"아니, 요거 하나 들어줬다고…."

말하면서 걷던 걸음을 멈추고, 들고 있던 검은 봉지를 흔들면서 돌아서는 순간, 바로 뒤따르던 그녀와 부딪쳤다. 부딪쳤다기보다는 주먹으로 그녀의 가슴을 쳤다. 맞은 곳이 가슴이라는 느낌은 금방

알았다. 높이도 높이려니와 주먹이 닿는 순간의 뭉클한 촉감으로 알 수 있었다. 그렇게 바로 뒤에 있을 줄은 몰랐다.

"어이쿠, 괜찮으세요?"

그러면서 맞은 가슴을 보살필 수도 없고, 민망함에 서 있었다.

"호호호. 깜짝 놀랐네요. 괜찮아요."

수정은 맞는 순간 그다지 충격이 큰 것도 아니고 아픈 것은 더욱 아니다. 놀랐을 뿐이다. 가슴을 한번 쓰다듬고 괜찮다고 했지만, 뭔가 민망하다. 정통으로 닿는 순간 분명 느꼈으리라 생각하니 괜히 얼굴이 달아올랐다. 그러나 표정을 숨기고 하던 얘기로 얼버무렸다.

"진짜예요. 나중에 누가 부인이 될지 모르지만, 그 여자는 정말 행복할 것 같아요."

"하하하. 선생님도 좋은 사람 아닌가요? 누가 남편이 될지 몰라도 그분도 행복할 것 같은데요."

"호호호."

찬거리 담은 봉지가 무거워서 손 바꿔 들면서도 흐뭇하다. 무거울수록 고마워할 그녀가 있으니 힘이 난다. 서쪽 하늘 멀리 빌딩숲 사이로 해가 지고 있었다.

다음 날 저녁에도 같은 장소, 같은 시간에 우연히 마주치는 것처럼 나타났다. 30분 전부터 남대문 방향을 바라보면서 기다리고 있었다는 사실을 그녀는 모른다. 그저 우연히 만났고, 마음씨 좋은 셋방 학생이 장바구니를 받아주는 정도로 알 것이다.

"호호. 이상하네요? 어제도 여기서 만났는데…."

"네, 그러네요. 마침 요즘은 학교에 일이 있어서요."

대학생이 학교에 무슨 일이 있겠나? 수업 마치면 친구들과 놀든지 집에 오는 것이 전부다. 오늘도 집에 일찍 왔다가 시간 맞춰서 마중 나왔을 뿐이다. 옷도 갈아입지 않고 똥 마려운 강아지처럼 방구석에서 맴돌다 혹시라도 늦어지면 안 될 것 같아 진즉에 내려와서 기다린 것이 30분 전이다.

약속한 것도 아니고 하염없이 기다릴 수도 있었다. 그러나 좀 늦을지는 몰라도 언젠가는 나타난다. 기다림의 지루함보다는 그녀의 숨소리를 들으며 걸을 수 있다는 희망으로 행복했다. 둘만의 시간을 갖는다는 기대와 설렘으로 기다리는 시간조차도 흥분되었다. 그녀 마음이 어떻든 몰래 하는 짝사랑은 함께하는 시간 그 자체가 행복이다. 단지 우연히 마주치는 것처럼 하려면 뭔가 명분이 있어야 했다. 횟수가 잦아질수록 그 명분이 약해지는 것이 탓이다.

"학생이 대학에 무슨 일이 있어요?"

"아, 네. 동아리 활동하는 것이 있어요. 가을 축제 준비하느라 조금 바쁘네요."

"호호호. 난 또 혹시라도 나를 만나러 일부러 기다리고 있었나 했잖아요. 아닌가 봐요."

"하하하!"

여자의 직감인가? 아니면 멀찌감치 서성거리고 있는 강호를 발견했나? 그렇다고 용기 있게 말하지 못하고 어물쩍 넘어갔다. 그러는 그녀도 싫지 않은 표정이다.

사실 수정은 근래 들어 강호를 보면서 마음이 흔들렸다. 지난여름 '나자리노'를 들으면서 자신을 불태우면서까지 사랑하는 연인이 부러웠다. 동생들 뒷바라지하다 보니 어느새 혼기를 놓친 신세가 되었지만, 언젠가는 누군가와 짜릿한 사랑을 나눌 수 있으리라 꿈도 꿨다.

온몸이 노래에 녹아들면서 그 꿈이 현실이 되어 밤마다 사랑을 나눴다. 점점 그 대상이 강호의 모습으로 변하고 있을 때, 늦은 밤 마루에 앉아 조용히 함께 들었다. 강호가 어떤 마음이던 상관없다. 옆에만 있으면 된다. 눈 감고 들리는 노래는 강호가 들려주는 노래다. 밤이면 사랑 찾아 다가오는 주인공이 되어서다. 동생들의 푸념에도 아랑곳하지 않고 밤늦도록 '나자리노'를 들으며 건넛방에 누워 있을 강호에게 선율 타고 다가갔었다.

방학이 되어 강호가 시골로 내려간 다음에야 마음을 진정시켰지만, 그래도 한동안 노래는 텅 빈 방을 향해 허공을 휘몰아치다가 어디엔가 있을 강호를 찾아 시골까지 퍼져 갔었다. 마음은 아직도 꿈속에서 헤매고 있을 때, 새 학기가 되면서 강호가 변해서 올라왔다. 일부러 퇴근하면서 대문 열자마자 큰소리로 막내를 부르면 막내보다 강호가 먼저 반겼다. 표현은 못하지만 나를 좋아하는 눈치다. 그 모습에 가슴은 뛰었고 은근히 기다렸다. 곧장 방으로 들어가지 않고 강호와 말 한마디라도 나누고 들어가야 허전한 마음을 달랠 수 있었다. 그래도 늘 아쉬움이 남았다. 한데 며칠 전부터 우연히 마주친 것처럼 나를 기다리고 있다.

"강호 형! 요즘 이상해요."

"엉? 뭐가?"

예전하고 다르게 수업 끝나고 일찌감치 집에 와 있던 승희가 이상한 듯 머리를 갸웃거리며 히죽히죽 웃으면서 묻는다.

"아까 전에 집에 있었잖아? 말없이 나가더니 어떻게 선생님하고 같이 들어와요? 어제도 그러더니."

"뭔 소리야? 그냥 일이 있어 나갔다가 우연히 만났어."

"하여튼 이상하다니깐."

다음날은 아무래도 눈치가 보여서 나가지 못했다. 그래도 시간이 다가올수록 조바심이 난다. 예전에는 몰랐지만 남대문 시장에서부터 찬거리를 사 갖고 오는 것도 예삿일이 아니다. 그냥 걸어오는 것도 오르막길이라 끝자락에 다가올 때쯤에는 숨이 찬다. 하물며 먹을거리를 가득 담은 봉지까지 들고 걸으려면 힘 좀 써야 했다. 눈치 때문에 못 나가고 있으려니 그녀의 가쁜 숨소리가 들린다. 더구나 은근히 함께 걷고 싶어 하지 않았나? 또다시 기다리고 있지 않을까, 기대하며 걸어올 그녀를 생각하니 침이 바짝바짝 타들어 갔다.

이튿날 눈치 없던 승희는 물론이고 아무도 안 들어왔다. 또다시 시간 맞춰 기다리는 장소로 갔다. 은행잎이 서서히 노랗게 물들면서 한잎 두잎 떨어지는 가로수 밑이다. 기다리면서 비록 비는 안 오지만 '김정호'의 '빗속을 둘이서'를 불렀다.

[너의 맘 깊은 곳에 하고 싶은 말 있으면 고개 들어 나를 보고 살며시 얘기하렴….]

부르면 부를수록 지금의 마음을 그대로 투영시키는 노래다. 그녀가 '나자리노'로 그녀의 심정을 보냈다면, 강호의 답답한 마음을 전해주고 싶은 노래다. 그녀가 보일 때까지 멀리 보이는 서울역 청동 지붕을 바라보면서 반복해서 불렀다.

남산 외곽도로는 사람이 다니는 길인데도 불구하고 행인은 뜸하다. 멀리서 누가 오는 모습만 봐도 이제는 그녀의 모습을 분간할 수 있었다. 한쪽 손에 버거운 검은 봉지 들고 힘없이 걷는 모습이다. 세상의 짐은 혼자 다 짊어진 사람처럼 어깨가 축 처져서 걸어온다. 역시 예상대로 다른 날과 별반 차이 없이 그녀의 모습이 보였다. 천근만근 구두가 땅에 박히듯이 다가왔다. 그러나 강호를 보자마자 생기가 돈다.

"호호호. 또 만났네요."

그녀도 멀리에서 서성거리는 강호를 봤을 것이다. 이제는 우연히 마주쳤다고 굳이 말할 필요가 없다. 이심전심으로 알고 있을 테니….

"선생님! 이리 주시죠."

오늘따라 검은 봉지가 두 개다. 핸드백은 흘러내리지 않도록 목에 걸치고 양손에 들고 있는 커다란 봉지가 무거워 보였다. 마중 나온 애인한테 넘기듯이 두 보따리를 이제는 사양도 안 하고 건네준다. 자연스레 어깨를 나란히 하면서 걸었다.

"헤헤헷. 또 우연히 만난 거죠?"

"네, 그러네요."

"어제, 그제는 그냥 집에 있었나 봐요?"

새초롬하게 쳐다보는 눈길이 기다렸는데 나타나지 않은 애인을 타박하는 표정이다.

"하하. 좀 그런 일이 있어서…. 기다렸어요? 그나저나 이번 주 휴일에는 뭐 하세요?"

"왜요? 그냥 집에 있을 것 같은데… 시골 안 내려가요?"

"네, 안 내려가요. 그러면… 어디 같이 놀러 가시겠어요?"

"네? 강호 학생하고요? 호호호."

화들짝 놀란 표정이지만 입가에 번지는 미소가 싫은 기색은 아니다.

"왜요? 별일 없다면서요?"

"아니, 그게 아니고, 갑자기 놀러 가자고 하니깐…."

"그냥 부담 갖지 말고 바람이나 쐬러 가시죠."

"어디로요?"

어디가 중요한 것이 아니다. 바로 가겠다고 대답하자니 멋쩍어서다.

"그건 저한테 맡기세요. 일요일 아침 10시쯤 제가 먼저 나가서 아까 만났던 자리에서 기다리고 있겠습니다."

일요일 아침. 늦잠을 자더라도 10시까지는 시간이 충분할 텐데, 오히려 평소보다 일찍 일어났다. 사실 일찍 깬 것이 아니라 밤새 잠을 설치면서 뜬 눈으로 지샜다. 지난여름 '나자리노'를 밤새워 들으면서 그녀의 목소리, 그녀의 미소를 얼마나 떠올렸나? 그런데 단둘이 데이트할 날이 밝아오는데 잠이 올 리가 없다.

설쳤던 잠도 달아나고 새벽에 일어나 마당으로 들락거렸다. 평소의 그녀라면 아침 준비하느라 일찍 일어난다. 잠시 후에 함께 가더라도 모두가 잠든 틈을 이용해서 말이라도 섞고 싶어서다. 그러나 정작 그녀는 예전처럼 일찍 일어났지만, 남의 속도 모르고 아무런 반응도 없이 부엌에서 일에 몰두하고 있다. 오늘 만날 약속을 잊어버린 것은 아닌가 싶어 부엌문 열고 묻고 싶었지만, 살짝 열린 문틈으로 그녀의 옆모습을 훔쳐보는 것으로 마음을 달랬다.

텅 빈 방에서 몇 벌 있지도 않은 옷을 번갈아 입어보았다. 마당에서 세수하고 머리 감을 때 안방의 동태를 살펴보니, 그녀도 바쁘게 움직이는 것처럼 보였다. 혹시라도 마음이 바뀌지 않을까 노심초사했지만, 그럴 염려는 없는 모양이다.

10시쯤, 청바지에 청재킷을 걸치고 지금 나가고 있다는 신호로 동수를 불렀다.

"동수야! 오늘 날씨가 어떻다니? 비 온다는 말은 없지?"

구름 한 점 없는 가을하늘이다. 일기예보를 못 봤어도 뻔하다. 방 안에 있던 동수가 부르는 소리에 나왔다. 그냥 불러서 할 말이 없었을 뿐이다.

"어! 강호 형도 어디 가세요?"

"아, 그래. 친구들하고 놀러 가느라."

친구가 아니고 마음에 담고 있는 여인과의 첫 데이트다.

얼마 지나지 않아서 그녀가 나타났다. 가을하늘에 어울리는 밝은 하늘색 스웨터에 갈색 주름치마를 받쳐 입었다. 목에는 물방울무늬를 넣은 옥색 스카프가 하늘거리면서 하얀 얼굴과 대조를 이뤄 우아하기까지 하다. 퇴근할 때 보았던 힘든 모습은 어디로 가고 사뿐사뿐 걸어오는 모습이 영락없이 애인 만나기 위해 나서는 여인이다.

"선생님, 오늘 너무 아름다우시네요."

"호호호. 오랜만에 폼 좀 잡았어요. 이제 어디로 가요?"

"저기, 구파발 지나서 삼송리라고 아세요?"

"몰라요, 거기가 어딘데요?"

"하하하! 하여튼 오늘은 저만 따르십시오."

자신감 넘어서 약간은 거만하게 어깨를 으쓱해 보이고 앞장섰다. 난생처음 여인을 동반한 첫 데이트다. 그동안은 장바구니 들어주면서 은근히 데이트를 즐겼지만, 이번은 상황이 다르다. 서로 놀러 가기로 약속해서 떠나는 데이트다. 마음은 벌써 가을하늘만큼이나 부웅 떠 있다. 그녀와 함께라면 어디로 간들 상관없다. 그래도 이왕이면 단둘이 즐기며 추억을 남길 곳으로 가고 싶다.

놀러 가자고 했지만 애들처럼 어린이 대공원에 가기는 그렇다. 그렇다고 여자와 어디를 가본 적도 없고, 서울 근교의 가볼 만한 곳도 딱히 알지 못했다. 그나마 야외라고 가본 곳이라고는 지난봄 교련 시간에 행군하러 갔던 곳이 유일하다. 삼송리에서 시작했는데 한적한 시골 도로 옆에 흐르는 시냇물이 무척 깨끗하게 보였다. 시골 고향에서 보았던 하천처럼 넓은 모래사장도 있었다. 첫 데이트 장소로 부족할지는 몰라도, 자연 속에 흠뻑 빠질 수 있는 곳이다.

불광동 시외버스정류장에서 문산행 버스로 30분 정도 가다 보면 구파발 지나자마자 군경합동검문소가 있다. 이곳에서 내리면 된다. 그래도 한번 가본 기억이 있었기에 쉽게 찾아갔다. 그녀는 문산행 시외버스에 올라타자마자 들떠 있었다. 전혀 새로운 모습이다.

"헤헷, 다른 사람들은 우리보고 애인이라고 하겠네."

"하하하, 애인 아닌가요?"

"글쎄? 누나도 한참 누나뻘인데 어떻게? 호호호, 이렇게 나오니깐 정말 기분 좋네요."

야외로 나온 들뜬 마음에서 그런 건지, 아니면 강호와 함께 있어서 그런지…. 소풍 가는 학생처럼 연신 창밖을 내다보며 신나서 재잘거린다.

"으헤헤. 저기 좀 봐요. 저 아저씨 망측하게 저기서 일 보고 있어요."

밭에서 일하던 농부가 반대로 돌아서서 소변보고 있는 모습을 보고도 호들갑을 떤다.

"와! 서울에서 잠깐 벗어난 것 같은데 완전 시골이네요."

"그렇죠? 이제 조금만 더 가면 도착해요."

구파발을 벗어나는가 싶더니 '안녕히 가십시오.'라는 서울특별시 경계 입간판이 세워져 있는 다리가 나왔다. 북한산에서부터 내려오는 '창릉천' 다리다. 다리를 건너자마자 군경합동검문소에서 내려서 왼쪽으로 난 비포장도로를 따라가면 좀 전에 지나왔던 '창릉천'이 보인다. 딱 한 번 야외 행군으로 와봤지만, 다시 보아도 경치가 좋다. 행군하면서 멋있는 경치에 탄복하던 곳이다. 언젠가는 다시 와보겠다고 했는데 오늘 이렇게 여인과 함께 오리라고는 생각도 못했다. 그것도 마음 설레게 하는 여인이다.

잔잔한 물소리를 내며 흐르는 물은 바닥에 있는 조약돌까지 훤히 들여다보일 정도로 맑았다. 이름 모를 하얀 물새들이 물길 따라 날아오르는 넓은 백사장은 조용하다 못해 평화롭다. 하얀 모래에 찍힌 새 발자국마저 한 폭의 그림이다. 하천 둑에는 들국화가 군락을 지었고 화창한 가을 날씨에 불어오는 산들바람은 싱그러운 물소리와 함께 정겨운 사랑의 하모니를 만들었다. 애인과 데이트하기에는 환상적인 장소다.

모래사장을 걸으니 하이힐은 아니지만 그래도 굽이 있는 구두인지라 불편해 보인다. 마음 같아서는 저 멀리 보이는 모래사장 끝까지 손잡고 걷고 싶지만 바닥이 훤히 보이는 물가로 갔다. 납작한 돌을 모아 그녀를 앉히고 옆에 나란히 앉았다. 어깨를 기대며 앉고 싶은 마음과는 달리 살짝 거리를 두었다. 한 뼘의 거리. 최대한 예의 바르게 보이면서도 정감이 있는 거리다. 비록 한 뼘이어도 이 넓은 들판에서는 거리라고 할 수도 없다. 그러나 그 한 뼘을 좁히기 위해서는 지구 한 바퀴를 반대로 돌아서 만나는 것보다도 어려울 수 있다. 이제부터 시작이다.

숨소리까지 들리는 곳에 나란히 앉아있으려니 막상 말이 안 나온다. 그녀도 마찬가지다. 버스 타고 오는 내내 재잘대던 모습은 어디 가고 조용하다. 한동안 말없이 무슨 말을 해야 할지 몰라 여울지며 흐르는 시냇물만 바라보고 있었다. 밤마다 생각하고 있었다고 말하기에는 너무 고즈넉한 표현이다. 그렇다고 사랑한다고 고백하기에는 아직 설익은 과일 같아서 쉽게 내동댕이칠 것 같았다. 이래저래 무슨 말을 해야 할지 용기가 안 생긴다. 무심한 물소리는 가슴 깊이 우러나는 이런 마음과는 아랑곳없이 조용하다. 그녀도 무슨 생각을 하고 있는지 한동안 말없이 흐르는 물을 보다가 조용히 정적을 깼다.

"여기 오니깐 가을을 느끼겠네요. 어쩜 저렇게 물이 맑아요?"

"그렇죠? 여기 잘 오셨죠?"

"…."

수정은 지난 이틀 동안 잠을 못 잤다. 강호가 같이 놀러 가자고 할 때만 해도 쉽게 동의했다. 막상 함께 놀러 간다는 것이 무슨 의미인가? 그것도 단둘이서….

시집가야 할 나이에 한참 어린 학생과 무슨 사랑놀이도 아니고, 더욱이 애인은 될 수도 없다. 강호는 뭣도 모르고 자신을 좋아하는 눈치다. 공연히 나이 어린 사내 마음만 흔들어 놓는 것은 아닌지…?

오늘 아침까지도 마음을 결정하지 못하고, 휴일인데도 여느 때처럼 일찍 일어나 출근하듯이 준비하다 보니 여기까지 왔다. 진즉에 못 간다고 말하지 못한 것이 후회스러웠지만, 한편으로는 잘 왔다는 생각도 들었다. 강호와 함께 있어서라기보다는 그동안의 스트레스가 풀린다. 맑은 공기, 속살이 훤히 보이며 흐르는 맑은 물, 들국화 향이 묻어나는 가을바람과 새소리가 정말 오랜만에 느껴지는 자유다.

흐르는 물을 바라보며 강호도 복잡하다. 아름다운 시골을 보여주기 위해 온 것이 아니다. 지난여름 밤마다 '나자리노'들으며 그녀를 생각하는 마음에 잠 못 이루는 날이 한두 번이 아니다. 그런 그녀와 둘만의 데이트다. 막상 여기까지 왔다.

'어떻게 마음을 전달하나?'

'아니지, 너무 서둘다가는 그나마 함께 있는 시간까지 날릴 판이다.'

'농담 식으로 말하지만 선생님도 갈등이 많을 거야, 여기까지 동행한 것을 보면 그래도 나에 대한 미련이 있어서 그런 거 아닌가?'

'용기를 내서, 좋아한다고 말할까?'

정적은 오래가지 않았다. 흐르는 물을 말없이 바라보던 그녀가 고개를 돌려서 강호를 쳐다봤다.

"여기도 서울인가요?"

"글쎄요. 여기는 고양군 아닌가요? 아까 버스 내리기 전에 뭐 '안녕히 가십시오.'라는 간판이 있었어요. 거기가 서울시 경계 같은데요."

바라보는 눈길을 의식하면서 마음속 갈등하고는 다르게 무심한 척 대답했다. 여인과 이렇게 가까이 앉아서 대화한 적이 없는 강호는 선생님을 마주 보고 말할 용기가 없다. 그러나 선생님은 강호가 대답하는 순간에도 눈가에 살짝 웃음기까지 띠면서 쳐다보고 있었다.

"서울을 잠깐 벗어났는데 어쩜 이렇게 조용하죠?"

"그러니까 휴일 날 가끔 이렇게 나오는 것도 좋습니다."

"호호호. 강호 학생 덕분에 오늘 오감이 호강하네요. 이럴 줄 알았으면 김밥이라도 싸 올 걸 그랬나 봐."

"배고프세요?"

"아뇨. 그냥 너무 공기 좋고 물 맑은 곳에 있으니 소풍 온 것 같잖아요. 호호호."

"그렇지 않아도 아까 시외버스정류장에서 뭐 먹을거리를 살까 하다가 말았어요. 이따가 식당에 들리죠."

사실 김밥을 사려고 마음은 먹었었다. 그러나 첫 데이트 하면서 김밥으로 끼니를 채우려니 예의가 아닌 듯싶어서 참았다. 아쉽지만 김밥이라도 있으면 좀 더 자연스러웠겠다. 그러나 지금 이 순간 배고픔을 느끼는 신경은 없다. 온몸에 장착된 모든 신경은 오로지 여인을 향해 존재할 뿐이다. 가슴 설레게 하는 사람과 함께 있는 자체가 행복이다. 달리 할 말이 없어서 어색한 기분을 소풍처럼 얘기하는 선생님 마음도 불편해 보인다.

그러고 또다시 두 사람은 물소리만 들었다. 물속에서 놀고 있는 피라미 떼를 쫓아가는 눈과는 다르게 마음은 그녀를 껴안고 있었다. 아무리 연상으로 나이차가 많다고 하지만 청춘남녀다. 외딴곳에서 단둘이 앉아있으려니 없던 감정까지 생길 판이다. 하물며 지난여름 꿈속에서 헤매던 여인이다. 물소리 새소리와 함께 바람결에 스치는 여인의 향기가 온몸을 마비시켰다.

침묵은 오래가지 않았다. 잠깐이라도 침묵 속에 빠지면 부담되는 모양이다. 그녀는 학생들 가르치며 일어났던 이야기, 같은 동료 간에 생겼던 얘기로 끊임없이 말했다.

일상의 얘기를 들으면서 처음에는 시큰둥하게 받았으나, 오히려 그녀를 알게 되었다. 그럴수록 애틋한 감정은 더 커졌고, 이런 감정을 쉽게 말하기에는 아직 일렀다. 좀 더 여물 때까지 기다려야 했다.

아무도 모르게 둘만의 데이트 아닌 나들이를 하고 돌아온 이후에는 좀 더 적극적으로 퇴근길 데이트를 즐겼다.

한 지붕 밑에 살고 있는 사람들에게는 이상하게 보이지 않으려고, 아예 집에 들어가지 않고 남산도서관에서 기다리다가 시간 맞춰 마중을 갔다. 그녀도 매일 같이 만나면서 더 이상 묻지 않았다. 오히려 함께 걷는 시간을 즐기기 위해 천천히 걸었다.

서서히 이심전심으로 서로의 마음을 알고 지낼 쯤, 겨울 방학 되면서 다시 시골로 내려갔다. 긴 시간 못 보는 아쉬움이 컸으나, 혼자 자취하면서까지 있을 수는 없다. 일단 명분이 없다. 두 사람의 관계 때문에 남아 있겠다고 해본들 미친놈이라 할 것이 뻔하다.

시골집에 내려와서는 여름방학 때 노래 듣겠다고 매일같이 찾아갔던 식당도 이제는 갈 필요가 없어졌다. 아직도 '나자리노' 노래만 나오면 반사적으로 그녀가 생각나지만, 여름철 뜨거웠던 짝사랑의 열기는 많이 줄어들었다. 그렇다고 사랑하는 마음이 없어진 게 아니다. 지난 몇 개월 동안 시장바구니 들고 함께한 데이트로 목마르던 상사병이 없어졌다. 사랑한다는 말은 못 했지만, 호감을 갖고 있다는 정도는 그동안의 만남에서 느꼈다. 단지 서로 마음은 인정하면서도 말을 못 하고 있을 뿐이다. 잘못 말을 꺼냈다가는 어디까지 가야 할지 결정을 못 하는 것도 문제지만, 그보다 지금 누리고 있는 설렘이 깨질까 싶어서다.

3. 감미로운 병원 침대 생활

긴 겨울방학 마치고 또다시 한 지붕 아래 네 남자와 네 여자의 생활이 시작되었다. 그동안 딱히 변한 것은 없다. 굳이 달라진 것이라면 제주도에 내려갔던 부모님이 겨울에 올라오셨다가 다시 내려갔고, 재수생이던 셋째가 대학생이 되었다. 그러나 정작 달라지지 말아야 할 그녀가 변했다. 아무도 모르게 반겨 주리라 믿었던 그녀의 태도가 변했다. 오랜만에 만났으니 반가운 마음에 손이라도 잡으면서 말하고 싶었다. 그러나 서울 올라온 첫날, 말도 제대로 건네기 전에 살짝 어두운 미소만 남기고 돌아선다. 수심이 가득한 얼굴이다.

그리고 며칠 뒤 3학년 새 학기 수업 마치고 점심때를 훌쩍 지나서 집에 왔을 때다. 둘째, 셋째, 마지막 막내까지 평소에는 늘 늦게 보이던 동생들이 심각한 표정으로 마루에 앉아있었다. 학교는 갔었는지 모르지만 한숨 쉬고 앉아있는 모습이 그동안 못 보던 행동이다. 처음에는 모른 척하고 힐끔거리면서 방 안으로 들어가려다, 아무래도 이상하다.

"동수야, 왜? 무슨 일인데?"

"어…."

동수는 뭔가 말하려다가 누나들 눈치를 살피더니 입을 다물었다. 모두가 꿀 먹은 벙어리가 되어 손바닥으로 마루를 쓸면서 간간히 긴 한숨이다. 분명 뭔 일이 있다. 그동안 대화할 일도 없었지만, 같은 공간에 살면서도 별로 마주치는 일이 없어서 서로의 존재만 의식하고 눈인사 정도 나누던 둘째에게 물었다.

"수경 씨, 무슨 일 있어요?"

"…."

묵묵부답 말이 없다. 그러는 언니를 쳐다보던 셋째가 조심스럽게 눈치 보며 나직하게 말한다.

"큰언니가 병원에 입원했어요."

"네? 왜요? 어느 병원인데요?"

놀래서 환자의 상태를 묻기도 전에 왜 병원에 입원했는지가 더 궁금하다. 마지못해 흘러나오는 수경 씨의 말은 놀라웠다.

큰언니가 수면제를 얼마나 먹었는지 아침이 되어도 깨어나지 못했다. 평소에도 불면증에 시달려서 밤마다 수면제 힘으로 잤었다. 그런데 오늘 아침에는 전혀 일어날 기미도 안 보이고 의식불명 상태였다. 처음에는 조금 시간 지나면 깨어나겠지 했는데, 모두가 등교하기 위해 나설 때까지도 너무 조용해서 결국 119에 연락했고, 긴급으로 응급처치하고서야 깨어났다. 지금은 병원 중환자실에 있다. 의사 말로는 수면제를 다량 섭취해서 아직은 지켜봐야 한다고 한다. 방금 전에 모든 일을 마치고 돌아왔다. 구구절절 말하면서도 큰언니의 건강에 이상이 없을지 걱정된다며, 이 모든 것이 자기들 때문이라고 또다시 한숨짓는다.

무슨 사연으로 그랬는지 묻지도 않고 병원으로 달려갔다. 남대문 시장 옆 제일병원이다. 종합병원치고는 작은 병원이지만, 응급실을 갖춘 병원이다. 다행히 집에서 멀지 않았고 사태가 급박한 환자인지라 가장 가까운 병원이라고 왔다. 병원에 갔을 때는 중환자실에서 모든 처치가 끝나고 4인 일반 병실로 옮긴 이후였다. 병실에는 다른 내방객은 안 보이고 환자들만 침대에 누워있었다. 모두가 여성이다. 그녀가 누워있는 침대는 창가였다. 침대에 걸쳐놓은 명찰에 [이 수정(F27), 절대 안정, 금식]이라고 적혀 있는 것을 보고서야 담요를 덮어쓴 채 누워 있는 환자가 그녀라는 것을 알았다. 어떤 상태인가 보고 싶다. 살며시 머리끝까지 덮여 있는 담요를 들치는 순간 눈이 마주쳤다.

"아니, 선생님. 어떻게 된 일이에요?"

"왔어요?"

엷은 미소만 띄우고 더 이상 말이 없다. 그동안은 서로 눈 마주치면 강호가 피했다. 그런데 지금은 그녀가 피한다. 살포시 내리깔며 피곤해 보인다.

"어떻게, 괜찮아요?"

"네…."

스르르 눈이 잠긴다. 피곤하기도 하지만 더 이상 마주하기 어려워한다. 담요를 다시 덮어주고 힘없이 침대 옆에 있는 의자에 앉았다. 환자 도우미용으로 사용하는 간이침대다.

강호가 시골에서 긴 겨울을 보내고 있을 때, 주인집에서는 여러 사건이 있었다. 제주도 감귤 농장으로 일하러 가셨던 부모님이 올라오셨고, 셋째가 대학에 합격했다. 대학이야 당연히 재수하면서까지 가려고 했으니 합격했다면 좋은 일이고, 축하받아야 할 것이다. 그런데 그렇지 못했다. 부모님이 올라오면서 빈손으로 온 것이 화근이다.

"아니, 엄마! 일 년 동안 일하러 가셔서 어떻게 땡전 한 푼 없이 오실 수가 있어요?"

처음에는 부모님이 그저 엄살로 그러는 줄 알았다. 한데 사실이란다.

"네 아버지가 어디 예사 사람이냐? 함께 벌어도 시원치 않을 판에 허구한 날 나를 감시한다고 혼자서는 일하러 가지도 않고, 어쩌다 내가 일이라도 할라치면 다른 남정네들과 함께 있는 꼴을 못 보니 어떻게 하냐?"

"이제 셋째 대학 들어가잖아. 등록금은 어떻게 해요?"

"흐이구, 내가 할 말이다. 네 아버지 하는 짓 때문에 일도 제때 못하고 겨우겨우 먹고살기 바빴단다. 으이구. 네 아버지가 웬수다."

아버지의 의처증이 너무 심해서 아무도 모르는 곳으로 피해갈 겸 제주도로 돈 벌기 위해 떠난 것이 일 년 전이다. 그런데, 여기 서울에서 그랬듯이 그곳에서도 별반 나아진 것이 없었단다. 처음 몇 달간은 생면부지 모르는 곳이라 여겼는지 의처증 없이 열심히 일할 수 있었다. 그러나 제 버릇 개 못 준다고, 또다시 병이 도져서 오히려 더 꼼짝 못하게 바깥출입을 못 하게 하니 일할 시간이 없었다.

저축은 고사하고 두 사람 입에 풀칠하기 바빴단다.

그동안은 선생님인 큰언니의 월급으로 5남매가 겨우겨우 생활했다. 둘째 대학등록금은 본인이 장학금을 받든지 어떻게 해서라도 해결하였기에 목돈 들어가는 것이라고는 셋째의 학원비가 전부였다. 그래도 여고생인 넷째야 학생복이라 크게 신경 쓸 일이 없지만, 나머지 처녀가 3명이다. 한참 물오른 처녀들이 애인이 없다는 이유로 옷에 신경 끊는다 해도, 가끔은 남대문시장에서 철 따라 옷 한 벌씩은 사 입어야 했다. 체격이 비슷해서 서로 돌려가며 입으니 그나마 다행이지만, 얼굴에 바르는 화장품은 기본 화장만 해도 처녀 3명이 바르다 보면 금방 떨어졌다. 둘째가 대학생 되면서 틴트랑 립스틱까지 찾으니 화장품값만 해도 만만치 않았다. 거기에 이제 중학생인 막내는 사내라고 먹는 양이 누나들 4명이 먹는 것보다 많았다. 한창 자랄 나이인지라 반찬에도 신경 쓰려 하니 매일같이 시장에서 퍼 나르는 야채 값이며, 어쩌다 생선이나 돼지고기라도 살라치면 지갑에 돈이 남아 있지를 못했다.

그러는 판에 셋째가 대학에 입학했다며 합격통지서를 갖고 왔는데, 축하한다면서도 마음이 무겁다. 예상한 일이었지만 막상 대학등록금을 준비하려니 앞이 캄캄하다. 그나마 희망이라고는 부모님이다. 그 정도는 벌어서 오겠지 했었다. 그런데 없단다. 돈만 없는 것이 아니고 당장에 입이 늘어서 반찬 준비하는 것도 벅차다. 아버지는 겨울이라 막일할 만한 곳도 없고, 일 년이라는 공백 때문에 알고 지내며 소소하게 같이 일하던 사람들과도 연락이 끊겼다. 며칠째 집안에만 있다가 오늘도 엄마랑 한판 싸우고 나갔다. 분명 저녁 나절 다 되어서 술 취해 들어올 것이다.

가장이 누구인지? 시집갈 나이에 동생들 뒷바라지나 하고 이제는 부모님 공양까지 해야 할 판이다. 봄이 되면 다시 제주도로 내려간다고 했지만, 달라지지 않는 한 언젠가 또다시 무일푼으로 올라와서 오늘처럼 술값이나 달라고 하시겠지….

믿었던 부모마저 손을 벌리고 있으니 언제까지 푸념만 할 수 없다. 등록금 납입 일자는 밀물 때 물 들어오듯이 순식간에 다가왔다. 마지막으로 생각해 낸 것이 학교 재단에 대출 신청하는 일이다.

방학이지만 서무실에는 항상 직원이 있었다. 모처럼 외출 준비하고 학교로 가는데, 평소 다니던 학교인데도 왠지 다른 곳처럼 느껴졌다. 학생이 없어서 텅 비어 있는 교정 때문이 아니다. 오늘은 목적이 다르니 마음자세부터 변해있었다. 늘 드나들던 교무실을 지나서 서무실 문 앞에 서 있으려니 자신이 너무 초라해 보인다. 정말 이렇게까지 해야 하나 싶어서 서글펐다. 그러나 운명인 것을 어쩌랴. 머뭇거리다가 심호흡을 크게 하고 들어섰다.

"어! 이 선생님이 웬일이세요?"

"안녕하세요? 최 과장님."

연탄난로를 가운데에 끼고 박 양과 둘러앉아 뭔 얘기로 한참 떠들던 최 과장이 문 여는 소리에 놀라서 고개를 돌리다가 눈이 마주쳤다.

"오늘 당직이세요?"

"아뇨, 그냥 상의드릴 일이 있어서요."

"네! 저하고요?"

"네, 잠깐이면 되는데…."

그러면서 박 양 눈치를 살피니 슬며시 일어나서 본인 책상으로 걸어간다. 최 과장은 그때까지도 고개만 돌리고 얘기하고 있었다는 사실을 깨달았는지 의자를 고쳐 앉았다.

"왜? 무슨 일이 있나요?"

"아니, 저, 잠깐 나가서 얘기할 수 없을까요?"

아무래도 돈 문제 얘기하려는데 결국은 알겠지만 그래도 박 양까지 있는 곳에서 말하기가 쑥스럽다.

최 과장은 당직도 아니면서 일부러 학교까지 찾아와서 할 말이 있다니 귀찮지만 복도로 나왔다. 더구나 이 선생은 같은 교사들 중에서도 가장 단정하고 모범적인 교사다. 아직 노처녀로 시집 안 가고 있는 것이 궁금하지만 늘 웃고 지내는 모습이 좋았었다.

"왜? 무슨 일이에요?"

"네. 저기…."

그러나 막상 대출받겠다고 말하려니 입이 떨어지지 않는다.

"괜찮으니깐 말씀하세요?"

최 과장도 이쯤 되자 대충 눈치로 알겠다. 교사들이 서무실로 찾아오는 경우는 극히 드물다. 몇 년이 되어도 얼굴 한번 못 보고 지내는 교사도 있을 정도다. 그러나 어쩌다 찾아오는 교사들의 대부분은 돈 때문이다. 다른 때는 그렇게 당당하게 목을 곧추세우고 다니면서도 여기만 찾아올 때는 마치 학생들이 교무실에 불려와 서

있는 모습이다. 죄지은 것도 아니면서 괜히 주눅이 들어있다. 지금 이 교사의 모습이 딱 그 상태다.

"왜? 돈이 필요하세요?"

"어! 어떻게 알았어요? 네… 그래요."

속마음을 들킨 것 같아 순간 당황했지만 오히려 홀가분해졌다.

"얼마나 필요한데요?"

"제가 얼마까지 되려나 모르겠네요, 한 30만 원 정도거든요."

"그래요? 선생님은 여기 계신지 몇 년 되셨죠?"

"올해로 5년 차 시작이에요."

"벌써 그렇게나 되었나요? 뭐 그러면 가능할 거에요. 알아볼 테니 교무실에서 기다실래요?"

말 꺼내기가 어려웠지 의사소통은 충분히 했다. 홀가분한 기분으로 교무실로 가니, 마침 친하게 지내는 박 선생님이 당직이시다. 같은 여교사이면서 나이는 10년이나 위인데도 스스럼없이 대할 수 있는 분이다. 역사를 가르치는데 학생들한테도 인기가 많다. 오늘처럼 출근하는 날도 아닌데 학교에 나타나면 무슨 일이나 있나 싶어서 쓸데없이 구설수에 오를 수도 있었다. 다행이다.

"웬일이래, 뭔 일 있어?"

"아뇨, 그냥 서무실에 볼일이 있어서요."

박 선생하고는 가끔 집안일도 상의하고 속 얘기도 나누는 처지라 굳이 숨길 일도 아니다.

"왜? 대출받으려고?"

"그렇게 됐어요, 이번에 셋째가 대학에 들어가잖아요."

"아! 재수한다더니 어디 합격한 거야? 축하해요, 어느 대학인데?"

"네, 한국여대."

"잘되었네, 집에서도 멀지 않지?"

"그래서 그나마 다행이에요, 집에서 다닐 수 있으니…."

"그런데, 부모님이 제주도에서 일하신다면서 보태주지 못하나 보지?"

"네. 부모님만 생각하면 창피해서 죽겠어요. 이번에 겨울이라 올라오셨는데 완전 빈털터리에요."

"에이, 설마. 그래도 뭐 사연이 있었겠지…."

"그 사연이라는 것이 창피해서 말도 못해요."

순간 눈물방울이 얼굴을 타고 내려왔다. 어디 하소연할 곳도 없어서 말도 못하고 속으로 끙끙 앓던 참이다. 서로 이해하며 살갑게 대하던 박 선생과 대화를 하다 보니, 그동안 마음고생 했던 일들이 새록새록 올라오면서 설움이 북받쳤다.

"이 선생님! 힘내요, 지금까지 잘했잖아. 뭐 수가 있겠지…. 그리고 이거 내가 직접 끓여서 온 생강차야. 한번 마셔봐."

그러면서 커다란 보온병에서 김이 모락모락 나는 생강차를 따라준다. 먹먹한 가슴을 쓰다듬으면서 그래도 속내를 알아주는 분이라 미소로 답한다.

"참, 그렇지 않아도 내가 뭐 좀 물어보려고 했는데."

"네? 뭔데요?"

"다른 게 아니고, 내 사촌 남동생이 있거든, 무역회사 하면서 돈도 꽤 벌었어. 그런데 아직 총각이야. 좀 흠이라면 돈 버느라 여자를 못 만나서 나이가 좀 되지만…. 이 선생도 시집갈 생각은 있는 거지?"

"글쎄요. 동생들 때문에 생각을 못했어요."

"그러니깐, 돈 많은 남자를 만나면 처제들이야 알아서 해결해주잖아. 내가 생각해도 둘이 딱 좋겠다 싶은데…. 이 선생만 좋다면 내 당장에 성사시켜 보려고, 어때? 올해 이 선생 나이가 어떻게 되지?"

"집 나이로 스물여덟요."

"아이고, 이 선생도 빨리 시집가야겠다. 걔가 나보다 한 살 아래니깐 올해 서른일곱이야. 너무 나이차가 많은가?"

"…."

무어라 말도 못하고 얼굴이 붉어지는 것 같아서 아래쪽을 쳐다보는 순간 마침 전화벨이 울렸다.

당직인 박 선생이 받더니 서무실에서 찾는단다. 곤란한 상황에 때맞춰 자리에서 일어날 수 있어서 다행이다.

사실 박 선생의 말이 맞다. 이 나이에 시집 못 가는 이유는 동생들 때문이고 결국은 돈이다. 그렇다고 동생들 뒷바라지 위해서 언제까지 이러고 있을 건가? 막내까지 대학 마치려면 앞으로 10년은 버텨야 한다. 그때는 서른여덟이다. 남자 나이 서른일곱도 많다고 생각하는 판에, 여자로서는 완전 퇴물이요 똥차다. 잘해야 홀아비 아니면 첩살이다.

그렇다면 좀 전에 제시한 조건도 나쁘지 않다. 오히려 감사하다고… 성사시켜 달라고 부탁해도 모자랄 판이다.

그러나 기분은 아니다. 심청이가 공양미 삼백 석을 마련하고 인당수에 몸을 던지는 것과 뭐가 다르단 말인가? 꼭 팔려 가는 느낌이라 선뜻 답하지 않고 일어났지만 뒤통수가 뜨겁다. 서무실까지의 짧은 거리가 27년이라는 세월을 걷는 기분이다.

"이 선생님! 대출은 가능한데요. 언제 필요한 거죠?"

문 열고 들어설 때까지도 난로를 가운데에 끼고 박 양과 마주 앉아 시시덕거리며 놀고 있던 최 과장이 고개만 살짝 돌려서 묻는다. 박 양도 무슨 일로 왔는지 뻔히 알고 있으니 굳이 자리를 피할 일이 아닌 듯, 그대로 난로에 양 손바닥을 찌우면서 이 선생을 쳐다본다.

"동생 대학 등록금이라 이달 말까지 해야 하는데요."

"그래요? 아이고, 큰일 났네. 지금 이사장님이 해외 출장 중이라 다음 달 초에나 들어오시거든요. 재단 방침이 모든 대출은 이사장님의 결재가 나야 하는데…. 어쩌죠?"

"네? 그러면 안 되는데요. 과장님이 어떻게 해보세요."

"제 선에서 될 일이 아니라서…."

이런 일이 발생하리라고는 생각지도 못했다. 창피해서 말을 못했지 한번 시작한 말은 뻔뻔해진다.

"과장님! 안 돼요. 무조건 이번 달에 해결해주셔야 돼요. 부탁할게요."

"허, 참…. 안 되는데…."

머리를 긁적이며 망설이는 최 과장에게 마지막으로 한마디 던지고 나왔다.

"학교 앞 정릉식당에서 기다리고 있을 테니 마무리하고 오세요."

재단 방침이다. 이사장님이 해외 출타 중이라 어렵다. 그러나 모든 일은 사람이 하는 일이다. 전결권이라는 것도 있을 테고 후결이라는 것도 있다. 꼭 원칙대로 얘기하는 최 과장의 말투를 보아하니 여지가 있어 보였다. 정릉식당은 가끔 학교에서 회식 장소로 찾아가는 식당이다. 방이 있어서 조용히 얘기하기도 좋고 뭐니 해도 이런 추운 날씨에 생태찌개로 소주 한잔하며 분위기 맞춰주기에 적당한 곳이다.

최 과장은 따뜻한 방에 들어가 한 시간 남짓 기다리고 있을 때 왔다.

"어이구, 오래 기다렸죠? 그냥 가셔도 되는데…."

'뭐야, 그냥 가도 된다는 말은? 애초에 가능했다는 뜻이야?'라는 생각이 순간 들면서 모르는 척 받아넘겼다.

"아니, 괜찮아요. 괜히 저 때문에 고생하시는데 식사라도 해야 할 것 같아서요."

"사실은 안 되는 일인데, 사정이 딱하신 것 같아서 제가 책임지고 진행시켰습니다. 내일 나오세요. 드릴 테니깐."

꼭 제 돈 주는 것처럼 생색을 낸다. 어떻든 해결되었으니 한시름 놓았다.

"어떻게 뭐로 하시겠어요? 아직 식사 때는 멀었고 술 한 잔 어떠세요?"

"저야 소주가 좋죠, 안주로는 선생님이 좋아하시는 것으로 하세요."

최 과장은 방학인지라 학교 업무도 별반 없고, 이사장도 출타 중인 마당에 굳이 퇴근 시간 지킬 이유가 없었다. 평소에 예쁘다고 눈여겨보았던 이 선생이 대출받겠다고 나타났을 때부터 뭔가 수작을 부리고 싶었다. 이사장 핑계를 댔지만, 어떻게 해서라도 힘든 일을 한 것처럼 해야 한다. 눈치 빠른 이 선생이 식당에서 기다리겠다고 하는 순간, 속으로 쾌재를 불렀다. 일은 벌써 끝냈다. 박 양에게는 좀 더 있다가 퇴근하라고 지시하고 금방 나오면 속 보이는 것 같아서 일부러 한 시간 여유 두고 나왔다.

"여기요, 아줌마! 생태찌개 안주용으로 하나 주시죠. 소주 한 병도요. 이 선생님은 술 좀 하나요?"

"아뇨, 저는 한 잔만 들어가도 심장이 벌렁거려서 못해요."

"하이고, 그럼 괜히 저 때문에…."

"아니에요, 힘든 일 도와주셨잖아요. 당연히 과장님 원하는 것 시켜야죠. 저도 딱 한 잔만 하죠 뭐. 호호호."

뭐가 재미있어서 웃는 것이 아니다. 그냥 이럴 때는 감정 없는 웃음이지만 분위기 맞춰주는데 최고다. 주방에서 대충 끓여온 냄비를 다시 식탁에서 끓이면서, 정갈하게 차려놓은 반찬을 안주 삼아 일단 술 한 잔 올렸다.

"과장님, 한 잔 받으세요."

"허허허. 이 선생이 주는 잔을 다 받네요."

"그리고 저도 한 잔 주시고요."

"허허 좋습니다. 자 그래도 첫 잔인데, 뭐라고 해야죠? 그냥 위하여! 합시다."

동시에 잔을 튕기며 "위하여."라고 외친다. 뭐를 위하여 인지는 몰라도 아마 오늘 저녁 이 자리를 위하자는 뜻이 가장 크겠다. 최 과장은 뭐가 그렇게 좋은지 허허거리며 숟가락으로 생태찌개를 뒤적인다.

이 선생은 처음 한 잔은 찔끔거리며 홀짝대다가, 최 과장이 연신 "위하여."를 외치며 잔끼리 부닥치는 바람에 엉겁결에 서너 잔을 마셨다. "위하여"를 외쳤으면 입에 대는 흉내라도 내야 한다는 수작에 몇 방울씩 홀짝대던 결과다. 최 과장은 벌써 세 병째 시켰다.

"이 선생! 내가 말이죠, 오늘 기분 째집니다. 이 선생은 모르죠? 우리 학교에서 이 선생이 제일 미인이라고 소문나 있는 거…."

"네? 누가 그래요? 호호호."

나이는 40이 좀 안 되는 것 같은데 언제부터 호칭에서 '님'자가 빠지고 은연중에 애인 다루듯이 한다.

"정말 모르고 있었나 보네. 우리같이 젊은 남자들은 전부 이 선생이 미인이고 성격 좋다고, 침을 질질 흘려요."

"아니, 왜 침 흘려요?"

"아니, 그런 거 있어요. 남자들이 모이면…."

뭔가 기분 좋은 말인 것 같으면서도 께름칙하다. 그래도 이 남자 앞에서 장단을 맞춰야 한다. 아직은 돈을 받지 않았으니….

"그나저나 이 선생은 왜 아직 결혼 안 하죠? 어디 숨겨놓은 남자라도 있나?"

"에이, 그런 거 없어요."

"그런데, 왜요? 이런 미모에 교사로 있으면 남자들이 줄을 설 텐데…. 너무 눈이 높은 거 아뇨?"

"…."

이럴 때는 딱히 할 말이 없다. 집안 사정을 얘기해 본들 쪽팔리는 일이고, 더구나 같은 교직원이라 하지만 오늘 처음 만난 사람 아닌가?

"어디 손 좀 내봐요."

"아니, 왜요?"

"내가 손금을 좀 볼 줄 알거든요. 한번 봐주려고…. 시집은 언제 갈 수 있나? 흐흐흐."

"어머나! 됐습니다. 때가 되면 어련히 가겠죠."

"허허. 그게 아니라니깐? 결혼도 다 운명입니다. 이리 줘 봐요."

슬그머니 식탁을 건너 옆으로 다가와 앉는다. 아주 자연스런 행동이다. 갑자기 옆으로 다가온 과장을 어찌할 수가 없어서 자세만 고쳐 앉았다. 여간 불편한 것이 아니다. 더구나 팔을 당기면서 손을 잡아끄는데, 어쩔 도리 없이 맡겼다.

"가만있자…. 어이구, 손도 참 예쁘네."

손금을 보는지 모르지만 다른 손까지 달라고 하면서 한참을 조몰락거린다. 겨우 손 놓고 한다는 말이 가관이다.

"허어, 지금도 좋아하는 사람이 있는 거 같은데… 혹시 나는 아니죠?"

"네에?"

더 이상 있다가는 무슨 봉변을 당할지 모른다. 시간이 많이 흘렀다 하면서 일어났다.

"내일 학교에서 봬요."

집으로 오는 내내 손바닥이 가렵다. 벌레가 손바닥을 기어 다니는 기분이다. 아무리 비누로 씻어도 그 느낌은 그대로다. 손바닥 문제가 아니다. 온몸으로 느꼈던 자괴감은 쉽게 지워지지 않았다.

다음날, 대출받은 돈을 주면서도 능글맞게 웃던 최 과장의 얼굴은 양손을 조몰락거리며 웃던 모습과 너무 흡사했다.

그렇게 모멸감을 느끼며 겨우 셋째 대학 등록금을 마련했는데도 부모며 동생들로부터 고맙다는 말 한마디 없다. 돈이 저절로 생긴 모양으로 알고 있다. 어떻게 만든 돈이냐? 돈 때문만이 아니다. 돈 버는 기계도 아니고, 자괴감에 섭섭함이 더해져서 삶을 송두리째 바쳐야 하는 인생이 어느 날부터 우울하게 만들었다. 추운 겨울 만큼이나 땅속 깊이 숨어 사는 동물처럼 방안에서 웅크리며 지냈다. 긴 방학이 끝나 학교를 나가도 예전 같은 즐거움이 없어졌다.

오히려 서무실 앞을 지날 때는 최 과장이 게걸스런 눈으로 쳐다보는 것 같아 온몸이 가렵다.

봄 되면서 부모님은 제주도로 내려가시고, 또다시 건넛방에는 학생들이 들어섰다. 예나 지금이나 변한 것이라고는 없다. 단지 셋째가 대학생이 되면서 조금은 집안일을 도와주는 것 말고는 없다. 그러나 마음은 많이 변했다. 웃어도 예전처럼 크게 웃지 못하고 세상살이 힘든 생각만 들었다. 강호를 오랜만에 봤어도 지난가을의 풋풋한 감정이 안 생긴다.

수면제 도움 없이 잠을 못 자는 것은 오래전부터다. 그래도 처음에는 한 알만 먹어도 잘 수 있었는데 근래 들어서는 그마저도 쉽지 않다. 이제는 큰언니로서 할 도리 다 한 것 같은 생각에 아주 멀리 외딴곳으로 떠나고 싶기도 하고 조용히 잠들고 싶다.

어제 밤에는 초저녁에 미리 수면제를 먹었다. 늦도록 효과가 보이지 않아서 또다시 먹었다. 그저 몽롱한 상태에서 아침이면 깨어나겠지 하는 생각으로 한 움큼을 털어 넣었다.

"의사 얘기가 그래도 일주일은 요양해야 한다고 그러네요."

"…"

오랜만에 많이 잔 것 같았는데, 병원이란다.

정말 간만에 깊은 잠속에 빠져서 꿈을 꿨다. 넓은 모래사장이 있고 새소리 들으며 흐르는 물에 비친 모습은 내가 아니다. 물결에 출렁이지만 분명히 젊은 남자다. 누군가 싫어 숙이다가 물에 빠지는 꿈이다. 놀래서 깬 것 같은데 또다시 꿈속이다. 이제는 물속에서 허우적거릴 때 그 멋진 남자가 손을 내밀어 잡아준다. 겨우 살았다고 숨을 크게 들이키는 순간 누가 이불을 들쳐서 깼다. 강호다.

"선생님, 필요한 거 있으면 말하세요. 집에서 갖고 올 것은 없나요?"

"아뇨."

동생들 중 누군가가 몇 가지 옷과 읽을 책을 갖다 놓았다. 지난 밤사이에 무슨 일이 있었나? 왜? 무엇이 그녀를 이렇게 했는지 묻고 싶다. 그러나 아무 말 없이 그녀를 감싸주고 싶다. 모든 것을 이해

한다며….

또다시 깊은 잠에 빠져있는 그녀를 들여다보았다. 방학 동안 밤마다 그리워하며 보고 싶었던 여인이다. 환자라 생각해서 그런지 평소보다 수척해 보일 뿐, 화장 안 한 얼굴인데도 잡티 하나 없다. 꿈속에서 자주 보았던 활기찬 모습은 아니지만, 이렇게 가까이서 오랫동안 지켜본 적이 없다. 비록 잠자는 모습이라 할지라도 숨소리 들으며 하염없이 바라봤다.

늦은 시각이 되자 옆 침대의 다른 환자들은 어디가 아파서 누워 있는지는 몰라도, 환자를 돌보는 간병인이거나 보호자는 벌써 돌아가서 없다. 강호 혼자 덩그러니 그녀를 지켰다. 지키는 것이 아니고 함께 있다는 표현이 더 정확하다. 불 꺼진 병실은 문틈으로 들어오는 가냘픈 불빛만이 어슴푸레 그녀의 얼굴을 비추고 있었다. 이제는 자정이 넘어 어차피 통행금지 시간이라 집에 갈 수도 없다.

수정은 새벽녘이 다 되어서야 꿈결처럼 눈을 떴다. 늘 해왔던 습관으로 깼다. 어제저녁 잠깐 깬 기억은 나는데 또다시 깊은 잠에 빠졌고, 침대에 누워 있는 것을 보니 병원은 맞는 모양이다. 꿈인지 몰라도 강호가 왔었지….

화장실에 가려고 침대에서 내려오는데 보호자용 간이침대에 누군가가 쪼그려서 자고 있다. 강호다. 아무리 병실이지만 아무것도 덮지 않은 채….

'꿈이 아니었나 봐. 여기서 밤새 있었던 거야?'

깰까 봐 조용히 덮었던 담요를 살짝 올려주고 나갔다. 병실 복도는 아직도 조용하다. 휴게실을 찾아가는데 몸에 걸친 환자복 사이로 냉기가 스며든다. 춥다기보다는 며칠 동안 찌뿌듯했던 머리가 맑아지는 기분이다. 학교나 동생들 생각은 안 나고, 방금 전에 보았던 강호 모습만이 뇌리를 떠나지 않는다.

'뭐라고 말하나? 세상이 더러워서…. 너무 힘들어서…. 아니지, 강호가 뭔데? 굳이 말할 필요가 있을까?'

'그나저나 분명 나를 좋아한다. 어떻게 하나? 같이 좋아한다고 할 수도 없잖아. 아아… 구름처럼 흘러가는 대로 살 수는 없을까?'

간호사들이 분주히 움직이는 모습을 보고서야 병실에 들어섰지만 모두가 조용하다.

창문 커튼 사이로 새벽빛이 머물고 있는 탓에 나갈 때보다는 사물이 또렷하게 보였다. 강호는 늦게 잠들었는지 좀 전의 모습 그대로다. 조심스럽게 커튼을 젖히자 물기 먹은 빛이 얼굴에 닿기도 전에 놀라서 깬다. 계속 잘 줄 알았는데….

"아니, 밤새 여기 있었어요?"

"어이쿠, 언제 일어나셨어요?"

덮고 있던 담요가 그녀가 덮었던 담요라는 것을 알고는 얼른 일어섰다.

"방금 전에요."

"제가 깊이 잠들었나 봐요? 일어나는 것도 모르고 자고 있었으니…."

"아까, 침대에서 내려오다가 깜짝 놀랐잖아요. 나 혼자 있어도 되는데 강호 학생이 왜?"

"그냥요. 그냥, 있고 싶었어요."

조용히 침대로 올라서는 그녀를 눕히면서 담요를 덮어주었다.

아침 식사로 미음이 나왔다. 이틀 만에 먹는 식사지만 조금씩 먹어야 한단다. 그러나 몇 번 숟가락질하고는 끝이다. 반찬은 손도 안 대고 흰 쌀죽만 깨작거렸을 뿐이다.

"아니, 어제 하루 종일 아무것도 안 드셨잖아요?"

"배가 아직도 거북해요. 그나저나 학교에 가야죠."

"제 걱정은 하지 마시고요. 억지로라도 몇 수저 하시죠?"

위 청소하느라 속이 아직도 메스꺼운 모양이다. 숟가락을 집어서 미음을 떠먹였다. 처음에는 뒤로 빼더니 아무 말 없이 받아먹는다. 이 순간만큼은 애인처럼….

강호는 이날부터 보호자 역할을 자처했다. 누가 시켜서도 아니고 당연히 해야 할 운명이라 여겼다. 오히려 함께 있어서 행복하다.

셋째 날부터 오전에는 학교 갔다가 끝남과 동시에 병원으로 달려왔다. 병원에 입원해 있는 일주일 동안 집에는 두 번만 갔었다. 이상한 것은 동생들의 반응이다. 어느 누구도 응급실로 입원한 첫날 이후로 병원에 찾아오는 이가 없었다.

자청해서 병간호해주는 사람이 있어서? 아니면 강호 때문에 불편해서? 어떻든 동생들 눈치 볼 것도 아니지만, 이제는 동생들도 뭔가 낌새를 챘다는 얘기다. 모두의 염려나 눈총에도 불구하고 오로지 한 여인의 마음을 얻기 위해 침대 옆을 지켰다.

"강호 학생! 이제는 집에 가서 자요. 나 혼자 있어도 괜찮아요."

"아니에요, 제가 옆에 있어야 합니다. 아직은 환자잖아요."

나흘째 되는 저녁에 식사량도 많아졌고 몸 컨디션도 정상이다. 그러나 바로 퇴원해도 될듯한데 며칠 더 지켜봐야 한단다. 며칠이지만 강호와 함께 있으면서 병원에 입원하고 있다는 사실도 잊은 채 시간 가는 줄 몰랐다. 학교에서 교감선생님이 다녀간 이후에야 학교가 생각났을 뿐이다. 그것도 잠시, 충분히 휴식을 취하라는 교감의 말마따나 이왕 엎어진 거 쉬고 싶다. 그러나 밤이면 간이침대에서 덮지도 못하고 자는 강호가 안타깝다.

"그러면, 여기로 올라와서 같이 잘까요? 호호호, 이 담요 같이 덮고…."

"허~ 그래도 되겠어요? 침대가 좁을 텐데요?"

"내가 이렇게 옆으로 가면 될 거에요. 호호호."

처음에는 농담이려니 했다. 그런데 아니다. 침대를 반이나 비워놓고 올라오란다. 그것도 좁은 침대에서 한 이불 덮고 자잔다.

며칠째 지내도 다른 환자들은 벌써 자는지 조용하다. 깨어 있는 사람은 사실 두 사람밖에 없었다. 한 침대에 같이 누웠다고 해서 뭐라 할 사람은 없다. 단지 환자가 불편하고 강호 역시 불편하다. 몸과 마음이 다 불편할 것이다. 그래도 그러고 싶다.

그러나 감히 어떻게? 아무리 조심한다 해도 좁은 침대라 몸을 밀착해야 하는데…. 어쩌다 손길만 스쳐도 온갖 상상으로 황홀한 마당에 밤새 몸이 닿아 있어야 한다.

재촉하는 그녀의 손짓을 거부하기에는 유혹이 컸다. 머뭇거리던 마음과는 다르게 겉옷을 전부 입은 채 침대로 올라갔다. 좁은 침대에서 떨어지지 않을 만큼만 자리를 차지하면서 담요 속으로 천천히 미끄러지듯 들어갔다. 환자복 달랑 하나만 걸치고 있는 그녀의 몸이 거기에 있었다.

"아이, 잠바는 벗고 들어와야죠. 호호호."

첫 시도가 어려웠지 잠바를 벗고 다시 올라갔다. 태어나서 여인과 한 이불을 덮고 자는 것은 어릴 적 어머니가 처음이고 마지막이다. 그것도 한참 어린 나이였고 기억에도 가물가물한데…. 그녀의 체취가 스며있는 담요 속은 따뜻하다. 아무리 침착하려 해도 꿈속에서 품었던 여인과 함께 누워 있으려니 숨이 막힌다. 속옷 바람은 아니지만 얇은 셔츠로 전달되는 그녀의 몸이 닿는 순간 환희와 떨림이다. 조용히 눈을 감고 가슴에 두 손을 포개어 얹혔다.

"아니? 벌써 자요?"

'자다뇨? 지금 잠이 오나요? 밤을 새운들 오늘 밤을 잊지 못할 텐데….'

"아뇨."

눈 감고 조용히 그녀의 모든 것을 받아들이고 있었다.

"에이! 이래도 잘 거요? 호호호."

갑자기 강호를 침대 바깥으로 민다. 순간 엉겁결에 떨어지지 않으려고 옆으로 돌아서는 순간 그녀를 바로 앞에서 보았다. 장난기가 가득한 얼굴이지만 그녀의 눈 속에 강호가 있었다.

어색하기는 그녀도 마찬가지다. 시집갈 나이가 지나도 한참 넘어 노처녀라는 말을 들으면서도 사내라고는 아버지밖에 모르고 지냈다. 아무리 다섯 살 연하라 하여도 남자다. 한 침대에 함께 누워있는 것 자체가 놀랍다. 머뭇거리는 마음과 다르게 몸이 먼저 움직여주니 어색함도 사라졌다.

담요를 뒤집어쓰고 시시콜콜한 얘기에도 웃음이 저절로 나왔다. 옆 침대에 다른 환자들 눈치 보느라 소곤대면서 말하는데도 시간 가는 줄 모르겠다. 그냥 황홀한 밤이다.

밤마다 모두가 잠들었다 싶으면 자연스레 침대를 함께 사용했다. 지난 세월에 대한 이야기로 서로를 알게 되었고 말하지 않아도 느낌이 왔다. 이것이 사랑인지는 몰라도 함께 있는 시간이 즐겁다. 그러나 한 침대에서 자는 남녀관계에서 '선생님'이니 '학생'이니 하는 호칭이 어색하다. 누가 옆에서 듣더라도 이상한 관계로 오해하기 십상이다. 사제지간의 불륜처럼…. 좀 더 자연스런 호칭이 필요하다.

"선생님, 아직도 강호 학생이라고 부르는데 그냥 이름만 불러요. '강호'로."

"그럴까. 강호! 호호호."

"저도 이제부터는 선생님이라고 안 부르렵니다."

"어엉? 그럼 뭐라고?"

"수정아! 하하. 농담이고요, 수정 씨요."

"… 그러지 뭐."

진즉에 이름을 부르고 싶었다. '수정아'라고…. 그래도 여린 마음에 존칭까지 떼지는 못했으나 이름을 부르는 순간 뭔가 아쉬웠던 마음이 사라졌다. 이제야 서로를 인정하는 연인이 된 기분이다.

"강호! 오늘, 집에 들어가고 싶지 않아."

"예?"

함께 침대에서 밤을 보낸 지 3일 차 되던 날, 퇴원하면서 집으로 가는 중이다.

짐이라고 해봐야 몇 권의 책과 세면도구가 전부다. 쇼핑백의 반도 못 채웠다. 밤마다 좁은 침대에 누워서 장난치며 얘기하는 즐거움이 없어졌다는 서운함에 그다지 무겁지도 않은 쇼핑백을 들고 터덜거리는 걸음으로 남산 길 중턱쯤 지나갈 때다.

"우리, 오늘 바로 집에 가지 말고 내일 들어가면 안 될까?"

그저 농담으로 건네오는 말이 아니다. 뭔가 마음에 갈등이 있어 보인다.

"왜요? 집에 들어가는 것이 겁나세요? 아니면…?"

"그냥, 동생들 보는 것이 아직…."

병원에 있을 때는 밝은 표정으로 웃고 떠들었다. 그러나 막상 퇴원해서 집으로 간다는 즐거움보다는 암담한 현실을 거부하고 싶었던 모양이다. 퇴원하고 걸어오는 내내 무표정으로 시무룩해서 어쩌면 그녀도 함께 있지 못하는 아쉬움에 그런가 했다.

동생들 보기에 민망해서? 어떻든 정말로 함께 외박하자는 뜻이다.

"뭐… 저야 상관없죠. 좋을 대로 하세요. 하하하."

갑자기 신바람이 난 놈처럼 무겁게 느끼던 쇼핑백을 흔들어대면서,

"이것도 그냥 들고 가죠?"

"그래요, 어차피 동생들은 오늘 퇴원하는 줄 모르니…."

"이 길로 조금만 더 가면 여관 있어요. 그럼 거기로 갈까요?"

아침 운동하면서 지나다니던 길목에서 여관을 보았었다. 집을 지나쳐 10분 정도 걸어가면 있다.

젊은 남녀가 대낮부터 여관에 찾아오는 것이 무엇을 의미하는지 안다는 눈치로 늙은 주인 노파는 방 열쇠를 던져주면서 선불을 달란다. 방에 들어서자 여관 특유의 퀴퀴한 냄새가 난다.

"하이고, 창문 좀 열어야겠어요."

무슨 영문인지는 몰라도 함께 자자고 했을 때부터 머릿속에는 온갖 상상으로 가득했다. 비록 연상의 여인이라 할지라도 젊은 남녀가 함께 잔다. 다른 사람들도 있었던 병원 침대하고는 다르다. 여기는 단둘이다. 그래도 짐짓 모르는 척하느라 창문을 열어젖히고 쾌쾌한 공기부터 바꿨다.

창문을 통해서 오른쪽으로 멀리 서울역 꼭대기 청동 지붕이 내려다보이고, 가까이에는 늘 보아오던 경계조차 알 수 없이 다닥다닥 붙어있는 판잣집이 보인다. 그녀와 함께 살고 있는 집은 보이지 않지만, 보인다 해도 지붕 위 모습은 똑같다. 검게 이끼로 얼룩진 슬레이트 지붕 위에 날아가지 못하게 군데군데 커다란 돌멩이가 얹혀 있는 모습이다.

"피곤할 텐데 먼저 씻고 오시죠?"

"아냐. 씻는 것은 좀 이따 하고 잠깐 눈 좀 붙일게요."

그녀는 대충 이부자리를 펴고 코트만 벗은 채로 쓰러지듯 눕는다. 잠도 부족하지만 심신이 피곤한 모양이다. 눈을 감고 있어서 자는 척하는지 잠든 모습을 보면서 슬며시 옆자리에 또 다른 이부자리를 폈다. 누가 먼저인지도 모르게 잤다. 오늘 퇴원한다고 해서 지난밤에는 밤새 얘기하느라 잠이 부족했다. 잠깐 잔다는 것이 창문 밖이 어둑해졌을 때 깼다. 언제 일어났는지 물소리에 깼다.

"호호호, 깼어요. 나만 피곤한 줄 알았는데, 강호도 많이 피곤했나 봐. 코 고는 소리에 잠을 못 잤잖아요."

"하이고, 그래요? 그러면 깨우지 그랬어요?"

"아니에요. 나도 잘 잤어요. 강호 코 고는 소리가 오히려 자장가 같았어요. 호호호."

"하하. 다행이네요. 그나저나 배고프지 않으세요?"

"그래요, 푹 자고 났더니 배고프네. 나가서 먹을까? 아니면 시켜 먹을까?"

"산책도 할 겸 나가서 먹읍시다."

가는 길에 혹시라도 동생들과 마주칠까 봐 일부러 남산케이블카 승강장 쪽으로 돌아서 남대문시장으로 향했다. 평소에 다니던 길보다 두 배는 멀지만 상관없다. 빨리 가는 것보다 함께 걷는 자체가 좋다. 더구나 방금 전까지 여관방에서 함께 잠자던 사이가 아닌가? 그것도 처음으로….

엉겁결에 잔 짧은 시간이었지만, 병원 침대에서 느꼈던 감미로움과는 차원이 달랐다. 그 누구의 간섭도 받지 않는 공간에서 단둘이 있었다는 사실만으로도 가슴이 벅찼다.

아직은 속이 불편할 텐데 얼큰한 음식이 당긴다고 해서 순두부 백반으로 해결하고 올라오니 8시가 넘었다.

낮에 펴놨던 이부자리는 그대로다. 그다지 넓지도 않은 방인데 이부자리 두 개 사이는 휑할 정도로 멀었다. 좁히려면 그만큼 용기가 필요한 거리다.

먼저 샤워했다. 간만에 머리부터 발끝까지 깨끗하게 샤워하면서 온갖 생각에 잠겼다.

'아무리 동생들 때문에 안 들어간다고 하지만 실상은 핑계이고, 나하고 하룻밤 자고 싶어서 그런 거 아냐?'

'오늘 밤 드디어 육체관계를 가질 수 있을까?'

'아니지, 아직 손도 제대로 잡아보지 못한 관계인데….'

똑똑.

밤을 어떻게 보내나? 상상 속에 빠져서 샤워기 물줄기만 계속 맞고 있을 때, 갑자기 노크 소리가 들렸다.

"강호! 등 밀어줄까? 호호호."

"으헉! 아니에요. 다 끝났어요."

"호호호. 등 밀어주고 싶었는데…."

급하게 대충 마무리하고 벗었던 옷을 주섬주섬 전부 걸치면서 나왔다.

"헉!"

눈앞에 속옷 차림의 그녀가 서 있다.

"호호호. 벗은 여자 처음 봐요? 아니? 잘 거면서 그 옷은 왜 다 입었데?"

생글거리면서 눈 한번 흘기고는 안으로 들어간다.

'아니, 뭐야? 어쩌라고? 그럼, 나도 팬티 바람으로….'

슬그머니 겉옷을 벗어서 옷장에 걸어놓고 전등을 끄고 속옷 차림인 채 이불 속으로 들어갔다. 여느 때와 똑같이 팬티와 런닝으로 잠자리에 들었건만 묘하다. 몸에 아무것도 걸치지 않은 기분이다.

실오라기 하나 걸치지 않고 허공에 떠 있다. 마음속에 품었던 생각이 스멀스멀 흘러나와서 방안 가득 퍼져 나간다. 조용히 물줄기 떨어지는 소리 들으면서 천장을 쳐다보았다. 캄캄한 천장에 서서히 형광등 윤곽이 보인다. 희미한 물체를 보면서 머릿속에는 잡히지 않는 생각에 혼란스럽다.

'오늘 사랑한다고 고백할까? 굳이 고백은 안 했지만 알고 있지 않을까? 그래도, 마음만 앞서고 아무런 행동이 없잖아? 아니지, 수정씨라고 이름 부르는 순간에 느끼는 것 아닌가?'

온갖 생각으로 오늘 밤을 어떻게 보낼까 고민하고 있을 때, 갑자기 화장실 문이 열리면서 환한 불빛이 방안으로 쏟아졌다. 불빛 너머로 뽀얀 안개와 함께 촉촉이 젖은 머리를 수건으로 털면서 속옷 차림의 그녀가 나타났다.

어둠 속으로 걸어오는 그녀의 실루엣이 번갯불에 남아있는 잔상처럼 눈앞에 어른거린다. 머리를 좀 더 만지는가 싶더니 이불 속으로 들어간다.

"아직 자는 거 아니죠?"

"아, 네. 안 자요."

"조금만 얘기하다 잘까?"

"…"

"생각해 봤는데, 강호가 나를 좋아하는 것 알아요. 그렇지만 나도 똑같이 강호를 좋아하면 안 돼요."

"네? 그게 무슨 말이죠?"

"강호도 알잖아요? 내 나이가 한참 위인데… 어떻게?"

"사랑에는 국경도 없다고 하잖아요? 한데 나이가 무슨 대수입니까?"

"그래도 그게 아니에요."

평상시 대화하던 모습과는 판이하게 다르다. 웃으면서 실없이 농담처럼 하는 말이 아니다. 진심은 아닐지라도 확고한 말투다.

"그렇게 알고, 나한테 너무 기대하지 말아요."

"그거야 수정 씨 생각이고, 저는 변함이 없습니다."

"호호호. 그렇게 말하니 무섭네. 오늘은 여기까지 얘기하고 자죠? 공연히 이상한 생각하지 말고 잘 자요."

"하하. 멀리 떨어져서 잘 테니 걱정하지 마세요."

드디어 그녀의 입에서 진실이 나왔다. 나이 때문에 어렵다는 얘기는 진즉에 알고 있는 사실이다. 뒤집어 말하면 강호를 좋아하는 마음은 있지만 나이 때문이란다. 나이 문제는 극복하기 나름이다.

잠든 지 얼마나 지났을까? 그녀가 끙끙대면서 잠을 설치고 있다. 조용히 자자고 해서 싱숭생숭한 마음을 겨우 진정시키면서 얕게 선잠을 자고 있을 때다.

"아니? 어디 아프세요?"

"아까 먹은 순두부가 너무 매웠었나 봐. 배가 아파요."

"네? 많이 아파요?"

그렇지 않아도 위세척하느라 힘들었던 환자다. 퇴원했다고는 하지만 아직은 불안전한 상태다. 얼큰하게 먹고 싶다고 덜렁 청양고추까지 추가해서 먹은 것이 탈이 난 모양이다. 냉장고에서 물병을 꺼내 일단 물 한 컵을 마시게 했다.

"어때요? 좀 가라앉아요?"

"글쎄요? 진정되는 것 같기는 하네요. 가서 자요."

그러나 얼마 지나지 않아 또다시 앓는 소리를 낸다.

"지금은 약국도 전부 닫을 시간인데… 큰일이네…. 엎어서 누워보세요."

"예? 엎드리라고요?"

"네."

배가 아프면 예전에 할머니나 어머니가 약손이라며 배를 문지르던 생각이 났다. 따뜻한 손으로 문질러서 그런지는 몰라도 웬만한 배앓이는 씻은 듯이 나았었다. 그러나 아무리 아파도 속옷차림의 여자 배를 문지르기에는 아직은 난감하다. 그렇다고 가만히 손 놓고 있을 수는 없다. 안타까운 마음에 택한 방법이 배보다는 등을 만지는 것이 그래도 덜 무안하다.

수정은 배 아파서 죽겠다는데 엎드리게 해놓고 등짝을 문지르고 있으니, 민망스럽기는 하지만, 우습기도 하고 아프던 배도 덜 한 것 같다. 그러나 옆에 쪼그리고 앉아 한동안 문질러도 엉뚱한 등짝이라서 그런지 처음 손길이 닿을 때만큼 효과는 없다. 아마도 배를 문지르면 효과가 있을지는 몰라도 그렇다고 배를 만져달라고 하기에는 수정도 역시 쑥스럽다.

그래도 손길이 등에 머물고 있는 동안은 아픈 배를 잊을 만큼의 따뜻함을 느꼈다. 언제 잤는지는 몰라도 밤새 뒤척이며 깨기를 반복하던 다음 날 아침이다.

"강호는 어젯밤 배 아프다고 하는데 왜 엉뚱하게 등을 문질러요? 재미있어서 아프던 배가 다 나았네요. 호호호."

"그래도 안 아팠다니 다행이네요. 이제 또 아프다고 하면 정말 배를 문지르겠습니다."

"호호호. 나 때문에 잠도 못 잤죠?"

잠을 설친 게 어디 그것 때문일까? 아픈 배를 문지르겠다는 핑계로 자연스레 앞쪽을 만질 기회가 있는데도 불구하고 겨우 등이나 만지면서 지샌 밤이다. 천장 보고 누우라는 말이 목구멍까지 나왔지만 차마 말도 못하고 밤새 갈등만 커졌었다.

그래도 사랑하는 여인의 몸을 만질 수 있었으니 잠을 설쳤어도 정신은 말짱하다. 비록 어쩔 수 없는 상황이었지만 처음으로 그녀의 알몸을 만졌다.

4. 무전여행에서 띄운 연서

초여름이 되어 학기말 시험도 끝나고 여름방학 시작되었을 때다. 같은 과 동기인 '이종호'라는 친구와 의기투합해서 부산으로 해서 동해안을 거쳐 서울로 입성하는 여행을 하기로 했다. 말이 여행이지 수중에는 교통비 정도밖에 없는 여행이다. 끼니와 잠자리는 상황에 맞게 대처하기로 한, 일명 '무전(無錢)여행'이다.

학기 초 그녀와 긴 밤을 함께 지냈지만 3개월 지내도록 별다른 진척이 없었다. 오히려 예전보다도 교감이 없었다. 사무적인 용무 이외에는 의도적으로 피한다. 사랑을 받을 수 없다고 하더니….

애달픈 사랑 고백을 여기서 끝내기에는 차마 젊은 욕망을 접을 수 없었다. 잠깐이나마 떨어져서 마음을 다스리려고 떠난 여행이다.

부산까지는 완행열차를 이용했다. 부산진의 싸구려 여인숙에서 신세지고 아침 일찍 동래 시외버스터미널에서 속초행 버스를 탔다. 양양까지 올라가면 낙산사의 의상대가 하룻밤 잠자리로 적당하리라 생각했다. 예전에 의상대 사진을 봤는데, 시골에 있는 그늘막처럼 바닷가 벼랑 위에 주인 없이 세워진 정자 모습이다. 밤이면 지키는 이도 없을 것이고, 그곳 마루에서 잠을 자면 초여름 바닷바람 쐬면서 자는 맛도 좋아 보였다. 그러나 정작 도착해보니 주위에 울타리가 쳐져서 들어갈 수 없다. 더구나 무단으로 출입하면 문화재보호법에 걸리니, 벌금이니 하면서 커다랗게 안내판이 세워져 있었다. 그런 상황에 무단 숙박은 언감생심 꿈도 못 꾸겠다. 하얀 물거품 일으키며 요동치는 바닷가에서 하룻밤 자려던 꿈이 사라진 것도 아쉽지만, 당장 숙박이 문제다. 해 떨어지기 전에 잠자리부터 알아봐야 했다.

잠잘 곳을 구해야 하는 절박한 상황에서도 모래사장으로 물거품 일으키며 파도쳐 올라오는 바닷물이 신기하다. 바다라고는 예전에 고교 시절 서해안 간척지로 놀러 가서 본 것이 처음이다. 갯벌을 막아 논으로 만들어 놓은 친구네 집에 일하러 갔을 때다. 모내기 한창일 때 친구 도와주려고 갔다가 간척지 끝자락에서도 한참을 걸어가서 본 것이 바다였다. 밀물 때 소리 없이 다가오는 바닷물이 신기했는데, 이곳 동해는 바로 코앞에서 파도가 넘실댄다. 하얀 물거품 일으키며 밀려갔다 달려오는 파도를 보면서 모래사장에 발자국을 남겼다. 그러나 선명하게 찍힌 발자국은 한 번 쓸고 간 바닷물에 흔적도 없이 사라졌다. 강호의 마음도 저 발자국 같은 운명처럼 허전하다. 그녀와의 추억을 깊게 새겼다 한들 파도에 스러지는 모래알이다. 물보라에도 끄떡없는 바위가 되기에는 아직 시련이 필요하다. 지워지는 발자국을 아쉬워하며 해안가 따라 내려갔다. 20여 분 걸었을까? 조그마한 어촌이 보였다. 어촌이라 하기에는 시골 학교 운동장보다도 작은 곳에 몽돌로 해안을 이루고, 바닷가에서 조금 떨어진 곳에 함석집 몇 채가 있을 뿐이다. 마침 노인 한 분이 어른의 키 두 배 정도 되는 쪽배를 뭍으로 끌어올리고 있었다. 밧줄을 어깨에 올려놓고 끄는 모양이 마치 지구를 짊어지고 힘을 쓰는 그리스 신화에 나오는 아틀라스 신 같다. 멀리에서도 힘들어 보인다. 얼른 달려가서 팽팽하게 늘어진 밧줄을 잡아서 힘을 쓰자 좀처럼 움직이지 않던 배가 서서히 올라온다. 깜짝 놀란 노인이 돌아서서 우리를 발견하고는 얼굴 가득 환한 미소를 지면서 고맙다고 연신 고개를 숙인다.

"허허. 뉘신지 고맙구려."

"안녕하세요? 배를 올려놔야 하나 봐요?"

배는 당연히 바다에 정박하는 것으로 알았는데, 아닌가 보다.

"예. 배가 작아서 뭍으로 올려놔야지, 안 그러면 썰물 때 떠내려 간다우."

줄다리기하듯이 밧줄을 당겨 바닷가에서 10여 미터를 끌어올리는데 장정 두 명이 덤볐는데도 쉽지 않다.

"어이구, 젊은이들 덕분에 쉽게 올렸수."

"어르신! 매번 이렇게 혼자서 하세요?"

"웬걸, 나 혼자서는 못하지. 이맘때면 할망구가 나와서 같이하는데, 오늘은 웬일로 늦네. 그나저나 젊은이들은 어쩐 일로?"

조그마한 어촌이라 여름에도 피서객 없이 조용히 보내는 바닷가에 웬 젊은이 두 명이 나타난 것이 신기한 모양이다.

"아, 예. 내일 설악산 올라가기 전에 이곳에서 하룻밤 자려고요."

"보아하니 학생들 같구먼. 여기는 마땅히 잘 곳도 없는데 어디 정한 곳은 있우?"

"그렇지 않아도 어디 민박할 곳 없나 찾던 참이에요."

"그래요? 우리 집이 누추하기는 해도 그래도 두 사람 누울 만한 빈방이 있기는 한데…. 괜찮을까 모르겠네."

"그렇게 해주신다면 저희야 고맙습니다."

"식사도 아직이겠구먼? 자, 이거 들고 따라 오슈."

크고 작은 다양한 고기가 들어있는 망태기를 건네주면서 앞장서서 가는데, 서 있을 때에는 몰랐지만 한쪽 다리가 약간 짧다. 절룩거리며 걷는 뒷모습에서 노인의 힘들었던 삶이 느껴진다.

마을이라고 해봐야 몇 채 안 되는 집이라 금방 코앞이다. 담장도 없이 파란 함석지붕 집들이 띄엄띄엄 전부 바다 쪽을 바라보고 있었다. 그중에 두 번째 집이다. 울타리라고 뚜렷하게 경계가 있는 것도 아니고, 옥수수를 빙 둘러 심어놓아서 대충 집 경계를 알겠다. 마당 한 편에는 언제 사용했던 그물인지 먼지가 잔뜩 쌓여서 뒹굴었고, 채소밭이라고 만들어놓은 조그마한 텃밭에는 상추대가 애들 키만큼이나 웃자랐다. 노인은 대문도 없는 마당에 들어서면서 할머니를 찾았다.

"할멈! 안에 있나?"

이제 금방 하던 일을 마치고 바닷가로 가려던 참이었는지, 부엌에서 할머니가 놀래서 뛰쳐나오다가 할아버지 뒤에 엉거주춤 서 있는 우리를 발견했다.

"아니, 배는 어떻게 하고 벌써 온대요?"

"아, 이 청년들이 도와줘서 쉽게 올렸어. 저기 광으로 쓰고 있는 방 말이야, 깨끗하게 정리해 놀려?"

큰일 도와준 것도 아닌데 가타부타 말도 없이 빈방을 정리하라고 시키는 노인도 노인이지만, 그 말을 그대로 묻지도 않고 할머니는 빈방을 정리하러 들어가신다. 젊은 사람을 오랜만에 보았는지 우리를 신기한 듯 쳐다보면서 걸레질까지 해놓고서야 들어가란다.

"하이고, 방을 대충 치우기는 했어도 엉망이에유. 젊은 사람들이라 잠자리나 될런지 모르겠슈."

구수한 충청도 말투다. 충청도 아주머니가 어떻게 여기 강원도 동쪽 바닷가로 시집왔는지 궁금하지만 일단은 할머니의 성의가 고맙다.

창호지로 바른 문짝은 창호지보다 창살이 더 많이 보일 정도로 온통 바람구멍이다. 어른 네 명은 너끈히 잘만한 크기지만, 금방 치우느라 한쪽에 어수선하게 쌓아놓은 물건이 반을 차지했다. 대부분 고기 잡는 어구다. 바람구멍을 통해 들어오는 바람은 방안 가득히 바다 특유의 시원한 냄새를 남겼다. 비릿하면서도 코끝을 맑게 해주는 냄새다. 비록 문풍지에서 바닷바람이 들려도 '의상대' 마룻바닥보다는 한결 아늑한 방이다.

가방을 내려놓고 노인의 손때 묻은 어구들을 보면서 잠시 쉬고 있었다. 미처 몰랐지만, 조용히 누워있으니 파도 소리가 들린다. 일정한 간격이 아니면서도 듣는 이에게 편안함을 주는 소리다. 스르르 잠들만 할 때 마당 한쪽 평상 위에 밥상을 차려놓고 식사하란다. 차린 것이 없다며 미안해하는 할머니 말과는 다르게 여름날 대부분 시골에서 먹는 반찬과 바닷가 어촌이라서 갓 잡은 생선구이와 멍게·해삼까지 있으니 우리 눈에는 진수성찬이다.

노인은 예전에 금강산 자락에서 살았었다. 전쟁 끝나면 바로 고향 찾아가려고 이곳에 머물게 된 것이 지금까지 살고 있단다. 식사 후에도 평상에 앉아 고향 얘기하다 보니 막걸리까지 나왔고, 늦은 시간까지 함께 마시면서 망향에 대한 설움을 들었다.

얘기하는 간간히 밤하늘을 쳐다보면 별빛이 쏟아졌고, 멀지 않은 곳에서 들려오는 파도 소리와 함께 늦은 밤인데도 아스라이 들리는 소리가 있었다.

소쩌억. 소쩍.

저렇게 처연하게 우는 새는 수컷 소쩍새다. 봄날 밤에 암컷을 찾아 헤매느라 울지만, 밤새 새끼를 지키느라 울기도 한다. 그런데 여름날 밤에 피 토하도록 울고 있었다. 아직도 짝을 찾지 못해 목 놓아 우나 보다. 자정이 되어서야 잠자리에 들었건만, 그때까지도 소쩍새 소리는 애타게 들렸다.

새벽녘이 되어서는 구멍 난 창호지에서 바닷바람이 거세게 불었다. 파도 소리도 요란하다. 그러나 시끄럽다기보다는 자연 속에 녹아들어 가는 기분이다. 인간이 만들어낸 최상의 작품이라는 음악도 오래 듣다 보면 싫증난다. 하지만 파도 소리는 언제 들어도 꿈결 같다. 하물며 멀리서 들려오는 파도 소리는 또 다른 세상이다. 편안한 밤을 보내고 문풍지 소리로 요란한 방문을 여는데 마침 눈앞에 펼쳐진 바다 위로 붉은 태양이 솟아오르고 있었다. 난생 처음 보는 일출이다. 서서히 밝아오는 바다 위로 해안가 따라 날고 있는 갈매기 한 마리가 풍광을 더해준다. 한 폭의 예술이다. 이 모든 광경을 방문만 열면 볼 수 있는 곳이다.

아름다운 광경을 보며 부산에서 준비한 우편엽서를 꺼냈다. 마음 속에서 떠나지 않는 그녀와 함께 멋진 풍경을 담고 싶어서 준비한 엽서다.

「이수정 선생님께,

여기는 파란 동해가 보이는 어촌입니다. 붉은 태양이 솟아오르며 새날을 밝혀주네요. 어제도 보았던 태양이지만 오늘의 태양은 오직 오늘만 볼 수 있는 태양입니다. 내일의 태양도 늘 오늘이 되어 볼 수 있기를 바랍니다. 저 빛이 잠시 후에는 그곳에도 비춰주겠죠. 그 빛을 따라 제 마음도 함께 가고 싶군요. 언제나 따뜻하고 밝은 모습으로….」

받는 이의 주소는 학교로 하고 보내는 사람의 이름은 적지 않았다. 내용도 연서라고 하기에는 좀 애매한 표현을 썼다. 혹시라도 학교에서 이상한 소문이 나면 곤란하다. 엽서를 쓰고 있는 옆에서 묵묵히 지켜보던 친구가,

"강호야! 우리 어제저녁도 그렇고 잠도 재워줬잖아. 주인집에 얼마라도 드려야 하는 거 아닌가?"

"그래야겠지? 아침도 먹고 가라 했는데…."

"얼마면 될까?"

사실 호주머니 사정이 넉넉하지 못한 상황에서 노인 말을 듣고 은근히 공짜로 잠이라도 자면 좋겠다는 생각으로 따라오기는 했다. 그런데 푸짐한 식사는 물론이고 술까지 대접을 받았으니 숙박비며

음식값을 어떻게 해야 할지 걱정이다.

얼마를 드려야 하나? 경비를 생각하며 가슴 졸이는 우리와는 상관없이 아침상도 해산물로 가득 채워서 부른다.

"그래, 학생들은 오늘 설악산 정상까지 올라갈 계획인가?"

"글쎄요, 가는 데까지 가려고요."

"배낭도 없이 다니는 것을 보니 텐트도 없겠구먼."

"네, 그냥 계획 없이 떠났습니다."

"허허 젊음이 좋기는 좋네그려. 그러지 말고 대청봉 올라가는 중간에 '양폭 산장'이라고 대피소가 있네. 거기서 하루 묵고 대청봉 넘어서 오색약수터로 내려가면 서울 가는 버스가 있을 걸세."

아침밥을 근사하게 먹고 따뜻한 숭늉으로 입가심까지 마무리했다. 그런데 설악산에 올라간다는 우리 모습이 영 염려스러웠던 모양이다.

"네, 감사합니다. 그런데…."

"왜? 뭐 할 말 있수?"

"아니, 그게 아니고요…. 밥값하고 방값을 어떻게 드려야 하나 해서요."

드리기는 드려야 하는데 혹시라도 많이 요구하면 깎지도 못하고 난처한 입장이 될 것 같아서 최대한 조심스러운 말투다.

"어이구! 뭔 소리, 내가 돈이나 받자고 오라고 한 줄 알았는가?"

"아, 그게… 너무 잘해주셔서요."

"어제 배 끌어준 것도 고맙지만 밤늦도록 이 늙은이 푸념을 다 들어주어서 내가 고맙다고 할 판이었수."

그러면서 베푼 성의를 돈으로 계산하려한다고 오히려 섭섭해 하신다. 두 내외가 자식들을 전부 출가시키고 조용한 바닷가에서 살다 보니 특별한 일이 없다. 파도가 심하면 쉬고 잠잠하면 가까운 바다에서 고기나 해산물을 잡아 오는 것이 일상이다. 막내보다도 한참 어린 젊은이들을 데리고 밤새 술 마신 것만 해도 큰 보답이란다.

그래도 그냥 빈손으로 일어서기에는 너무 미안한지라 마당에 굴러다니는 쓰레기도 치우고 널브러져 있는 어구도 깔끔하게 정리했다. 세상인심이 각박하다고 하지만, 동쪽 끝자락에 살고 있는 노부부에게는 남의 얘기다. 사람 냄새와 바닷바람이 섞여서 또 다른 훈훈한 인심을 만들고 있었다.

설악동에서 설악산 대청봉으로 올라가려면 케이블카를 이용하든지 다리를 건너야 한다. 케이블카는 당연히 요금을 내야 하지만 다리를 건너는 것도 통행료를 받았다. 경비를 아껴야 하는 마당에 다리 통행세도 아깝다. 다행히 다리 밑으로 흐르는 하천(쌍천)은 물이 많지 않아서 바지를 허벅지까지만 올리면 건널 수 있었다. 그러나 깊지는 않지만 커다란 바위 사이로 흐르는 물이 급류로 변해서 자칫 넘어지기라도 하면 큰 사고라도 날 듯해서 조심조심 건너야 했다. 그 누구도 돈 없어서 다리 밑으로 건너는 것이라고 생각하는 사람은 없다. 술 마신 젊은이들의 객기로 치부할 것이다. 그만큼 황당한 모습이고 위험하다. 통행세 몇 푼에 위험을 감수했다.

허벅지까지 차오르는 하천을 건너서 걸어오느라 시간이 걸렸지만, 케이블카 타고 쉽게 접근할 수 있는 권금성까지는 그럭저럭 사람이 많았다. 이곳저곳에 돗자리 펼쳐놓고 집에서 준비해온 김밥이며 도시락 까먹는 일행들로 북적였다. 어느새 점심때다. 혹시라도 같이 먹자고 할 마음씨 좋은 사람이라도 있을까 싶어서 여기저기 기웃거리며 다녀봤다. 서로 눈이 마주치는 경우도 있었지만 그 누구도 음식을 나눠 먹을 만큼의 아량은 없었다. 하기야 구걸이라도 한다면 몰라도 지나가는 사람을 선뜻 불러서 "같이 밥 먹읍시다."라고 할 사람이 있으리라고 생각한 것 자체가 멍청하다. 그래도 만약에 전혀 먹을 것이 없었다면 어떻게 해서라도 얻어먹었을지도 모른다. 혹시 몰라서 설악동에서 출발 전에 엽서를 부치면서 건빵 두 봉지를 샀다. '경월건빵'이라고 일반 시중에서 파는 건빵보다는 양이 많다. 도저히 얻어먹지 못할 것을 대비한 비상식량이다. 건빵이지만 비상식량이라도 준비한 탓에 아직은 구걸하며 얻어먹을 용기가 안 생겼다. 행락객으로 붐비는 권금성을 벗어나 토왕성 폭포까지 가는 길에는 등산객이 많지 않았다. 대부분은 등산한다면서 설악산을 찾지만, 케이블카로 권금성에 올라와서 도시락이나 까먹고 사진 몇 장 찍고서 다시 케이블카 타고 내려가는 것이 등산이다. 하기야 걸어서 올라가나 남의 등에 업혀서 올라가도 등산은 등산이다.

토왕성 폭포에 다다르니 점심때도 한참 지나서 배고프다. 폭포 아래에서 계곡물로 목을 축이며 각자 건빵 한 봉지로 점심을 해결했다. 남들이 보기에는 끼니를 때우는 게 아니고 주전부리인 줄 알 것이다. 애초에 숙식과 관련한 비용은 준비를 안 했기에 비상식량으로 비축한 건빵을 한 끼도 넘기지 못하고 축냈다.

토왕성 폭포를 지나면서는 등산객은 더 줄어들었다. 양폭 산장(대피소)에 들어설 때는 저녁때가 되었건만 달랑 강호 일행뿐이다. 관리인으로 보이는 젊은 부인과 유치원생 정도로 보이는 꼬마 아가씨가 손님을 맞이했다. 깊은 산중의 산장관리인이면 그래도 나이 지긋한 아저씨나 아니면 턱수염이 덥수룩한 사내가 있으리라 생각했다. 전혀 뜻밖의 모습이다.

"아주머니, 오늘 하룻밤 여기서 자려면 어떻게 하죠?"

부엌에서 저녁 준비 하다 말고 행주치마에 손을 닦으면서 나오는 부인의 얼굴은 화장기 하나 없이 순수한 모습 그대로다. 가끔 TV에서 다큐멘터리로 방영하는 문명의 세계를 모르며 사는 오지 사람을 연상케 했다. 하기야 이곳도 오지다. 약간 가무잡잡한 얼굴이지만 세상을 잊고 지내는 편안함이 묻어나는 미소를 던지며,

"그렇게 오셨어요?"

아마 등산객이라고 생각했는데 배낭도 없이 나타난 젊은이의 모습이 의아한 모양이다.

"네, 그렇게 됐습니다."

사실 이렇게 산속에서 잘 것이라고는 생각도 못했다. 아침에 출발하면 늦어도 저녁이면 산을 넘어갈 수 있으리라 믿었다. 둘 다 등산이라고는 서울 남산이나 올라가 본 경험이 다였다. 몰라도 너무 몰랐기에 들고 다니는 가방에 옷가지 몇 벌과 세면도구 준비한 것이 전부다. 처음 서울에서 떠날 때는 물론이고 당장 오늘 아침만 해도 노인이 말한 얘기가 믿기지 않았다. '양폭 산장'에서 자야 한다고 할 때도 바로 넘어갈 생각이었다. 한데 그것이 아니다. 설악산이 이처럼 높은지를 애초에 몰랐다. 높이가 해발 1,708m라는 것은 알고

있었지만 동네 뒷동산보다 조금만 더 올라가면 되는 줄 알았다. 더구나 산에 오르는 것이 이렇게 힘들고 시간이 많이 걸리는지 몰랐다. 저녁때가 다 되어서야 산장에 도착했으니 만약에 이곳이 없었으면 큰일 날 뻔했다. 딱 큰일 날만한 곳에 대피소가 있었다.

"저기 마루방에서 자면 되는데요. 2층은 200원이고 아래층은 100원이에요. 그나저나 밤에는 추울 텐데…."

말이 2층이지 단층 건물 중간지점에 또다시 마루를 깔아서 2층으로 만든 구조다. 그나마 2층은 천장이 조금 높아서 키 작은 사람은 서서라도 다닐 수 있지만 1층은 앉아서 움직여야 한다. 조금만 머리를 들어도 천장에 부딪친다.

"아래층으로 하겠습니다."

단돈 100원이라도 아껴야 한다. 짐이라고 해봐야 정리할 것도 없다. 교실 반 정도 면적의 마루에 중간중간 2층을 받쳐주는 기둥이 세워져 있어서 나름대로 구획이 정해져 있었다. 그 중앙 지역에 덩그러니 가방으로 자리를 확보해 놓고 마당으로 나왔다. 저녁을 먹기 위해서다. 점심도 시원찮게 해결했으니 고기를 먹자.

저녁 먹을거리로 준비한 것이 있다. 그것도 단백질이 풍부한 고기다. 폭포 지나서 등산로 따라 올라오는 길목에 커다란 웅덩이가 있었다. 그곳에 개구리가 바글거리며 모여 있는 것을 봤다.

"종호야! 여기, 개구리 많은데 이거 혹시 식용개구리 아닌가?"

"뭐? 식용개구리?"

"그래 맞아. 먹을 수 있는 개구리야."

어릴 적 시골에서 자란 덕에 계곡에서 주로 서식하며 뱃가죽이 노랗고 붉은 계통이 도는 개구리를 잡아본 기억이 났다.

"식용개구리가 확실해?"

"그래, 나 어릴 적에 많이 잡아 봤어."

어릴 적 잡아먹던 개구리도 사실은 뒷다리만 구워먹었고, 이놈들이 같은 종류인지는 모르겠다. 확실하지는 않지만 설마 독 있는 개구리는 아니리라 믿고 무조건 식용개구리라고 우겼다.

"그런데, 그걸 어떻게 먹냐?"

종호는 그냥 봐도 징그러운데, 그것을 먹는다니 도저히 상상이 안 간다는 투다. 굶으면 굶었지 '이것은 아니다'라는 표정을 지으며 뒤로 물러선다.

마침 건빵 봉지를 쌌던 비닐봉지가 있어서 종호의 만류에도 불구하고 웅덩이에 있는 개구리를 전부 잡았다. 비닐봉지 한 가득이다. 투명한 비닐봉지는 붉고 푸른 개구리가 엉켜서 꿈틀대는 모습을 그대로 보여주었다.

서울에서만 살던 친구는 긴가민가 떨떠름한 표정이다. 먹거리로 인정하기에는 영 내키지 않는 모습이다. 그러나 달리 먹을거리도 없는데 굶을 수는 없지 않나? 산장에는 라면이며 약간의 생활용품도 팔았다. 같이 끓여 먹으면 그나마 익숙한 입맛으로 거부반응이라도 덜할까 싶어서 라면 하나를 샀다.

아주머니는 도대체 저 라면 하나로 어떻게 하려는지 궁금하지만, 묻지는 못하고 잠시 하던 일을 미루고 우리의 동태를 살폈다.

그러거나 말거나 혹시 라면 끓일만한 그릇이 있나 싶어서 마당을 둘러보았다. 건물 모퉁이에 분유 깡통이 보였다. 속을 들여다보니 여간 지저분한 것이 아니다. 그래도 어쩌랴, 깨끗이 씻어서 사용하려고 물 흐르는 계곡으로 내려가려는데, 그때까지 지켜보던 아주머니가 큰소리로 불렀다.

"학생! 그거 뭐 하게요?"

"예? 씻어서 라면 끓여 먹으려고요."

"예? 그거 재떨이로 사용하는 거예요."

아무리 깨끗이 씻는다 해도 재떨이로 사용하던 물건이라 생각하니 조용히 제자리로 갖다 놓을 수밖에….

다시 한번 주위를 살피며 찾았다. 아까는 보이지 않던 마당 한구석에 땔감으로 잔뜩 쌓아놓은 나무더미 틈에 찌그러진 냄비가 뒹굴고 있었다. 비록 찌그러지기는 했지만 좀 전에 깡통보다는 훨씬 깨끗하고 재떨이로 사용한 흔적도 없다. 이거면 괜찮지 않겠냐는 듯이 계속해서 쳐다보고 있는 아주머니를 향해 한 번 흔들어 보였다. 아주 위풍당당하게….

"학생! 그거 개 밥그릇이에요."

"네!"

우리가 하는 짓이 안타까웠는지 겉이 시꺼멓게 탄 냄비 하나를 갖고 온다. 당연히 라면이나 끓여 먹으려고 하는 모양인 줄 아셨는지 그다지 크지는 않지만, 속은 깨끗하게 반들반들한 냄비다.

마당에서 사람 키 정도만 내려가면 바로 물 흐르는 계곡이다. 오염 하나 안 된 깨끗한 물이다. 당연히 설악산 정기를 받아 온갖 미네랄이 풍부하다. 토왕성 폭포 밑에서는 이 물로 목을 축이며 건빵을 먹었고, 지금은 개구리 라면을 끓여야 한다.

그때까지도 엄마 곁에서 맴돌던 꼬마 아가씨는 뭔가 재미있는 일이 벌어질 것이라고 느꼈는지 우리를 따라 계곡으로 쫓아왔다. 하기야 이런 산속에서 보이는 것이라고는 숲과 나무요 흘러가는 구름이 전부다. 어쩌다 등산객이라고 오면 저희들끼리 놀 것이고, 꼬마 눈에는 우리가 신기한 모양이다. 따라왔지만 약간 벗어난 바위에 걸터앉아서 재미있다는 표정으로 열심히 쳐다봤다.

"얘야, 꼬마야, 몇 살이지?"

쑥스러운지 손을 뒤로 감추며 몸을 꼬면서도 입가에 미소가 흐른다.

"몇 살?"

부드러운 말투로 다시 한번 물어보자 뒤에 감추고 있던 손을 내밀며 겨우 손가락 7개를 펼쳐 보인다.

"어이구 일곱 살, 내년이면 학교 가야 하네."

학교라는 말에 생기가 돌며 머리를 끄떡인다. 예쁘고 귀엽게 생긴 아이다.

돌멩이로 냄비를 받치고 마른 가지로 불을 지폈다. 물 끓이는 사이에 개구리를 깨끗이 씻었다. 도마는 물론이고 칼도 없으니 그저 통째로 삶을 수밖에 없다. 그나마 나무 꼬챙이를 만들어서 내장만큼은 제거했다.

"이거 진짜 먹을 수 있는 거야?"

아까부터 거북하지만 배가 고프니 어쩔 수 없이 먹기는 먹어야 하지만, 정말로 먹을 수 있기는 한 것인지, 더구나 통째로 먹어야 한다는 현실에 친구는 묻고 또 물어본다.

하기야 강호도 몸통까지 먹어본 기억은 없다. 그저 뒷다리만 석쇠에 구워 먹었다. 그것도 배고파서가 아니고 형들이 놀이삼아 먹을 때 얻어먹은 것이 전부다. 그렇다고 점심도 겨우 건빵으로 해결했는데, 저녁을 라면 한 개로 때울 수는 없다. 거기에 내일 아침도 굶어야 할 판. 이참에 단백질을 충분히 보충해야 한다.

"이게 말이다. 단백질은 물론이고 영양가도 높은 놈이야. 죽지 않을 테니 걱정 붙들어 매라."

먹을 수 있다는 주문을 외듯이… 친구한테 하는 소리이지만 강호 자신에게 하는 말이다.

끓는 물에 씻은 개구리를 투척하니 금방 뒷다리가 빼쩍빼쩍 뻗는다. 꼭 물 위에서 헤엄치는 자세다. 모양새가 그렇지 말마따나 단백질이 풍부한 재료라 생각하니 억지로라도 먹어야 했다. 그때까지 옆에서 지켜보던 꼬마는 아무래도 징그러운지 좀 더 멀리 있는 바위로 옮겨 앉아서 진즉부터 엄마가 저녁 먹으라고 부르는 소리에도 끔쩍 않고 호기심 가득한 눈으로 쳐다보고 있었다.

"꼬마야, 네 이름이 은영이구나? 엄마가 찾잖아요."

그래도 수줍게 웃으면서 떠날 생각은 하나도 없다. 마른 가지로 연신 불을 때면서 개구리를 삶고 있을 때다.

"은영아! 거기 있었구나. 얼른 가자. 저녁 준비 다 했잖아."

"엄마 먼저 먹어."

"아니 얘야! 아저씨들도 식사하려고 하잖아. 얼른 올라와요."

식사 준비하고 딸을 찾았지만 나타나지 않으니 직접 데리러 왔다. 올라오기를 재촉해도 평소에도 가끔 이런 일이 있었는지 더 이상 부르는 것을 포기하고 아주머니는 사라졌다.

개구리가 충분히 익었다고 생각할 때쯤 라면을 넣고 다시 끓이고 있을 때다.

"은영아! 이거 받아라."

아주머니가 아예 둥근 쟁반에 저녁상을 차려서 갖고 왔다. 은영이가 받기에는 위험해서 대신 받았다. 쟁반 위에는 밥 한 공기와 반찬들이 가지런히 놓여 있었다. 7살짜리 꼬마가 먹기에는 양이 많아 보인다.

"좀 넉넉히 담았으니 학생들도 드세요. 장정 두 명이 라면 하나로 되겠어요?"

우리가 지금 개구리 반찬으로 저녁을 해결하리라고는 꿈에도 생각하지 못했을 것이다. 그냥 라면 하나 끓이고 있는 줄 아는 모양이다.

"아, 예! 감사합니다."

김치 하나 없이 통 개구리 라면으로 저녁을 해결할 판이었다. 꼬마 아가씨 덕분에 느끼한 식사는 면하겠다. 그러나 아무리 삶아도 개구리 본래 모습이 그대로인 채 먹으려니 보통 강심장 아니고는 힘들다. 눈 질끈 감고 첫 번째 개구리를 먹었을 때는 대충 씹지도 못하고 넘겼다. 그래도 라면과 함께 먹으니 생각보다는 그런대로 먹을 만하다. 꼭 라면에 닭 날개 넣고 끓인 맛이다. 나중에는 개구리 살을 뜯어서 꼬마 아가씨에게도 맛보게 했다. 눈에 보이는 것만이 전부가 아님을 개구리 반찬을 통해서 알게 된 저녁 식사였다.

「이수정 선생님께.

설악산 대청봉에 오르는 길목에서 밤을 보냅니다. 세상은 고요하고 밤하늘에는 무수한 별들이 쏟아지는데 멀리서 소쩍새 우는 소리가 들리네요. 저 소쩍새도 짝을 찾아 헤매나 봅니다. 밤새 피 토하도록 불러보고 싶은 이여. 내 마음도 소쩍새가 되어 함께 날아가고 싶군요.」

언제 부칠지는 몰라도 호롱불 밑에서 겨우 몇 자 정리하고 바로 잠자리에 들었다. 초저녁이기는 하지만 딱히 할 일도 없거니와 피곤하다.

얼마나 지났을까 잠결에 옆자리가 시끄러워서 깼다. 늦게 도착한 등산객이다. 식사 준비하느라 왁자지껄 떠드는 소리에 눈은 떴지만 일어나지 못하고 뒤척이고 있었다. 한동안 식사 준비로 시끄럽더니 밥 먹으면서 술까지 마시는데 여간 신경 쓰이는 것이 아니다. 목소리로 보아하니 세 사람이고 강호와 비슷한 연배다. 딴에는 작은 소리로 얘기한다고 하지만 낮은 천장에 좁은 공간이라 속속들이 다 들렸다. 대화 내용은 물론 숟가락질하면서 음식 넘어가는 소리까지 들리니 잠을 자려야 잘 수가 없다.

"그쪽에 형씨들! 깼으면 저희와 한잔하시죠?"

뒤척이는 모양새가 분명히 저희 때문이라 생각했는지 함께 하잔다. 시끄러운 소리도 문제지만 부족한 식사로 진즉부터 음식 냄새 때문에 잠잘 수가 없었다. 특히 찌개 끓이는 소리와 함께 솔솔 퍼져 오는 감자찌개 냄새는 저절로 침을 삼키게 했다. 부르기를 기다렸다는 듯이 거절 한 번 안 하고 자연스레 합석했다. 옷차림이며, 주

위에 널려있는 배낭이며, 차려놓은 취사도구를 보아하니 한두 번 등산 다니는 사람들이 아니다.

"어디? 서울에서 오셨나요?"

"아, 네. 짐이 너무 많아서 천천히 올라오다 보니 너무 늦게 도착했네요. 저희 때문에 잠을 설치게 해서 죄송합니다."

"아이 별말씀을…. 이런 곳에서는 어쩔 수 없잖아요."

"그런데 형씨들은 배낭도 없이 올라왔나 봐요?"

"하하. 어쩌다 보니 여기까지 왔네요."

세 사람은 같은 회사 동료란다. 산을 좋아하는 직원들끼리 가끔 서울 근교로 등산하고, 이번에 모처럼 휴가내서 설악산에 왔단다. 맛있게 끓인 감자찌개로 소주도 마시고 서로 통성명까지 하면서 다음 날 아침도 함께하기로 했다. 대신 짐이 많으니 정상까지 올라갈 때는 배낭을 교대로 짊어지기로 했다. 아침을 해결할 수 있다는데 마다할 일이 아니다. 저녁에 먹었던 개구리 라면은 벌써 소화되었고, 찌개와 함께 소주 마시면서 저녁 한 끼를 제대로 때웠다.

다음 날 아침 일찍부터 세 사람은 서둘러 식사 준비한다. 강호는 특별히 도와줄 일이 없는지라 엽서를 꺼내 들고 산장 옆에 우뚝 솟아있는 소나무 밑으로 갔다. 비록 언제 보낼 수 있을지 모르지만 지금 이순간이 중요하다.

「이수정 선생님께.

밤새 울던 소쩍새는 짝을 찾았는지 조용합니다. 숲 향기가 온몸을 감싸지만 텅 빈 가슴을 채우지 못하네요. 착각인 줄 알면서도 혹시라도 나를 찾아온 님의 손짓은 아닐까 하고. 들꽃을 깨우며 불어오는 바람결에 살랑 대는 나뭇잎만이 제 마음을 달랩니다. 설악산 향기를 가득 담아 산 너머 흐르는 구름에 실려 보냅니다. 조용하고 상쾌한 아침 양폭 산장에서…」

아침 식사도 푸짐했다. 먹기 위해 등산을 하는지 배낭에 식자재만 가득 찬 느낌이다. 식사를 마치고 설거지라도 도우려고 했지만 한사코 말리는 바람에 강호는 그들이 배낭을 꾸릴 때까지 기다렸다. 아침까지 잘 얻어먹은 대가로 짐꾼이 되겠다고 약속했으니 기다려야 한다. 대청봉 정상까지 배낭을 교대로 짊어졌다. 달랑 여행용 가방에 속옷 몇 벌 챙겨서 출발하였기에 등산화는 고사하고 운동화도 아닌 구두 신고 떠났었다. 구두 신고 대청봉 정상까지 배낭 메고 올라가는 미친놈이다. 더구나 배낭도 소풍 갈 때 메고 다니는 그런 배낭이 아니다. 웬만한 아이 키만큼이나 큰 배낭이다. 두 끼니를 얻어먹은 밥값치고는 중노동이지만, 젊은 혈기로 신의를 지켰다. 다행인지 몰라도 대청봉에서 헤어졌다. 강호는 오색약수터 방향이고, 세 명은 백담사 방향으로 좀 더 힘든 코스로 떠났다.

오색약수터에는 점심때가 되어서 도착했다. 내려올 때는 뛰다시피 했다. 굳이 뛰지 않으려 해도 경사가 심한 탓에 저절로 발걸음이 빨라질 수밖에 없었다. 전날만 해도 그럭저럭 신사화처럼 보였던 구두가 흙먼지 뒤집어쓴 넝마가 되었다. 아무리 구두약을 발라서 광을 내본들 찢겨나간 구두코 때문에 구두 본연의 모습은 찾을 수 없겠다.

황량한 모습으로 오색약수터에 밀집해 있는 식당가로 갔다. 써놓은 엽서도 부쳐야 했고, 간단하게 요기도 해결해야 한다. 그런데 눈에 띄는 음식점은 대부분 산채정식이나 고깃집이다. 수중에 있는 돈으로는 턱도 없다. 혹시라도 싼 값에 곡기라도 채울 만한 곳이 있는지 기웃거리며 주위를 둘러보았다. 다행히 식당가에서 약간 벗어나 후미진 곳 비닐 천막 앞에 널빤지로 삐뚤삐뚤 잔치국수라고 써놓은 식당이 보였다. 앞에 트럭 몇 대가 세워져 있는 것을 보아하니, 자주 다니는 화물차 기사들이 이용하는 식당인 듯했다.

사실 제일 싼 잔치국수라 해도 점심을 해결하고 나면 수중의 돈이 달랑거린다. 서울까지 갈 차비는 고사하고 강원도 땅을 벗어나기도 힘들 판이다. 그래도 부닥쳐 볼 일이다. 서울까지 가는 트럭이라도 얻어 탈 수 있다면, 잔치국수 정도는 먹을 수 있었다.

비닐 천막을 들춰서 들어가니 바깥에서 본 것보다는 넓다. 식사하는 사람도 있었지만, 담배 피우면서 쉬고 있는 사람들도 있었다. 그중에 조금 인심이 후하게 보이는 50대 남자에게 다가갔다.

"아저씨, 혹시 서울까지 가세요?"

"아니, 왜?"

"혹시 서울까지 가시면 부탁드리려고요. 차비가 부족해서요."

어디서 이런 용기가 생겼는지 순간적으로 담배 태우며 쉬고 있는 사람을 보자마자 물었다. 하기야 처음부터 차비를 아끼든지 숙박비를 아껴야만 가능한 여행이다.

아저씨는 뜬금없이 젊은이가 다가와 행선지를 물어보니 의아한 눈초리였지만 무슨 생각이었는지 관심을 가졌다.

"이 시간에 서울 가는 트럭은 없을 거야. 인제까지는 태워줄 수 있는데…."

순간 강호는 뇌리를 스치는 사람이 생각났다.

"거기서 양구 가는 버스가 많이 있나요?"

"인제에서는 없고 중간에 원통에서 갈아타야 되지. 거기서는 버스가 아니더라도 군인 트럭이나 화물차가 많이 다닐걸."

일단 국수를 시켜 먹고 원통까지만 태워 달라면서 아저씨를 쫓아갔다. 비록 원통까지이지만 양구까지 갈 수만 있다면 해결할 방법이 있다. 아저씨는 운전하면서 심심하던 참에 말동무가 되어주니 즐거운 모양이다.

"학생들은 어디서 온 거야?"

"양양요. 어제는 설악산 양폭 산장에서 잤습니다. 양폭 산장 아세요?"

어디서 왔냐고 물었을 때는 전날 잔 곳이 궁금해서가 아니다. 집이 어디냐는 뜻이다. 당연히 서울이라고 했어야 답이다. 그런데, 한 번 오른 설악산으로 전문 산악인이 된 기분이다. 겨우겨우 대청봉 오르면서 잤던 '양폭 산장'이지만 은근히 자랑하고 싶었다.

"나야 모르지. 일하는 사람이 한가하게 산을 탈 수 있나?"

"사장님은 이 길을 자주 다니세요?"

"자주가 뭐여. 매일같이 하루에 한 번은 꼭 다녀."

"우와, 너무 피곤하지 않아요?"

차비 대신 이렇게 대화라도 나눠야 얻어 탄 보답을 하는 것 같아서 열심히 말을 만들었다.

"밥 벌어먹기가 그리 쉬운가? 이 일도 다니다 보면 재미있어요. 오늘은 젊은이들을 만났지만 어느 때는 아가씨도 태워요."

"아이고, 저희는 별로 재미없겠네요?"

"허허. 젊은 학생들도 괜찮아."

한 시간도 채 안 되는 거리지만 재미있게 얘기하면서 양구로 갈라지는 원통삼거리에서 내렸다. 친구는 여기까지 오면 어떻게 하려고 하는지 궁금한 모양이다.

"잠깐만 기다려 봐. 내가 알아서 할게."

공중전화로 양구에 있는 샛별초등학교로 전화했다. 초등학교는 아직 방학 전이라 평일에는 분명히 학교에 있을 것이다.

띠리링. 띠리링.

"여보세요? 샛별초등학교입니다."

"여보세요? 거기 권숙자 선생님 계십니까?"

"네? 권숙자 선생님이요?"

"네, 여기 원통인데요."

거는 사람 이름보다도 시외전화라는 것을 먼저 알렸다. 그래야 저쪽에서 금방 움직인다.

"아, 원통에서 전화한 거예요? 잠깐만 기다리세요. 지금 수업 중이라 모시러 가야 합니다."

몇 푼 안 되는 돈으로 겨우 동전 바꿔서 전화했다. 손에 쥐고 있는 동전을 보면서 동전 떨어지는 소리가 심장을 멎게 한다. 동전 떨어지는 소리가 세 번째 들렸을 때,

"네, 전화 바꿨습니다. 누구시죠?"

"권숙자 선생님요? 저 박강호입니다. 천우회 후배."

"뭐? 박강호? 강호가 웬일이여?"

"네, 여기 원통인데요, 친구하고 같이 지금 선배님 찾아가려고요."

고교 시절 올바른 가치관을 갖고자 지역 고교생들이 모였던 단체다. 3년 여자 선배로 강원도 양구까지 올라와 초등학교 교사로 있는데 가끔 모임에 나와서 물 좋고 공기 좋으니 한번 놀러 오라고 했었다. 3년 선배이긴 하지만 처녀가 있는 곳에 남자가 찾아오리라고는 생각도 못 했을 것이다. 그것도 딱히 강호에게만 한 것도 아니고 그저 강원도 산골에 있다는 소리였을 텐데 정말로 찾아갔다. 하기야 길거리에 주저앉을 판에 다른 방도가 없었다.

남아 있는 돈을 탈탈 털어서 양구까지 버스로 겨우 갈 수 있었다. 양구 버스터미널로 마중 나온다고 했으니 무조건 가면 된다. 도착했을 때는 벌써 어둡고 지나다니는 행인은 많지 않았다. 그것도 일반인은 보이지 않고 군인들만 보였다. 대한민국 남아로 군대 갔다 온 사람 중에서 양구만큼 친숙한 곳은 많지 않을 것이다. 그런 양구에 일반인 두 명이 저녁에 들어갔다. 그것도 빈털터리로.

"강호?"

"어, 선배님! 안녕하셨어요?"

몇 년 전에 본 모습 그대로다. 여름인데도 긴 주름치마에 하얀색 블라우스로 갖춰 입었다. 강원도 촌구석, 군인들이 더 많은 곳에 멋지게 차려입은 여인이 나타났으니 군인들이 힐끗거리며 지나간다.

"호호. 오랜만이야. 그나저나 여기까지 어쩐 일이지?"

"하하하. 서울 가는 길에 선배님 뵙고 싶어서…."

"호호호. 이 촌구석까지 나를 보려고, 이런 영광이 있나?"

그러면서 우리 몰골을 바라보면서 웃는다. 누가 뭐라도 빈털터리 거지꼴이다.

"혹시 잠 잘만한 곳이 있나요?"

"그렇지 않아도, 전화 받고 알아봤어. 우리 집도 되기는 하지만, 아무래도 나 혼자 있는 곳이라…."

"하긴 그렇죠."

"오늘 숙직 선생님이 잘 아는 젊은 선생이라 부탁했으니깐 숙직실에서 자."

그러면서 자가용을 타고 왔는지 승용차로 우리를 안내한다.

"아이고, 선배님. 벌써 자가용 있으세요?"

"호호호. 내가 무슨…. 빌려온 거야. 면허증만 따 놓고 있었지."

"운전은 좀 하세요? 불안한 거는 아니죠?"

"가끔 이렇게 빌려서 여러 번 다녔어. 살살 가니까 걱정하지 마. 호호호."

선배는 어떻든 이런 시골까지 찾아온 강호가 반가운 모양이다. 강호라서가 아니라 고향 생각나게 하는 후배가 반가울 뿐이다.

출발한 지 5분도 안 돼서 양구 시내를 벗어나는가 싶더니 서치라이트 불빛에 보이는 전방은 온통 숲으로 둘러싸였다. 20여 분을 달리는데도 오가는 차량이라고는 한 대도 없었다. 가로등 없는 숲속 길은 한적하다 못해 무섭도록 고요했다. 공연히 초보 운전자에게 말이라도 걸어서 실수할까 봐 양구 시내를 벗어난 이후로는 말 한마디 못하고 모두 쥐 죽은 듯 불빛에 스쳐 가는 숲속만 바라보고 있었다. 이곳은 최전방이다. 숲속에서 무장 공비라도 튀어나올 것 같은 착각으로 숨소리조차 조심스럽다. 낮에는 멋있는 드라이브 코스가 될지는 몰라도 야간 운전만큼은 피하고 싶은 도로다.

"선배님, 괜히 저희 때문에 고생이네요."

"호호호. 왜? 겁나요? 밤이라 그렇지 낮에 보면 정말로 아름다운 길이야. 이제 다 왔어요."

포장도로를 지나서 좀 전의 숲길보다 더 깊어 보이는 숲속으로 덜컹거리는 비포장도로를 5분여 달렸다. 전혀 시야가 확보되지 않은 상태에서 도로 옆에 식당 간판이 보이고 집들이 조금씩 나타나자 샛별초등학교가 나왔다. 초저녁인데도 조용하다 못해 적막강산처럼 느끼는 산골 마을이다. 이런 곳에 학교가 있다는 자체가 신기하다.

"오늘 저녁은 숙직실에 닭볶음탕을 시켜놨거든. 숙직 선생하고 소주 한잔하면 될 거야. 같이 하지는 못하니깐 미안해요."

"아, 예. 벌써 주문해 놓으셨어요? 감사합니다. 하하하."

숙직실까지 안내해준 뒤 선배는 집에 간다며 떠났다. 강호하고 굳이 할 얘기는 없다. 안부 인사만 하면 되는 사이다. 여기까지 오는 차 안에서 충분히 할 얘기는 다 마쳤다. 강원도 산골에 혼자 사는 처녀 교사한테 남자가 찾아왔다면 공연히 오해살 수 있기에 강호 처지만 해결해주면 된다.

숙직 교사는 30대 초반으로 순하고 선해 보였다. 전혀 모르는 사람을 위해 때맞춰 닭볶음탕에 술상을 차려놓고 기다리고 있었다. 권 선배의 아량으로 차려놓았겠지만, 숙직 교사의 마음 씀씀이도 컸다. 태어나서 강원도를 한 번도 떠난 적이 없다는 순진무구한 남자다. 양구 토박이로 대학까지도 강원도에서 나왔고, 군 시절도 고향 땅에서 지냈단다. 반면에 두 사람은 서울에서 부산으로 동해안을 일주하고 이제 강원도 오지까지 왔으니 빈손으로 다니는 패기가 대단하단다. 서로의 상황에 부러워하며 늦은 시간까지 소주로 마지막 밤을 보냈다.

아침에 일어나서 본 바깥세상은 밤에 보았던 암흑세상과는 달랐다. 산 중턱에 군데군데 불 켜진 곳이 민가 마을인 줄 알았는데, 전부 군부대였다. 학교 주변에 함석으로 지은 식당과 주택이 띄엄띄엄 길 따라 있을 뿐 산자락에는 군대 막사만 보였다.

「이수정 선생님께.

여기는 강원도에서도 오지라는 양구에 있는 산골 마을입니다. 보이는 것이라고는 산자락에 황량하게 지어져 있는 군부대입니다. 사람은 없고 군인만 보이는 곳…. 조만간 저 또한 이런 곳에서 지내겠죠. 그때가 되기 전에 더 자유롭고 싶네요. 양구에서.」

학교 앞 문방구점에 있는 우체통에 엽서를 넣고 돌아오니 선배가 와 있었다. 아직 출근하려면 멀었는데도 출근할 복장으로 일찌감치 찾아왔다.

"안녕하세요? 벌써 출근하세요? 어제는 정말 신세 많았습니다."

"아니 뭐, 어떻게 보냈나 궁금해서…. 숙직 선생은 잘해주던가요?"

"네. 너무 잘해주셔서 폐만 끼쳤죠. 그나저나 여기는 정말 한적하고 경치가 좋네요."

"그렇지! 봄이면 더 멋있어. 주위가 온통 진달래꽃으로 붉은 산처럼 보여. 강호는 아직 군대 안 갔다 왔지?"

"네."

"그러면 여기로 올 수도 있겠네?"

"그러면 좋죠."

"호호호. 누구 오기 전에 일찍 나와야 해서 왔거든. 나는 출근해야 하니깐, 학교 정문 앞에서 선착장으로 가는 버스를 타고 가. 거기서 배타고 춘천에 갈 수 있어."

"아! 선착장까지 멀지 않나 봐요?"

"응. 한 10분 정도 가면 돼. 그리고 이거 받아. 가는데 차비에 보태 써."

그러면서 당초 서울에서 출발할 때 지녔던 오천 원보다도 많은 일만 원을 쥐어준다. 그동안 빌빌대며 해결했던 밥을 당당하게 사 먹을 수 있고, 눈치 보지 않아도 서울까지 가고도 남을 돈이다. 사양하는 척하면서 결국은 받았다. 사실 이런 큰돈을 예상하지는 않았다. 행색으로 보아하니 이런 산골까지 뭐가 좋다고 찾아오겠나? 나름 선배는 생각했으리라…. 언젠가 갚겠다는 기약 없는 약속을 하고 헤어졌다.

바다도 아닌데 서울 가는 빠른 교통편으로 배를 이용하는 곳이 양구에서도 석현리라는 곳이다. 마침 선착장에는 소양호 댐까지 정기적으로 다니는 여객선이 있었다. 오래 기다리지 않아 승선하고 둘러보니 군인과 일반인이 반반이다. 일반인도 대부분이 뜨내기장사치고 여행객은 강호와 종호뿐이다. 강호가 스스로 여행객이라고 생각해서 그렇지, 다른 사람이 보기에는 장사치 모습보다도 몰골이 험하다. 다른 사람에게 피해 주지 않도록 조심하면서 배 뒤편으로 꾸역꾸역 들어가서 앉았다. 배안에 손님이 가득 차는가 싶더니 출발하기에 앞서 경찰과 헌병이 올라와서 신원조사를 한다. 헌병은 군인들을 상대로 통행증을 검사하는 모양이다. 그런데 경찰 아저씨는 아무도 검사하지 않고 그냥 지나치더니 제일 뒤쪽에 있는 강호와 종호에게만 신분증을 보잔다. 사실 누가 보아도 수상한 행색이다. 여행객이라 보기에는 옷이 후질구레하고, 면도도 며칠째 못해서 덥수룩한 수염은 꼭 북에서 넘어온 간첩이다.

춘천에서 출발한 열차가 청량리에 도착했을 때는 퇴근 시간대와 맞물렸다. 반나절 만에 고요함에서 북적대는 현실로 들어왔다. 무언가 마음의 변화를 느끼기 위해서 출발했으나 그녀에 대한 그리움만 키우고 돌아온 여행이 되었다.

5. 연상의 여인

집에 도착한 지 며칠이 지났는데도 아무런 반응이 없다. 처음 보낸 엽서는 벌써 받아 봤을 텐데…. 강호 역시 며칠째 모르는 척 보내던 날이다. 예전 같으면 살갑게 인사라도 있었지만 요즘은 무표정이다. 아직은 방안보다는 바깥이 시원해서 마루에서 책 읽고 있었다. 퇴근해서 들어오는 그녀를 보기 위해서다. 말은 섞지 않아도 보기만 해도 좋았다. 그녀가 퇴근하면서 모처럼 말을 건다.

"강호! 이따가 나 좀 볼래요."

"어, 그러죠. 어디, 여기서요?"

"도서관 올라가는 길에 놀이터 있죠? 거기서 한 시간 뒤에…."

조금 기대했던 말투는 아니지만 드디어 반응이 왔다. 더 이상 힘들게 하지 말라는 얘기를 하더라도 진지하게 말할 참이다.

'물러설 생각은 추호도 없다고….'

4박 5일간의 짧은 여행이었지만 많은 생각을 했다. 그녀의 말대로 나이 차도 많거니와 결혼할 여건도 아직 안 된다. 마냥 연애하며 사랑 놀음할 처지가 아니다. 대학 졸업은 물론이고 군대도 가야 한다. 물리적으로 결혼은 요원한 일이다. 반면에 그녀는 마음만 먹으면 당장에 결혼할 수 있다. 사실 늦었다. 동생들 때문에 희생했을 뿐이다. 생각하면 할수록 힘든 연인이 될 수밖에 없다.

그러나 마음은 오히려 하루도 못 보면 미치겠다. 여행을 통해서 더욱 절실히 느꼈다. 방문 넘어 들려오는 목소리라도 들어야 했다.

놀이터 벤치에 먼저 와서 기다렸다. 놀이터 입구에 서있는 가로등 불빛만이 그림자를 길게 늘어뜨리며 겨우 사물을 알아볼 수 있게 하는 곳이다. 한 시간 뒤에 보자고 한 그녀는 30분이나 지나서 차분한 새색시처럼 천천히 나타났다.

"오래 기다렸어요?"

"아뇨, 방금 전에…."

강호 옆으로 다가와서 한 사람 정도의 간격을 두고 앉는다. 예전에는 한 뼘이던 거리가 이제는 한 사람 거리로 멀어졌다. 힐끔 본 얼굴은 밝은 표정이 아니다.

"엽서, 강호가 보낸 거죠?"

힘없고 슬픈 목소리다.

"네…."

"처음에는 발신인이 없어서 제자 중에 누가 보낸 줄 알았어요. 한데…."

"왜요? 뭐 잘못되었나요?"

"그게 아니고, 지난번에 말했잖아요. 우리 더 이상 진전되면 안 된다고."

멀리 서울 시내를 바라보면서 말하던 얼굴을 돌려서 갑자기 강호를 정면으로 쳐다본다. 간절함이 묻어나는 표정이다. 강호도 이제는 똑바로 보면서 말했다.

"수정 씨! 저도 그러고 싶었어요. 하지만 그게 그렇게 쉽게 되지 않네요."

"왜 하고많은 여자들 중에 하필 나에요?"

"그건 저도 몰라요, 그냥 수정 씨가 좋아요. 태어나서 이런 감정은 처음입니다."

"…"

"사실, 나도 강호가 좋아요, 그러나 이거는 아니다 싶어요."

"그냥 좋아하는 마음만 있으면 되는 거 아닌가요? 뭐 때문에…?"

"…."

아무런 말도 없이 멀리 서울 야경만을 하염없이 바라보고 있었다. 좋아한다면서도 사랑할 수 없는 처지에 서글픔이 밀려왔다.

"그래, 좋아요. 그럼 우리 앞으로 이렇게 해요. 언젠가 둘 중 누구라도 마음이 변하면, 아무런 미련 없이 떠나보내기로…. 하지만 저는 절대로 변하지 않을 겁니다."

강호야, 사실 세월이 흘러서 헤어진들 마음은 아플지라도 인생에 손해 볼 것은 없다. 그랬기에 쉽게 나올 수 있는 말이다. 그러나 그녀는 다르다.

"그게 쉬운 게 아니에요. 마음처럼 쉽지가 않아요."

"아니, 수정 씨는 경험이 많은가 보죠?"

"아뇨, 저도 이런 감정 처음이에요. 그래서 더 겁이 나는 거죠. 다음에 어떻게 헤어질지 몰라서…."

"왜 자꾸 헤어지는 말만 합니까?"

"몰라요, 오히려 반대이기를 바라는 마음에서 그런가 보죠."

"수정 씨도 헤어지고 싶은 마음은 없잖아요."

"…."

또다시 조용하다. 무슨 생각을 하는 걸까?

수정은 처음 엽서를 받았을 때 제자인가 싶었다가 바로 느꼈다. 마음으로 전달되는 사랑의 무게를…. 병원에서 퇴원하던 날, 하룻밤을 여관에서 함께 자면서 은근히 몸을 허락할 수 있었다. 감정을 속이지 않고 강호에게 맡기고 싶었다. 그런데, 어쩌면 다행인지 밤새 배가 아파서 아무런 일도 없이 보냈다. 감정보다는 이성을 깨닫게 한 밤이었다. 젊은 혈기를 그대로 받아들이기에는 너무 운명을 쉽게 생각했다. 아무리 동생들 때문에 기약 없이 세월을 보낸다 해도 강호하고는 장애물이 더 많다. 처음 느끼는 이런 감정이 사랑이라 한다지만, 사랑으로 모든 것이 해결되지 않는다. 사랑의 무게를 더 느끼기 전에 헤어져야겠다. 이후로 강호에게 멀어지려고 무덤덤하게 보냈건만, 늘 마음이 허전했던 것은 어쩔 수 없었다. 그런데 엽서가 날아왔다. 짧은 글에 묻어있는 연정을 피하기에는 너무 힘들었다. 꾹꾹 눌러놨던 강호를 향한 마음이 다시 살아났다. 그래도 마지막으로 불장난이 아님을 알아야 한다.

"사랑은 책임이 있어야 해."

"하하하. 당연하죠."

조용하다가 나온 첫말이다. '사랑은 책임이 있어야 해.'라는 말이 떨어지기도 전에 '당연하다.'라고 답했다.

사랑을 갈구하는 마당에 무슨 말인들 안 들어 줄까? 하물며 책임만 있으면 사랑할 수 있다는데….

결혼 전 남녀 간에 최종적으로 지키는 책임은 결혼이다. 결혼을 전제로 사귀는 연인도 있지만, 어쩌다 책임져서 결혼하는 경우도 있다. 사랑해서 결혼하는 경우야 당연하지만, 사랑 없이 결혼하기도 한다. 결혼이 꼭 책임의 산물은 아닌데도 그래야 한다.

"알았어요. 책임지겠습니다. 그러면 사랑하는 거죠?"

"호호호. 어떻게 책임질 건데?"

"수정 씨가 원하는 모든 것을 하겠습니다."

"호호호, 원한다고 다 해주지 못할 거면서 너무 큰소리치지 말아요."

"아이고, 아닙니다. 뭐든지 다 말하세요. 저 하늘의 별이라도 따 달라면 따 줄 수 있어요."

기쁜 마음에 호들갑 떨면서 일어나 하늘을 가리켰다. 진정 별을 따 달라는 얘기는 아니다. 별은 누구도 잡을 수 없기에 무모한 다짐일 뿐이다. 그러나 언젠가는 결혼 얘기가 나올 수 있다. 그때 책임지라는 얘기다. 밤하늘의 별을 가리키며 큰소리치는 강호와 다르게 수정은 그래도 고민이다. 남자는 눈앞의 목적을 위해서는 당장이라도 간·쓸개 다 꺼낼 듯이 떠들지만, 정작 그런 일이 닥치면 뒤로 빠진다. 비겁하다. 그런 감언이설에 속는 줄 알면서도 속는 것이 또 여자다. 단지 나만큼은 속이지 않는 남자로 믿고 싶다. 사랑한다면 모두가 이해되고 용서할 수 있다니, 한 번 믿어보자.

"알았어요. 강호가 그렇게도 원하니 우리 교제해요. 됐죠?"

"하하하. 진즉에 그러셔야죠. 이제야 먹먹하던 제 가슴속이 시원해졌습니다. 수정 씨, 정말 진실로 사랑합니다. 이 마음 영원히 변하지 않을 겁니다."

강호는 정말 뛸 것 같은 기분에 수정 씨의 두 손을 잡았다. 따뜻하다. 잡은 손에 힘을 주면서 눈을 바라보았다. 마주치는 눈 속에 나와 네가 있었고, 진심과 갈망이 보였다. 사랑의 갈망….

서로의 마음을 확실히 알게 되었다. 이제는 억제할 필요도 없다. 그녀도 강호를 사랑하겠단다.

일상은 별반 달라진 것이 없지만 소소한 곳에 행복이 있었다. 진정한 사랑을 알고부터, 보고 느끼는 모두가 실없이 웃게 만들고 그녀만을 생각하게 만들었다.

예전에는 퇴근 시간에 맞춰 남산 길에서 서성거리다가 마주쳤다. 이제는 아니다. 버스정류장까지 마중 나가서 만나는 즐거움이 생겼고, 시장에 들러 같이 찬거리를 사는 재미도 쏠쏠하다. 사랑의 열병은 함께 있는 자체가 즐겁다. 그녀와의 은밀한 데이트는 매일 계속되었다.

후배들은 여름방학 시작하면서 하나둘 시골로 내려가고 강호와 승희만 남아서 자취방을 지켰다. 낮에는 남산 국립도서관에서 책보거나 공부하다가 그녀가 퇴근하는 시간에 맞춰 데이트하던 때다.

"강호는 시골에 안 내려가요?"

"아무래도 내려가야죠. 집에서는 왜 안 내려오냐고 성화에요. 가게 도와달라고."

"호호. 나 때문에? 그러지 말고 내려가요. 흐흠. 나 방학 시작하면 우리 어디 놀러 갈까?"

"놀러 가요?"

"그래요, 1박 2일이든지 2박 3일로."

"오! 굿 아이디어."

"지금 생각났는데 변산반도 채석강이라고 가 봤어요?"

"아뇨, 거기가 어디죠?"

"그전에 학교에서 단체로 한 번 가본 곳이에요. 부안에 있는 바닷가로 바위 모양이 멋있더라고요. 김제까지 기차 타고 김제에서 거기까지 가는 버스가 있었어요."

"그래요? 거기가 좋겠는데요."

장소는 중요하지 않다. 1박이든 2박이든 잠을 자고 오잔다. 지난번처럼 배 아프다고 하면 이제는 제대로 배를 문지르고 싶다. 그렇게 사랑한다고 말하면서도 아직 손 한번 스스럼없이 만지지 못하고 있는 숙맥이다. 장바구니 건네받으면서 어쩌다 손을 부닥쳐도 '짜르르'한 느낌에 슬며시 잡고 싶어도 망설여졌다. 아직도 연상이라는 굴레를 벗어나지 못하고 있었다. 그런데 함께 자고 오는 여행이라니….

시골에 내려와서 부모님 가게 일을 도우면서도 그녀와 약속한 날만 기다렸다. 방학하고 다음 날 내려오기로 했다. 기다리는 하루하루가 지루하면서도 함께 여행 갈 것을 생각하면 벌써부터 가슴이 뜨거워졌다.

떠나는 날 하얀 운동화에 흰색 면바지를 입고 위에는 푸른색 계통의 반 셔츠로 한껏 폼 잡고 나갔다. 그녀를 기다리게 할 수 없어서 나온다는 게 너무 빨리 나왔다. 하기야 집에서 기다리느니 혹시라도 다른 기차 타고 일찍 내려올 수도 있겠다 싶어서 조바심에 달려 나온 결과다. 뻔히 내려온다는 열차 시간은 아직도 많이 남아있는데도 나오는 여행객을 한 사람이라도 놓치지 않겠다고 연신 개찰구만 쳐다보았다. 그러나 그녀는 약속 시간에 도착했다. 채양이 넓은 노란 모자에 하늘거리는 흰색 원피스로 예쁘게 차려입은 그녀를 발견하고는 저절로 손이 나갔다. 그녀의 양손을 잡으며 앞으로 당겼다. 품 안에 닿을 듯 가까이 끌려오는 그녀의 얼굴은 놀라움과 반가움으로 활짝 웃는다.

"어서 오세요, 정말로 예뻐요."

"호호호. 오랜만에 보네요."

"허허. 그동안 저 보고 싶었어요?"

"에이, 몰라요."

살짝 토라지듯 작은 손으로 강호 앞가슴을 토닥거린다. 전에 없던 행동이다. 그 모습에 강호는 순간적으로 여인을 끌어안았다. 처음이다.

바로 출발하는 호남선 열차를 타고 김제로 향했다. 야트막한 산을 끼고도는가 싶으면 푸른 들판이 펼쳐지고 이름 모를 하천 따라 열차는 달렸다. 차창 밖의 전경은 아름답고 평화롭다. 그저 그렇게 보이던 모든 것이 새롭고 정겹게 보인다. 똑같은 농촌인데도 열차 타고 보이는 모습은 한 폭의 그림이다. 수시로 바뀌는 경치를 바라보면서 감탄사를 꺼낼 때마다 그녀의 손을 잡았다. 그녀도 잡힌 손을 의식하면서 빼지 않는다. 처음 잡을 때 설레었지 다음부터는 자연스럽게 잡았다. 손끝에 전달되는 짜릿한 감촉을 느끼며 이번 여행에서는 어디까지 변할지 콩닥거리는 가슴을 안고 기차여행을 즐겼다.

김제역에서 출발한 버스는 변산반도 끝자락 넓은 들판 한가운데에 두 사람을 내려놓았다. 허허벌판이다. 집이라고는 논두길 따라 저 멀리 구릉지에 10여 가구 남짓 마을이 보일 뿐이다.

마을 반대편 논밭 사이로 경운기나 겨우 다닐 정도의 흙길 따라 걷다 보니 야트막한 야산이 나왔다. 사람 키 정도의 잡목만 무성한 작은 산을 넘으니 앞이 탁 트였다. 바다다. 시원한 바닷바람이 분다. 뜨거운 대지의 열풍을 안고 그늘 하나 없이 20여 분을 걸어오면서 흘렸던 땀이 금방 식는다.

그러나 바다는 바다인데…. 바닷가는 상상했던 모래사장이 없었다. 온통 바위다. 모래사장이 있는 해변은 저 멀리 한참 올라가야 있었다. 넓적한 바위가 평상처럼 널려있고 왼쪽 끝에는 시루떡처럼 포개진 바위가 파도에 깎여서 절벽을 만들었다. 경관은 정말 멋있다. 탁 트인 바다에 억만 년 동안 다듬질하면서 만들어진 바위는 또 다른 세계를 펼쳤다. 그런데 여름철 바닷가치고는 너무 조용하다. 몇몇 연인들만 보이고 한여름인데도 바닷물에 들어가서 노는 사람이 없다. 그저 파란 바다다.

뙤약볕 아래에서 경치에 감탄하는 것도 잠시, 바위 바닥은 열기로 뜨거웠다. 햇볕을 피할 곳이라고는 '채석강'이라고 불리는 바위 절벽 아래뿐이다.

"우리 저기 절벽 밑으로 갈까요?"

"그래요, 지난번 봄에 왔을 때는 시원하고 사람들도 많았는데 오늘은 아주 조용하네요."

"저는 조용해서 더 좋은데요. 어차피 물에 들어갈 것도 아니고 저기 그늘에서 천천히 쉬었다 갑시다."

혹시라도 바위에서 미끄러질까 봐 손을 꼭 잡았다. 위험해서라기보다 다른 연인들처럼 손잡고 싶어서다.

"우와! 가까이에서 보니깐 바위가 층층이 쌓여서 정말 희한하네요."

"그렇죠, 어떻게 저런 모양이 나올까? 아이고, 그늘로 들어오니깐 금방 시원하네요."

"여기 앉을까요?"

굳이 편편한 바위를 찾을 필요가 없었다. 주위는 온통 시루떡 떡판처럼 생긴 바위들이 넓적하게 세월에 닳아서 모나지 않게 누워 있었다. 아무 데나 앉으면 된다. 그냥 시골 마당에 멍석 깔아놓은 셈이다. 가방에서 신문지를 꺼내 바닥에 깔았다. 치마를 여미며 살포시 앉는 그녀 옆에 바짝 엉덩이를 붙이듯이 앉았다. 땀을 식히려면 일부러라도 떨어져 앉아야하겠지만 그녀의 체취를 느끼고 싶다. 더워야 할 체온이 오히려 시원하다. 사랑의 열기는 더위보다도 셌다. 시원한 그늘에 바닷바람까지 불어오니 등줄기에 흐르던 땀이 사악 가신다. 그녀와 단둘이 서울에서 멀리 떨어진 바닷가에 있다는 현실이 실감 나지 않는다. 꿈같다. 멀리 수평선을 바라보면서 크게 심호흡을 했다.

"아아, 시원하다. 정말 좋네요, 수정 씨와 함께 있으니 꿈만 같습니다."

"호호호. 나도 그래요, 강호와 같이 여기까지 오리라고는 생각도 못했는데…."

"정말 잘 왔어요. 우리 앞날도 저기 보이는 수평선 너머까지 뻥 뚫릴 겁니다."

"호호. 그럴까요?"

"그럼요, 제가 수정 씨를 왜 좋아하는지 아세요?"

"호호호. 나도 그게 궁금해요."

그러면서 살짝 옆 눈으로 쳐다본다.

"정말 모르세요?"

"글쎄? 아무리 생각해도 모르겠어요. 그냥 좋다고만 하니…. 왜?"

정말 궁금하다는 표정으로 눈앞까지 다가와서 생글거리며 쳐다본다. 바로 대답을 않고 멀리 밀려오는 파도를 바라봤다. 똑같은 파도 같지만 서로 다르다. 하얀 거품 물고 큰 파도로 몰아치다 해안가에 와서 무너지는가 하면 어떤 파도는 잔잔히 다가오는가 싶다가도 거친 파도로 돌변하는 놈도 있다.

인생도 그렇지만 사랑도 마찬가지다. 그녀는 파도가 되어 내 마음을 흔들었다. 잔잔히 밀려오는 파도처럼 서서히 사랑에 물들게 했다.

"작년 여름 기억하세요?"

"뭐를요?"

"저한테 들려주었잖아요? 밤마다 듣던 노래요."

"아하! 나자리노요? 그런데 그게 왜?"

"그 노래가 꼭 저를 찾아 헤매는 수정 씨 마음 같았어요."

"그래요? 호호호."

그러면서 입을 가리고 한참을 웃는다.

"그때 왜 그랬어요? 나 들으라고 한 노래였어요?"

"호호호. 그게 그렇게 되었나요? 사실 조금은 있었지…."

"조금 있었기는 했군요. 그 사연에 빠지니 저도 모르겠어요. 저도 모르게 노래에 빠지고…. 결국은 수정 씨를 사랑하게 되었습니다."

"그럼? 그 노래 때문에…?"

"꼭 노래 때문이라고는 할 수 없지만 어떻든 계기가 된 것은 맞습니다."

"몰라요, 그때는 나도 왜 그랬는지 몰라. 누군가 옆에 있기만 해도 외롭지 않겠다고 생각했었어요. 그러다 강호가 눈에 들어 왔었나 봐. 호호호. 우습네. 내가 먼저 꼬리 친 거야?"

"그냥 우리의 운명이죠."

운명치고는 너무 얄궂다. 4자매 중에 하필 연상의 여인을 사랑하다니. 한두 살도 아니고 5년이나 연상이다. 운명이라고 할 수밖에….

한낮의 열기도 가라앉고 선선한 해풍으로 바뀌는 늦은 오후에 부안 읍내로 돌아왔다. 바다로 떨어지는 석양을 바라보며 멋진 추억을 남기고 싶었지만, 더 늦으면 돌아가는 버스가 없다. 이런 곳에서 버스까지 놓치면 마땅히 잘 곳도 없고 허허벌판에서 밤을 새워야 한다.

부안 읍내 버스터미널 인근에서 여관을 잡았다. 서울 남산 길 중턱에서 처음으로 함께 잤던 여관은 여기에 비하면 호텔급이다. 하기야 그곳은 주 이용객이 아베크족들이지만 여기는 뜨내기 장돌뱅이들이 잠깐 머물며 가는 곳이다.

시설이며 침구는 물론이고 도배는 언제 했는지도 모르게 누렇게 바랜 벽지에 한 장짜리 달력이 붙어있었다. 커다랗게 웃으며 찍은 이곳 출신 국회의원 사진이 절반 넘게 차지한 달력이다. 정식으로 서로 좋아하고 사랑하기로 한 이후로 함께 자는 첫날밤을 보내기에는 분위기가 영 아니지만, 읍내에서 그나마 깨끗하다고 일러준 곳이다. 더운물이라도 나올까 싶은데, 날씨가 더워서 찬물로 샤워할 수 있으니 그나마 다행이다.

지난번처럼 두 채의 이부자리를 깔았다. 각각이지만 요 만큼은 붙어 있었기에 손만 뻗어도 닿을 수 있는 거리다. 천장에 붙어있는 형광등을 끄니 갑자기 칠흑 같은 어둠이다. 을씨년스러운 분위기는 물론이고 누런 벽지에서 품어내던 담배 냄새도 사그라졌다. 어둠은 또 다른 모험을 만든다.

"우리 자면서 서로 침범하기 없기…."

단호한 말투가 아니라 여백이 있어 보인다.

"하하. 또 다시 배 아프면 어쩌죠? 그때는 제대로 해드릴게요."

"헤헤헤. 그럴 일은 없어요. 그런데, 왜? 내가 넘어간다는 생각은 안 하지?"

"예?"

"아니, 내가 잠버릇이 나빠서 넘어갈 수도 있다는 얘기지, 호호호."

"아, 그래요. 저는 환영입니다. 넘어오세요."

"우리 이렇게 해요, 그냥 손만 잡고 자자."

밤새 정말로 손만 잡고 잤다. 그 손만 잡고 있어도 가슴이 터졌다. 병원에 있을 때는 한 이불에서 며칠이나 잤던 사람이다. 그때는 서먹하면서도 장난처럼 느꼈다면 지금은 사랑하는 연인이다. 사랑하는 사람의 숨소리에 손을 통한 짜릿함은 육체관계까지 생각나게 했다. 더구나 단둘이 있는 여관방에서의 잠자리는 그랬다. 그러나 참았다. 참는다기보다 그렇게 해야 했다. 좀 더 책임감 있는 어른이고 싶었다. 역시 연상의 여인을 침범하기에는 아직 어렸다.

"호호호. 강호! 고자야?"

다음 날 아침, 눈뜨자마자 하는 말이다.

"예?"

"어젯밤 정말로 손만 잡고 잤네."

"그러면?"

"아니? 좋아한다면서 어떻게 그냥 자? 호호호."

"하이고 그랬어요. 말씀을 하시지. 넘어오라고."

"호호호. 그걸 말해야 아나? 하여튼 고자는 아닌가 보네."

"저야말로 그냥 자고 싶었겠어요. 그냥 이건 아니다 싶어서죠. 수정 씨의 모든 것을 사랑하기에 허락하기 전에는 절대로 책임 없는 짓을 안 합니다."

"호호호. 열녀 났네요. 알았어요. 저도 이런 모습 강호가 사실 좋아요."

그러면서 갑자기 키스를 한다. 엉겁결에 당한 짧은 키스지만 달콤하다. 그녀와의 첫 키스는 그렇게 허름한 여관방에서 프렌치 키스로 끝났다. 아직은 모든 것이 그녀의 의도대로만 흘러가는 느낌이다. 연상의 여인을 사랑하면서 느끼는 첫 번째 자각이다.

이번 여행의 모든 경비는 그녀가 냈다. 그녀는 돈 벌기 때문이지만 그보다 강호는 돈이 없다. 대학교 등록금도 겨우 낼 정도로 부모님의 힘을 빌려서 다닐 때다. 사실 여자와 여행하며 연애할 만큼 경제적인 여유가 없었다. 그렇다고 남자 자존심까지 버리면서 사귀고 싶지는 않았다. 어쩌다 그녀를 사랑하게 되었고 여기까지 왔지만….

처음에는 얼굴만 보고 말소리 듣는 것만으로도 설레었기에 집에서도 충분히 교감할 수 있었다. 돈 드는 감정이 아니다. 그러나 지금은 대화만으로는 부족하다. 바깥에서 만나는 빈도가 잦아졌고 당연히 차 한잔하더라도 주머니 사정을 생각해야 했다. 마음과는 다르게 커피값이며 모든 식비까지 그녀의 몫이 되었다.

개학이 되어 가을이 무르익던 어느 휴일, 함께 명동거리를 거닐고 있었다.

"저거 하나 입어볼래요?"

뷰티샤롱이라는 상점 쇼윈도에 걸쳐있는 옷을 가리키며 입어보란다. 하늘색에 희미한 검은색 줄무늬가 그려진 긴 팔 셔츠하고 회색

격자무늬가 촘촘한 바지다.

지금 입고 있는 옷은 작년 가을, 어머니가 모처럼 시장가서 사 오신 옷이다. 나름 폼 잡는다고 하지만 마네킹에 걸려있는 옷에 비하면 촌스럽다. 하기야 시골 장터 리어카에서 고른 옷이다. 그렇다고 마네킹 옷이 엄청 좋게 보이는 것은 아니다. 잘 꾸며진 상가 윈도에 걸려있으니 돋보였을 뿐이다.

'내 옷이 촌스럽게 보였나?'

선뜻 내키지 않는 표정을 하자.

"왜? 이 옷이 마음에 안 들어요?"

"아뇨, 뭐… 미안해서죠."

"아니, 그게 아니고 그냥 옷 하나 사주고 싶어서…."

대한민국에서도 패션가의 메카인 서울 명동에서 옷 한 벌을 아래위로 사 입었다. 옷이 날개라고 했나? 그보다 어디서 샀냐가 중요하다. 같은 옷도 시골 장터에서 샀을 때와 백화점은 다르다. 우선 백화점은 비싸다. 비싸게 샀으니 더 품위 있어야 한다. 어깨에 힘이 들어가야 하고 발걸음도 달라야 한다. 지금 강호가 그렇다.

연상의 여인이요, 돈 버는 여자와 사귀니 옷도 생겼다.

조금은 자존심이 상했지만, 사랑하는 여인이 사준 옷이라 생각하니 사랑의 징표로 오히려 뿌듯하기까지 했다. 그러나 얻어먹는 것도 한두 번이지 가끔은 사주고 싶고 예쁜 선물이라도 해 주고 싶다.

6. 우유 배달에 사랑을 싣고

그러던 어느 날 학교 근처 전봇대에 붙어있는 광고지를 봤다.

우유 배달원 모집 광고다. 숙식 제공에 한 달 수입 ○○만 원 보장, 게다가 혜화동 로터리 근처에 사무실이 있단다. 학교에서도 가깝고 새벽에 일하기 때문에 등교시간과도 무관하다. 수업 마치고 찾아갔다.

대리점 바깥에는 10여 대는 족히 넘는 짐 자전거가 세워져 있었고, 안이 훤히 보이는 유리창을 통해서 파란색 플라스틱 박스가 천장까지 쌓여있는 모습이 보였다. 문을 열고 들어가니 바깥에서 본 것보다 넓은 공간에 빈 우유병으로 가득 찬 플라스틱 박스가 사무실 반을 차지했다. 안쪽 공간에는 서랍도 제대로 닫히지 않는 나무 책상 하나와 비닐 커버 속으로 스펀지가 듬성듬성 보이는 소파가 놓여있었다. 아직 추운 날씨도 아닌데 폐품 같은 소파 앞에는 연탄 난로 위에 양은주전자가 올려있고, 보리차 향이 그나마 아늑한 사무실 같은 느낌을 준다. 50대 정도 보이는 아저씨가 사장이라며 삐거덕거리는 나무 의자에 앉아서 빤히 쳐다봤다.

"광고 보고 왔는데요?"

"학생인가?"

아래위를 훑어보는 눈매가 그렇게 선해 보이지 않았다. 약간은 주눅이 된 목소리로,

"네."

"자전거는 잘 타나?"

그러면서 다시 한번 아래위를 훑어본다.

"시골에서 중학교 때부터 탔습니다."

"흠, 덩치나 그 정도면 충분히 하겠구먼. 언제부터 할 수 있지?"

"숙식 제공이라고 했는데, 잠은 어디서 잡니까?"

"아! 잠을 자야 하나? 잠은 이 방에서 자면 되지만, 밥은 직접 해 먹어야 해요."

책상 옆에 조그마한 문을 열어 보인다. 창고로 사용했었는지 머리를 숙여야 들어갈 수 있는 문에다 언 듯 보아도 작은 방이다. 그래도 숙식은 해결할 수 있단다.

"며칠 내로 올 수 있습니다."

그날 밤 조용히 수정 씨를 불러냈다. 지난여름 사랑하는 마음을 터놓고 나서부터는 할 얘기가 있건 없건 수시로 남산 놀이터를 찾았다. 집에서 걸어서 5분도 안 되는 곳이라 서로 눈치만 보내면 만날 수 있었다. 굳이 말할 필요도 없이 수신호로 모든 것이 통했다. 그러나 오늘은 무거운 얘기다. 잘못하면 오해를 살 수 있기에 조심히 말을 꺼냈다.

"호호호. 뭔데요? 이렇게 심각하지?"

"사실 제가 요즘 고민이 있어요. 아무래도 집을 나가야겠어요."

"아니, 왜요?"

"길게 말씀드리기는 그렇고, 오늘 갈 곳을 알아봤어요."

차마 남자답게 보이기 위해서 돈 벌러 간다는 얘기는 못한다. 갑자기 나간다는 말이 헤어지자는 뜻으로 들렸나 보다. 말도 못하고 한동안 쳐다보더니 떨리는 목소리로,

"아니, 왜? 갑자기…. 무슨 일 있어요?"

"아뇨. 아무 일 없어요. 우리 사이는 변함없습니다. 수정 씨와 한 집에서 지내고 있으니 다른 사람 눈도 있고 오히려 자유롭게 만나지를 못하잖아요."

사실이 그랬다. 함께 들락거리는 모습에 후배 놈들도 이상한 눈초리로 보았고 수정 씨 동생들은 진즉부터 대충 눈치를 챈 모양이다. 단지 잘못 얘기 꺼냈다가는 기정사실로 될까 봐 오히려 쉬쉬하고 있는 눈치다. 터놓고 얘기하기에는 아직 이르다. 그러니 바깥에서 모처럼 만나도 의심 가지 않도록 늘 조심해야 했다. 집에 들어왔다가 뜬금없이 사라지는 우리를 여러 번 목격한 이후로는 더 그랬다. 오늘도 후배 놈들에게 핑곗거리를 찾느라 머리에서 쥐가 날 정도였다.

"그래요? 그래도 미리 상의라도 해야지 갑자기 나간다고 하면 나는 어쩌라고…."

바라보는 눈빛에 이슬이 맺히며 가늘게 떨고 있다.

"갑자기 갈 곳이 생겨서요. 그리고 우리 더 자주 만날 수 있잖아요. 누구 눈치 안 보고."

"지금 이대로가 더 좋잖아요? 매일 볼 수 있고 가까이서 목소리도 듣고…."

"그렇기는 하지만 어쩌다 만나려면 오늘도 눈치 보면서 나왔잖아요."

"…."

"너무 상심하지 말아요. 매일 퇴근 시간에 맞춰서 올 겁니다."

"…."

수정은 강호가 혹시라도 싫어서 떠나는 것은 아닌지? 아니더라도 갑자기 다른 곳으로 나간다는 말에 가슴이 철렁했다. 아무리 매일같이 퇴근 시간대에 맞춰서 오겠다고 하지만 지금처럼 한집에서 사는 것보다 자주 볼 수 있겠나? 자유롭게 만나기 위해서 나간다는 말을 믿지 못하겠다. 똑같은 일상에서 어쩌면 집에 오는 낙이라고는 동생들 때문이 아니다. 강호가 있었기에 힘이 났었다. 문만 열면 거기에 사랑하는 남자가 있었다. 비록 남의 눈을 피한다지만 어느 때는 무심결에 다가서고 싶을 때가 많았다. 대화가 없어도 옆에 있다는 존재로 하루를 행복하게 보내고 있었다.

그런데, 눈앞에서 멀리 떠난단다. 그것도 좀 더 적극적으로 만나기 위해서란다. 몇 번이고 나갈 필요 없다고 하였으나 결국 떠났다. 오붓한 만남을 위해서라고 하지만 또 다른 사연을 숨기는 눈치다. 그것이 결코 싫어서 떠나는 것이 아니기를 바랄 뿐이다.

새벽 5시 일어나서 혜화동 로터리에서 시작한 배달은 동대문역까지 돌고 오면 7시가 조금 지났다.

한 박스에 우유병 50개, 두 박스를 싣고 떠나면 대여섯 개 남을까 말까다. 가정집 배달이 아니고 구멍가게나 조금 큰 슈퍼마켓을 상대하는 배달이다. 인수인계하는 첫날, 가게 주인하고 인사하면서 주문량 채우고 빈 우유병까지 챙기랴 정신이 없는 데다 골목길로 다니다 보니 어디가 어디인지 도통 모르겠다. 더구나 짐 자전거에 우유병 50개들이 두 박스를 올리고 출발하려면 중심 잡기도 힘들다. 주위 지형지물을 익히는 것은 고사하고 짐 자전거 몰고 가는 것조차도 예삿일이 아니다. 거기에 오르막길이라도 나오면 페달 밟기가 여간 힘든 게 아니다. 아예 내려서 끌고 가야 하는데 넘어지지 않으려고 온 신경과 힘을 다 써야 했다. 넘어지면 우유병 깨지는 것은 당연지사고 모든 비용을 물어야 한다. 힘들게 끌고 다니느라 한 바퀴 돌고 대리점에 들어설 때는 아무리 추워도 땀에 흠뻑 젖었다.

첫날부터 잠은 사무실 옆 쪽방에서 잤다. 그곳에는 지난여름부터 있었다는 중 3정도의 작은 아이가 생활하고 있었다. 전라도 어느 시골에서 올라와 어찌어찌 인연이 되어 이곳에서 청소도 하고 허드렛일하면서 지내고 있는 아이다. 그 아이와 함께 살았다. 밥은 별도로 싱크대가 있는 것이 아니고 건물 뒤에 수도시설이 있어서 그곳에서 쌀 씻고 석유 곤로로 밥이나 해 먹을 수 있는 정도다. 그러나 요리해서 먹을 만큼의 취사도구도 없어서 주로 라면으로 끼니를 때웠다.

그렇게 한 달 지나고 정산하면서 5만 원을 받았다. 배달 한만큼의 수익에다 빈 병 수거를 못한 수량만큼은 공제한 금액이다. 그래도 고생한 보람이 있어서 중소기업 초봉 월급의 반 정도는 된다. 첫

수입이라서 이 정도지만, 벌써 시작한 다른 동료들은 요령이 생겨서 꽤 많이 올리는 자도 있었다.

첫 배당금을 받은 돈으로 그녀에게 선물을 준비했다. 선물이라고는 사본 적이 없어서 고민 끝에 겨울이 다가오는지라 목에 두르는 스카프를 샀다. 갈색 바탕에 파란색 물방울 모양이 새겨진 스카프다.

"수정 씨, 오늘은 제가 한턱 쏘겠습니다. 뭐 먹고 싶은 거 말해요."

늘 제시간에 만나던 버스정류장에서 강호는 수정 씨를 보자마자 목에 힘이 들어갔다.

"웬일이야. 나가 살더니 돈 벌러 다닌 거야?"

"하하하. 훔친 돈은 아니니깐 아무거나 말만 하세요."

"호호호. 그럼 우리 그 집에 가자."

"하하. 거기 말고 좀 더 그럴싸한 식당으로 가죠."

"난 거기가 좋은데, 왜? 그동안 별로였어?"

"아이고 아뇨, 그래요 그럼."

그동안 빌붙어 먹었던 초라함을 전부 없앨 수는 없지만, 오늘만큼은 그녀의 진정한 남자이고 싶었다. 새로운 메뉴로 폼 좀 잡으려 했으나 결국 가끔 들리던 식당으로 갔다. 남대문 시장 상인들도 자주 이용하는 오징어와 두부만으로 만든 찌개가 일품인 가게다. 주문을 마치고 곱게 포장한 선물을 꺼냈다.

"여기, 선물입니다. 한번 풀어보세요."

"호호호. 정말 웬일이지? 강호한테서 선물도 받고…."

"풀어보세요. 마음에 안 들면 말해요. 바꿔드릴 테니."

그녀는 포장지를 뜯지도 않고 한동안 강호를 바라만 보았다. 눈에는 이슬이 살짝 비쳤다.

매일 저녁마다 약속을 지켜서 찾아왔다. 집 떠날 때는 서운했고 불안한 마음도 있었지만, 정말 강호의 말대로 집에서 함께 있을 때보다도 홀가분한 마음으로 즐거웠다. 헤어지기 아쉬워하면서 통행금지 시간이 다되어서야 떠났던 강호다. 어떻게 번 돈인지는 몰라도 이러려고 나간 것인가? 아무리 마음에 들지 않는다 해도 사랑하는 남자의 첫 선물이다. 어떻게 마음에 들지 않을 수 있을까? 그 어떠한 선물보다 소중하다. 마음의 선물이니 마음으로 받자.

“호호호. 예뻐요. 내 맘에 꼭 들어요. 그렇지 않아도 겨울 오기 전에 하나 사려고 했는데…. 정말 잘됐다. 고마워.”

“정말요? 마음에 든다니 다행이네.”

“아냐, 꼭 마음에 들어. 강호 선물이라 그런지 몰라도 더 따뜻하다. 그건 그렇고 그동안 나 모르게 뭐 했어요?”

목에 두른 스카프를 뺨에다 대면서 부드러운 실크의 따뜻함을 느끼는 순간 갑자기 궁금한 모양이다.

“뭐 하긴요?”

“아니야, 뭔가 있지?”

여자의 육감은 정확하다. 더 이상 말하지 않으면 공연히 오해만 생기겠다.

“에이, 말 안 하려고 했는데….”

“뭔데?”

“사실은 매일 새벽마다 우유 배달했어요.”

"아니? 뭐? 우유배달이라니?"

"왜, 가게에서 파는 병 우유 있잖아요. 그거 배달해요. 새벽에만 일하면 끝이에요."

"그럼, 매일 나 만나고 늦게 들어가서 새벽에 일했던 거야?"

"뭐, 그렇기는 한데, 좋아서 하는 거라 힘들지 않아요."

"왜 그랬어요. 위험하잖아?"

"이제는 숙달돼서 잘해요."

"그렇게 돈 벌어서 오늘 나한테 선물한 거야?"

옆으로 얼굴을 돌리면서 손수건으로 눈물을 훔쳤다. 고마우면서도 힘들어했을 강호를 생각하니 가슴이 찡하다. 사무실 옆 쪽방에서 어린아이와 함께 자면서 라면으로 끼니를 때우고 있다는 사실까지 알면 안 된다. 그것만은 말할 수 없다. 강호의 보답이 오히려 상처가 될 수도 있다.

가을이 깊어지면서 고민이 생겼다. 군대 문제다. 대부분은 2학년 마치고 간다. 그러나 그녀와의 사랑 행각으로 때를 놓쳤다. 이제 내년이면 4학년이다. 1년 남기고 갈까? 대학 졸업하고 갈까?

마침 대학 3년 이상 수료한 사람에게는 일정 기간 훈련받고 장교로 임관한다는 기술 사관후보생 모집 공고가 났다.

『모집 기간 19○○년 ○월 ○일 ~ 19○○년 ○월 ○일, 의무복무기간 36개월, 육군본부』

사병으로 입대해서 30개월 복무하느니 반년을 더 고생하더라도 장교가 여러모로 좋아 보였다.

기술학과 시험치고, 체력 테스트를 거치고, 개별 면담을 마친 후에 대한민국 장교로 적합한지 신분 확인까지 끝난 뒤에야 최종합격 통지서를 받았다. 합격 및 입교통지서다.

본 통지서를 받기 전에 중요하게 거치는 과정이 신분 확인이다. 범법자 여부와 불순분자를 색출하는 작업으로 일명 '빨갱이'를 찾아내는 일이다. 민주화 운동을 한다면서 대학가 데모에 앞장선 흔적이 있어도 안 된다. 본인은 물론 부모·형제에 사촌까지 탈탈 털어서 먼지 하나 없어야 가능하다. 공산당이 싫어서 피난 온 부모덕에 당연히 '빨갱이' 딱지는 벗어났기에 개별 면담을 마치면서 합격은 기정사실로 알았다. 미리미리 계획을 세울 수 있었다.

사관후보생 지원할 때부터 언젠가는 군대에 가야 하기 때문에 몸을 단련할 필요를 느꼈다. 굳이 돈 주고 체력 단련할 필요 없이 새벽에 우유배달 자체로도 충분한 운동이다. 일이라고 생각하면 힘이 들지만 운동이라고 생각하니 한편 재미도 있었다. 거기에 사랑하는 여인에게 남자의 존재감을 알릴 수 있는 돈이 생긴다.

그러나 수정 씨 생각은 달랐다. 운동이건 돈이건 만에 하나 잘못되면 크게 다칠 수 있다면서 극구 말렸다. 그냥 자전거로 도로를 달려도 위험하다. 한데 짐 자전거로 그것도 우유병 100개들이 박스를 싣고서 도로를 달린다 생각하니, 사실을 알고 나서부터는 만날 때마다 하지 말라고 눈물로 호소했다.

"제발 우유배달은 하지 마…. 이제 군대 가면 훈련받느라 그렇지 않아도 힘들 거 아냐? 왜 미리 사서 고생이야."

"아니, 오히려 훈련받을 때 힘들이지 않으려고 미리미리 준비하는 거예요."

"남들은 군대 가기 전에 보약도 해 먹고 잘 쉬었다 간다는데 왜 강호는 반대야?"

"그거야 그놈들은 돈 많아서 할 일 없는 놈이고…."

"그럼 돈 때문이야? 내가 벌잖아요."

"뭐, 꼭 그렇지는…."

남자의 자존심이라고 하기에는 옹졸한 처산가? 힘은 들어도 일해서 번 돈으로 작은 선물이라도 해주는 것이 더 큰 행복이라고 하면, 쓸데없는 이기심이라고 할지도 모르겠다.

수정 씨의 마음을 모르는 것은 아니지만 이것도 일이라고, 이력이 늘면서 요령도 생기고 배달 물량도 늘었다. 돈도 벌고 운동도 되는 일석이조다. 너무 염려하지 말라면서 반복되는 반대에도 불구하고 계속 일하던 어느 날이다. 모처럼 시골 부모님께 안부 전화를 했더니 일요일에 내려오라 하신다. 가게가 아무리 바빠도 공부하는 놈이 자주 내려오면 안 된다는 부모님이신데 웬일인지 긴히 할 말이 있는 모양이다.

일요일. 가게에 들렀을 때 혼자 계시던 어머니 표정이 영 안 좋다. 평상시의 밝은 얼굴이 아니고 어딘지 모르게 슬퍼 보인다.

"막내야, 요즘 어떻게 보내냐?"

"네? 저야 잘 보내죠."

"너, 군대 언제 들어간다고 했지?"

“6월 말경인데 최종합격서 와봐야 알죠. 그건 왜요?”

뭔가 불길한 예감이 눈앞에 스쳤다.

“그런데, 왜? 우유배달은 무슨 말이냐?”

“예…?”

“너, 그 집에서 나왔다며? 그것도 지난가을에?”

“아니? 어디서 들으셨어요?”

“왜? 누구한테서 들은 게 궁금하냐? 좀 있으면 군대 간다는 놈이 그래, 왜 사서 고생이야? 그렇지 않아도 혼자 떨어져서 자취하느라 제대로 먹지도 못하고 학교 다니는 것이 안타까웠는데…. 뭐? 새벽에 우유배달까지…?”

어머니 눈가에 눈물이 맺히더니 콧물을 휑하고 푸신다. 길게 한숨을 쉬더니만 울먹이시며.

“네가 살던 그 자취하던 집 색시, 뭐 선생님이라던 분인가? 엊그제 내려오셨다.”

“예?”

“나도 처음에는 누군가 했었다. 너 처음에 자취한다고 해서 한번 올라간 적 있었지? 그때 보기는 봤다만, 그 선생님이 얘기하지 않았으면 통 몰라 뵈겠더라.”

“예? 그 선생님이 내려왔었어요?”

“그래, 그 양반 아니었으면 네가 우유 배달한다는 것을 어떻게 알았겠니? 하여튼 쓸데없는 짓 하지 말고 조용히 있다가 군대 가라. 엄마 가슴 멍들게 하지 말고….”

“알았어요.”

아무리 말려도 말을 안 들으니 극단의 조치로 부모님께 찾아온 모양이다. 부모님까지 알았으니 더 이상 주위 사람들에게 걱정을 끼칠 수 없었기에 그만하려고 마음먹은 지 며칠 지나지 않아서다. 저절로 일을 못하게 되었다.

학교 갔다가 사무실로 돌아오니 함께 쪽방 생활하던 김 군이 놀라서 말한다.

"강호 형! 큰일 났당께요."

"왜? 뭔 일인데?"

5개월 넘게 같이 생활하면서 동생처럼 대해주다 보니 끈끈한 정이 듬뿍 들은 아이다.

"사장이 도망가뻣으라."

"뭐? 무슨 얘기야. 사장이 도망가다니?"

"오늘 여기 건물 쥔이 오셨당께요. 사무실 거시기도 월세 밀린 것으로 다 까묵고, 지들 빈병 거시기도 다 가꼬 날랐댕께. 하이고마 우짤까요?"

배달원이 들어올 때는 우유병 회수율을 높인다는 핑계로 보증금을 받았다. 20만 원이다. 근 두 달 치 수익금과 맞먹었다. 그만둘 때는 당연히 돌려받는 돈이다. 그런데 그 돈까지 몽땅 갖고 도망갔다는 얘기다. 강호 역시 20만 원을 보증금조로 맡겼다. 다른 사람에게도 큰돈이겠지만 강호에게는 너무 억울하고 비참한 돈이다. 단돈 만 원도 어려운 시절에 20만 원의 거금을 준비하기에는 힘들었다. 회사에 다니는 형에게 사정해서 형수도 모르게 숨겨놓았던 비상금하고 대학도 못 가고 공고를 나와서 공장에서 일하는 친구에게 몇 개월만 쓰겠다고 빌린 돈이다. 보증금이니 당연히 갚을 수 있는 돈이다.

처음부터 계획적으로 사기 치려고 가게 월세도 안 내다가 주인이 닦달하니 배달원들이 맡긴 보증금을 갖고 튀었다. 보증금뿐만 아니다. 그동안 일한 대가도 두 달 치나 못 받았다. 차일피일 밀리더니 결국 돈 떼먹고 도망갔다.

다음 날 아침이 되어서야 모든 배달원이 알게 되었다. ○○우유 본사로 연락했더니 도망가기 며칠 전 대리점 폐업신고까지 마치고 다른 사람에게 권리금 받고 넘겼단다. 배달원끼리 결집해서 일하려 해도 할 수 없게 되었다.

빈 병까지 본사에서 전부 회수해 갔다. 텅 빈 사무실에 배달원들이 타고 다니던 짐 자전거만이 사무실 앞 도로가에 덩그러니 남았다.

열댓 명의 배달원들은 망연자실한 상태로 우왕좌왕하면서 연신 담배만 피웠다. 그중에 조금 입담깨나 내던 문 씨라는 40대 아저씨가 앞에 나와 소리쳤다.

"우리, 이러고 있지 말고 경찰서에 가서 신고합시다."

"신고허면 형사들이 잡아 준답니꺼? 이런 좀 도둑 같은 놈은 거들떠도 안 볼껍니다."

"그래도, 신고는 해야 그놈을 잡든지 말든지 할 거 아뇨?"

"그럼, 문 씨가 가서 하쇼. 공연히 왔다 갔다 사람 귀찮게만 하고, 그놈 잡으러 다닌다며 경비만 달라고 할 겁니다."

"하이고, 그러면 우리 이렇게 당하고 말란 말이오?"

그때까지 경찰 신뢰를 믿을 수 없다고 툴툴대던 사람이 제안을 한다.

“그러지 말고 이런 것은 사회화해야 해요.”

“사회화라니? 뭔 소리?”

“혹시 신문사나 언론계통에 아는 사람 없어요? 이런 것은 기자한테 알려서 신문에 크게 나야 해요. 그래야 경찰이 움직여요.”

그러나 두 사람의 대화를 듣고 있던 사람들은 누구도 선 듯 나서는 사람이 없었다. 하기야 기자나 언론계통에 알고 있는 자가 있기에는 우유 배달하는 사람들로서는 거리가 멀었다.

혹시 알고 있는 사람이 있다 해도 이런 일에 나서고 싶지는 않을 것이다. 잘 해봐야 본전치기에다 골치만 아프고 남 좋은 일 시키는 꼴이다.

오전 내내 웅성거리며 경찰서에 신고해야 하느니 본사로 쫓아가 항의를 하자는 사람도 있었다. 그러나 점심때가 지나면서 한두 사람씩 슬그머니 빠지더니 저녁때가 되어서는 아무도 없고 강호와 김 군만 남았다.

사무실을 비워달라는 주인의 얘기가 아직은 없는지라 김 군과 함께 숙식만 해결하며 며칠 지나던 날이다.

배달원 중 다시 나타난 사람이 딱 한 명 있었다. ‘이육봉’이라고 Y대 체육과 2학년생이다. 몇 번 술자리를 통해서 Y대 학생이라는 사실을 알게 되었고, 언젠가는 밤에 Y대 운동장 농구코트에서 농구 게임도 했었다.

“강호 형, 우리가 본사에 가서 대리점 열겠다고 도와달라 하면 안 될까요?”

"그거야… 당장 여기 사무실 보증금은 어떻게 마련하고?"

"여기는 주인한테 월세로 한 달만 참아달라고 부탁허구요."

"글쎄…."

사실 수정 씨나 부모님의 간곡한 요청도 있었기에 그만두고 돈을 받아서 고등학교 친구가 사는 하숙방으로 옮기려고 했었다. 하숙집이 동숭동에 있어서 학교도 멀지 않고 친구도 회사 다니면서 혼자서 하숙하느라 심심하던 참이란다.

남산골 자취방으로 다시 돌아가려 했지만, 강호가 나온 지 몇 달 안 돼서 후배들도 모두 나오는 바람에 뿔뿔이 헤어지고 다른 사람이 살고 있었다.

어차피 끝내려고 마음먹었지만 일이 꼬여서 나가지도 못하고 차일피일 미루고 있었다. 그런데 같이 사업을 하잔다.

"어떻든 본사에서도 누구에게는 여기 대리점을 해야 할 것 아뇨? 우리가 해야 거래처도 파악될 테고."

"그러면, 일단 본사부터 확인해 봅시다. 어떻게 진행되고 있는지?"

옆에서 듣고 있던 김 군이 의기양양하게 거들었다.

"강호 형! 지가 거래처들 목록 가꼬 있당께. 가끔 사장이 정리카라코 시켰는디 따로 베껴 브렀지요."

"그래! 잘했다 김 군아. 그럼 육봉 씨도 나하고 같이 갑시다."

그러나 본사에 확인한 결과 대리점 사장이 도망가면서 다른 사람에게 모든 거래처 권리까지 팔았다. 인수자가 벌써 다른 곳에서 대리점을 차렸단다.

그런 다음 날이다.

학교에서 돌아오니 대리점 바깥에 그동안 세워져 있던 자전거가 없어졌다. 족히 10여 대나 되는 짐 자전거다. 김 군 얘기로는 '이육봉'이 오더니 형하고 얘기 전부 끝냈다며 몽땅 어디론가 싣고 갔단다. 그러고는 며칠이 되어도 나타나지 않았다. 혹시 몰라 학교로 가서 찾았으나 그런 학생은 없단다. 애시 당초 대학생이 아니었다. 뛰는 놈 위에 나는 놈이 있다고 '이육봉' 역시 사기를 쳤다.

며칠 뒤 건물 주인의 독촉으로 결국 길거리로 쫓겨났다. 수중에는 겨우 몇 끼 밥이나 사 먹을 정도의 돈밖에 없었다. 우유 배달하면서 생활비 벌려던 꿈이 반년 만에 사기꾼에게 당하고 말았다. 어떻게 보면 첫 번째 사회생활에서 사기만 당한 꼴이다. 고생은 고생대로 하고….

수정 씨가 울면서 그만하라고 했을 때에 진즉에 정리했으면 이런 험한 꼴은 당하지 않았다. 너무 비참했다. 누구에게 사기당했다는 말도 못하고. 특히 수정 씨에게는 더했다. 창피해서 스스로 나온 것처럼 했다.

"호호호. 아주 잘했어요, 이제는 편하게 지내다가 군대에 들어가요."

남의 속도 모르고 바라던 대로 되어서 좋다며 헤헤거린다.

"그나저나 어떻게 부모님한테 고자질할 생각을 했어요?"

"고자질이라뇨? 내 얘기로는 안 되니 어떻게 해요. 가만히 생각해 보니깐 그 수가 있더라고요. 강호는 부모님 말이면 끔쩍 못하잖아요."

"그래도 그렇지, 아니? 부모님이 이상하게 느끼지 않겠어요? 나하고 무슨 관계인데 거기까지 찾아와 얘기하냐고?"

"헤헤. 내가 말하니깐 오히려 고맙다고 하시던데…."

사실 부모님도 아들이 위험하게 우유배달 한다는 말을 듣는 순간 놀란 나머지 미처 깨닫지 못했을 뿐이다. 다 큰 처녀가 아무리 주인집과 자취생과의 관계라 해도 그렇지, 시골까지 일부러 찾아와 말하는 것이 특이하다고 느꼈을 것이다. 그러나 거기까지다. 그녀와 사랑하는 연인 관계라는 것은 하늘이 두 쪽 나더라도 알아채지 못할 일이었다.

"가게는 또 어떻게 알고 찾아갔어요? 제가 언제 말했나요?"

"왜, 지난번 역에서 만났을 때 대충 어디서 장사한다고 말했잖아."

"그러니깐, 대충 알려줬지 가게 이름도 안 알려주었잖아요?"

도대체 그 용기도 대단하지만 정확한 위치도 모르고 상호도 모르면서 어떻게 찾아갔는지 궁금하다.

"내가 센스가 좀 있잖아, 몇 군데 둘러보면서 강호 부모님 정도의 연세인 분에게 물었더니, 거기가 딱 맞데…. 호호호."

생글생글 웃으면서 대견한 일이라도 마친 표정으로 바라본다. 사랑스럽다. 사랑하는 남자의 안위를 위해서라면 어떤 일도 마다하지 않을 듯이 보인다. 사기만 안 당했어도 그렇게 염려해주어서 고맙다고 말하겠지만, 머릿속은 당장 있을 곳을 생각하느라 복잡했다. 저절로 얼굴에 수심이 가득 찬 모양이다.

"왜? 그만두어서 속상해?"

"아뇨? 부모님이 우리를 어떻게 생각할까 궁금해서요."

잠잘 곳이 문제지만 솔직히 말할 수도 없고 핑계를 댄다는 것이 부모님 생각이다.

"뭐 어때서, 나중에 물으면 뭐라고 할 건데?"

"글쎄요? 결혼할 여자…?"

"그렇게 말할 자신 있어?"

"자신이야 있죠. 그럼 수정 씨는 저랑 결혼할 생각 아니에요?"

"그거야 강호가 어떻게 하냐에 달렸지…."

머릿속에 품었던 생각이지만 결혼까지는 미처 정리하지 못한 상태였다. 우연한 대화에 처음으로 결혼이라는 단어가 나왔다. 그러나 이제는 사실 결정해야 한다. 조만간 군대 간다면서 어떻게 할지 선택해야 한다. 강호는 나이가 멀었지만 수정은 아니다.

처음부터 결혼하기 위해서 사랑한다며 만나지는 않았다. 그저 마음에 그녀와 함께 있고 싶고 그녀의 모든 것이 사랑스러웠다. 그러나 이제는 사랑만으로 시간을 보낼 수 없다. 몸과 마음을 바쳐 이 세상 끝날 때까지 함께 있어야 할지 결정해야 한다. 여기까지 생각이 미치자 대단한 결정이라도 하는 듯이 심각한 표정이 되었다.

"그래요, 우리 결혼합시다."

"…."

좀 전까지 그토록 총망한 눈으로 헤헤거리며 연신 좋다고 웃던 모습이 조용해졌다.

"나 같은 여자하고 정말 결혼할 거야?"

"그래요. 제 마음은 변하지 않을 겁니다."

"나이가 이렇게 많은데도?"

“사랑한다고 만나지 않았어요?”

“사랑하고 결혼은 달라….”

“어떻든 언젠가는 부모님께 말씀드릴 겁니다.”

“말씀드려서 반대하면?”

“당연히 반대하시리라 생각했잖아요? 끝까지 버텨야죠.”

무슨 문답 풀이도 아니고 언젠가는 선택해야 할 운명이다. 분명 완강히 반대하리라 예상된다. 그것이 얼마나 세게 압박할지는 당해 봐야 알겠지만, 그전에 결혼할 의지가 얼마나 강한가에 달린 문제다. 자식 이기는 부모 없다고 하지 않나? 결국은 사랑의 힘이다.

꼭 결혼할 테니 군대 가더라도 기다려야 한다고 여러 번 강조한 다음에야 그녀의 얼굴에서 미소가 흘렀다.

동숭동 고교 친구 하숙집에 얹혀살기로 했다. 밥은 안 먹고 잠만 자는 식으로…. 새벽에 나와 시장터에서 싸구려 국밥으로 아침과 저녁 식사를 해결하고 잠만 자러 들어갔다. 별도의 하숙비를 내지 않으려는 나름의 꼼수다. 친구가 아마 주인집에 별도로 조금 얹어 주었는지는 몰라도 1학기 끝날 때까지 이곳에 머물며 수정 씨를 만났다.

결혼까지 약속한 사이이니만큼 잠자리도 기대했건만 그것은 절대 불가란다. 변산반도 ‘채석강’으로 1박 2일 여행한 것이 마지막 밤이었고 이후로는 시내에서 밥 먹고 헤어지는 것이 일상이었다. 헤어질 때 겨우 키스만 진하게 할 뿐….

그리고 지금 모든 것을 정리하고 이별의 아쉬움 속에서 군대 간다며 용산역에 왔다가 하루 연기하는 바람에 24시간의 밀월여행으로 강촌행 기차를 탔다. 대성리역에서 내려 북한강변을 따라 걸었다. 초여름의 따뜻한 온기가 강바람에 밀려서 시원하다. 기차 타고 오면서도 없던 하루가 생기는 바람에 너무 좋다며 들떠있었다.

"수정 씨, 국방부에서 우리의 이별이 안타깝다고 일부러 하루 연기한 모양이에요."

"호호호. 그런가요?"

"하하하. 그렇지요. 오늘은 우리만의 시간입니다."

"연기 안 됐으면 지금쯤 쓸쓸하게 울고 있을지도 모르는데…."

"제가 뭐 죽습니까? 잠시 떨어져 있는 거잖아요. 울기는 왜 울어요?"

"그래도 내일이면 정말 떠나네."

헤어지리라 생각했다가 뜻밖에 하루가 생겨서 이렇게 함께 있어 행복하지만, 내일이면 결국 떠난다니 마냥 기쁘다고 할 수도 없었다. 강변을 따라 걸었다. 그렇게 멀지 않은 곳에 신축한 지 얼마 안 돼 보이는 깨끗한 여관이 보인다.

"저기 여관이 있네요. 방 있는지 물어볼까요?"

"그래요."

수정 씨 허리에 팔을 감고 들어갔다. 눈치 볼 것도 없이 당당한 모습이다. 마침 강줄기가 훤히 보이는 빈방이 있단다. 5층 건물에 302호실이다. 외부에서 본 것 이상으로 깨끗하고 정리 정돈이 잘되어있었다. 무엇보다도 북한강이 바로 앞이다. 파랗게 흐르는 강물이 한쪽 구석에 자리 잡고 있던 답답한 마음을 확 날려버린다.

“어머! 예뻐….”

창가에 서서 바깥 경치에 흠뻑 빠져있는 수정 씨의 어깨를 돌려 세우며 말 끝나기도 전에 입술을 찾았다. 사르르 눈감으며 두 팔은 강호 허리를 감아올린다. 지금 이 순간, 시간은 멈췄다. 삼라만상 우주에서 두 사람만 남아있듯이 조용히 아주 조용히 숨까지 멈추고 입맞춤은 계속되었다. 서서히 누구의 힘인지도 모르게 침대로 이끌려 쓰러질 때까지 포개진 입술은 떨어지지 않았다. 감미로운 입 떨림은 서로의 옷을 벗게 하였고 두 남녀는 한 올도 걸치지 않은 순수의 몸이 되어있었다.

7. 첫 편지와 첫 외출의 불행

삐삐삐

[전달! 2160번 후보생! 2160번 박강호 후보생은 지금 즉시! 중대장실로 호출이다. 이상.]

갑자기 내무반 스피커에서 강호를 부르는 구대장의 쩌렁쩌렁한 목소리다. 아주 특별한 사항이 아니고는 점호시간을 알릴 때만 울리는 스피커다. 그런데 그 아주 특별한 경우에 사용하는 스피커에서 강호를 호출하고 있다. 그것도 격앙된 목소리로…. 이것은 일단 보통 심각한 일이 아님을 암시한다. 중대장이 연락병을 보낼 만큼의 여유도 없이 긴박하다는 얘기다. 그만큼 뭔가 강호로 인해서 심상치 않은 일이 중대장실에서 기다리고 있다는 뜻이다.

저녁 식사 후에 내무반 침상에서 뒹굴며 잠깐 휴식을 취하고 있었다. 의아하게 쳐다보는 동기들의 시선을 의식하면서 급하게 복장을 갖추고 중대장실로 뛰어갔다. 뛰어가면서도 호출해야 할 이유가 없었기에 머릿속은 복잡하다. 뭔가 좋은 일은 아니다.

'뭐지? 뭐가 잘못됐지?'

그곳에는 중대장을 비롯해서 4개 구대장이 전부 모여 있었다. 험상궂은 인상으로 토끼 한 마리 잡아놓고 물어뜯으려는 이리 떼 같았다.

"충성! 2160번 박강호 후보생, 중대장실로 불려 왔습니다. 충성!"

지금까지 부쳤던 관등 성명이 놀래자빠질 정도로 크게 외쳤다. 분위기가 험한 판에 공연히 목소리까지 흠 잡히면 안 된다.

"박강호 후보생! 이리 와!"

의자에 딱 부러지게 앉아 있던 중대장이 오른손 검지를 까딱거리면서 앞으로 오란다. 큰소리가 아니다. 조용히 부른다. 그러나 목소리에 칼바람이 분다. 그렇지 않아도 훈련받으면서 단체 기합 받을 때마다 야멸차던 중대장이다. 뱁새눈에 찢어진 눈으로 노려보면, 잘못이 없어도 저절로 주눅 들게 하는 인상이다. 이제 3주도 채 지나지 않은 신삥 후보생으로서는 바짝 긴장할 수밖에 없었다. 잔뜩 얼어서 엉거주춤 다가서는데 중대장은 책상 위에 놓여있던 웬 편지를 눈앞에 펄럭이면서 외쳤다.

"야 인마! 이게 어떻게 된 일인지 말해봐!"

좀 전에 강호가 관등 성명대면서 외쳤던 소리보다도 더 크다. 순간 식당 아주머니한테 부탁한 편지가 되돌아왔나? 아니면 신고했나? 싶었다. 그런데 중대장의 다음 말이 더 놀랍다.

"이수정이가 네 애인이냐? 어떻게 여기 주소를 알았어?"

헉! 아니 벌써 그녀한테서 편지가 왔다. 지금 혼나는 것보다 중대장이 펄럭이는 편지에 눈이 꽂혔다.

"야 인마! 박강호 후보생! 이 사람이 어떻게 여기 주소를 알았나? 말 못해!"

멍 때리고 있는 모습에 더 열이 난 중대장의 얼굴이 눈앞에서 클로즈업되었을 때에야 정신을 차렸다.

사실은 이랬다.

제식훈련도 고되지만 무더운 한여름에 받는 훈련은 날씨 자체가 가혹한 형벌이다. 뜨거운 땡볕은 철모 속에 있는 머리통을 서서히 익혔다. 철모를 벗으려고 손댔다가는 데일 정도다. 그 철모를 눌러 쓰고 6·25 전란 때에 사용하던 M1 소총 들고 제식훈련 하다 보면 이마에서 흐르는 땀 때문에 앞이 안 보인다. 반나절 만에 군복 상의가 전부 젖었고, 젖었다 말랐다 하면서 군복은 하얀 소금 띠로 또 다른 무늬를 만들었다.

이런 땡볕과 훈련보다도 더 힘든 것은 그녀를 향한 사랑의 메시지를 주고받지 못해서다. 육군보병학교에서 훈련기간 중 첫 4주 동안은 면회, 외출은 물론 외부와의 서신 연락은 금지다. 한 달 동안 죽어라하고 훈련만 받으란다.

입대 전날, 함께한 첫사랑과의 긴 하룻밤을 추억으로만 남기기에는 할 말이 많았다. 보고 싶은 마음에 휴식 시간마다 절절한 내용의 편지를 썼다. 그러나 정작 서신 연락을 할 수 없었다. 어떻게 해서라도 이러한 마음을 전달해야 했다. 편지를 보내려면 아직도 2주일이나 기다려야 했지만, 온몸이 산화되어 날아갈 바에는 무슨 수를 써야 했다.

면회, 외출, 서신 연락은 물론 P.X도 교육생은 접근 금지다. 교육생이 유일하게 잠깐이나마 휴식을 취할 수 있는 곳이 식당이다. 식사 시간이라고 마냥 한가롭게 놔주지는 않지만 약간의 숨통이 터진다는 말이다. 그곳에는 취사병으로 현역군인도 있지만 요리사 아니면 식당 보조원으로 외부로부터 들어와서 일하는 아주머니들이 있었다.

그렇다, 강호는 용감하게 장문의 편지를 써서 주소 적힌 쪽지와 함께 어느 마음씨 착해 보이는 아주머니한테 부탁했다. 남의 눈을 피해서 급하게 건네주는 강호 마음과는 다르게 아주머니는 일하던 손을 멈추고 뭐가 재미있는지,

"호호호. 애인한테 보내는 편지인가 봐요? 읽어 봐도 돼요?"

"부쳐만 주신다면야 상관없습니다."

그렇게 보낸 편지가 벌써 답장이 온 것이다.

정신 차리고 자초지종을 말했다. 식당 아주머니한테 부탁했고 이처럼 빨리 답장 올 줄은 몰랐다고….

상황설명을 들은 중대장이나 구대장들은 믿기지 못할 얘기에 좀 전에 펄펄 대던 화는 조금 풀어진 기세다. 그래도 중대장은 야멸찬 목소리로,

"4주 동안은 서신 왕래 안 되는 줄 알면서 그랬단 말이지? 박강호 후보생!"

"네! 2160번 박강호 후보생."

"이 편지 돌려보낼까? 아니면 벌 받을 거야? 네가 선택해라."

"벌 받겠습니다."

순간 생각할 필요도 없이 외쳤다. 어떤 벌도 상관없다. 그녀의 편지만 손에 들어온다면….

“어이, 3구대장! 이놈 벌 받겠다고 하니깐 빠따 열대다.”

강호가 소속된 구대장이다. ROTC 출신으로 구대장 중에서도 순하다고 소문난 중위다. 다른 구대장에 비해서 대학물을 마셨다고 학구적으로 대하는 면도 있지만, 훈육관의 입장에서 벗어나는 행동은 없다. 규정에 엄하고 잘못된 행동에는 가차 없이 기합을 줬다. 점호시간에 자주 일어나는 사건이다. 주로 주먹 쥐고 팔굽혀펴기를 시키지만 어느 때는 팬티 바람으로 완전군장에 알 철모 쓰고 M1 소총으로 '앞에 총'한 상태에서 연병장 구보다. 그것도 남들은 자고 있을 때. 머리통 쥐어박는 알 철모 소리가 군화 소리보다 요란하게 연병장을 울리면서 돌아야 했다.

그런 구대장이 대충 때릴 수 없다. 더구나 중대장이 보는 앞이다. 이런 일에 익숙한지 그곳에는 침대 받침대로 사용하는 국방색 침목이 있었다. 엎드려뻗쳐서 숨을 죽이고 기다리자, 국방색 침목을 엎드려 있는 허벅지를 향해 그대로 내리쳤다. 순간, 충격으로 꼬꾸라졌다. 여름 군복 얇은 헝겊 쪼가리로는 감당하기 어려운 고통이다. 태어나서 처음 느끼는 고통.

“어쭈? 이놈 봐라 엄살 펴!”

다시 일어나서 엎드리면 내리치고, 쓰러지고, 엎드리고 반복해서 열 번을 채웠을 때는 반죽음이 되었다. 허벅지는 살점이 뜯겼는지 쓰리다.

그러나 반죽음이 되었어도 아픔보다 편지가 궁금하다. 그녀의 마음이 적힌 글, 그녀의 체취가 묻은 편지다. 욱신거려서 일어나기조차 힘들었지만 일어서라는 구대장의 말이 끝나자마자 중대장 앞으로 달려갔다. 중대장은 째진 뱁새눈으로 노려보면서,

"야! 박강호 후보생 받아."

편지를 던지듯이 건네줬다.

"네! 2160번 박강호 후보생. 감사합니다."

그녀의 체취가 아직도 남아있을 편지를 바로 읽지 못하고 화장실로 갔다. 이 시간만큼은 군대가 아니다. 주위에 그 누구도 없이 오직 강호를 위한 시간이요, 공간이다. 조심히 봉투를 찢으면서 편지지에 묻어있을 그녀를 느낀다. '사랑하는 강호 씨'로 시작한 글은 절절하다 못해 가슴을 후벼 팠다. 좀 전에 맞은 허벅지의 아픔보다도 더한 고통이 밀려왔다. 그리움에 사무치는 고통.

강촌에서의 한여름 밤은 너무 짧았다고 남쪽 하늘을 보면서 울고 있었단다. 멀리 헤어지고 나서야 진정한 사랑을 알았고 잠 못 자는 밤이 많아졌단다. 편지지에 묻은 얼룩은 그녀의 눈물이다.

기합 받고서도 정신을 못 차렸다. 보고 싶은 마음을 달래는 길은 오직 편지밖에 없었다. 얼얼한 허벅지보다 그녀를 향한 마음의 고통이 더 컸다. 편지는 예전처럼 식당 아주머니 편에 부탁했다. 단, 받는 편지는 아주머니 주소로 하라고 했다. 하루도 빠짐없이 연애편지가 오고 갔다. 중대장이나 구대장에게 들키면 큰일이기 때문에 배식하는 틈을 타서 편지를 주고받았다. 아주머니도 무슨 큰 비밀 공작원이나 된 기분이란다.

"호호호. 내가 오작교도 아니고 허구한 날 이게 뭐래요?"

"쉿! 아주머니 감사합니다. 다음에 외출하면 꼭 찾아뵙고 근사한 식사 대접하겠습니다."

"호호호. 훈련받느라 고생인데 이게 무슨 대수에요. 나중에 아가씨하고나 잘 지내세요."

짧은 대화를 하면서도 순식간에 식판 밑으로 편지는 전달되었다. 이제는 같은 내무반 동료들도 안다. 간첩이 접선하듯이 배식받을 때마다 주고받는 행위를 여러 번 들켰다.

"야, 박강호 참 대단하다. 도대체 그 여자가 누구냐?"

"이제 또 걸리면 중대장이 가만 안 둘걸, 퇴교 감이야."

또다시 들키면 퇴교다. 그래도 사랑 앞에서는 위험을 감수했다.

그렇게 2주가 지난 다음에야 서신 왕래가 자유로웠다. 그러나 강호는 오작교를 계속해서 이용했다. 오고가는 모든 편지는 행정실에서 검열했다. 보내는 편지는 아예 봉투를 개봉해서 전달했고, 받는 편지는 뜯어진 상태에서 받았다. 글 속에 혹시라도 불순한 내용이 있는지 검열해야 한단다. 그녀와의 얘기를 다른 사람에게 보이고 싶지 않았다. 혼자만의 세계를 느끼고 싶었다. 한동안 검열행위는 있었고, 강호는 끝까지 행정실을 통하지 않았다. 다른 사람이 보면 왠지 그녀를 뺏기는 기분이다.

훈련 8주 차가 끝나는 휴일에는 첫 외출이란다. 첫 외출이 언제라는 날짜와 광주에 내려와 달라는 편지를 보냈고 당연히 답장 왔다.

[사랑해요! 강호! 그날 광주에 내려갈 테니 12시에 버스터미널에서 만나요.]

외출 당일 날, 아침 식사를 마치고 모든 후보생은 한꺼번에 나갔다. 장교후보생이라는 노란색 견장을 단 정장 차림이다. 육군보병학교인 '상무대'로 들어온 지 2개월 만이다. 들어올 때는 허옇고 제멋대로인 학생티가 역력했는데 이제는 어엿한 대한민국 장교후보생으로 폼 나게 나갔다. 그녀가 보면 꿈속에서 보던 모습이 아니다. 더 멋진 사내로 보일 것이다. 귀대 시간은 오후 8시. 12시 정각에 만난다면 적어도 6시간을 함께 보낼 수 있다. 일찍 간다고 빨리 만나는 것은 아닐 텐데도 마음은 급하다. 부대 앞 정문에서 버스 타고 광주 시내로 향했다.

두 달 만의 만남. 설레는 마음은 차창 밖 푸른 들판을 보면서 식힌다고 하지만 만날 생각에 가슴은 뛰었다. 그녀도 지금 버스 타고 내려오고 있겠지. 아무리 고속버스라도 5시간은 족히 걸린다. '무슨 생각을 하면서 올까?'

수정도 설레기는 마찬가지다. 아침 일찍 새벽부터 일어나 몸치장하고 예쁜 옷으로 갈아입느라 정신없는 언니를 보고 동생들이 누구 만나냐고 물을 때도, 그냥 웃으며 넘겼다. 강호를 만난다는 생각만 해도 즐겁다. 오늘이면 만난다. 며칠 전부터 오늘을 기다리며 잠을 설쳤다. 이제 버스 타고 가면서 잠시 지난밤에 못 잔 잠을 자다 보면 광주에 가겠지. 강촌에서 하룻밤이었지만 여자로 만들어준 강호가 너무 보고 싶다. 두 달 동안 강한 남자로 변했다고 한다. 강호의 검게 탄 모습을 생각하며 차창에 스치는 푸른 산을 보다가 스르르 잠이 들었다.

잠시 후에는 꿈에 그리던 그녀를 만난다. 그녀가 혹시라도 미리 내려와서 기다리게 할 수는 없다. 11시도 안 되어서 버스 종합터미널에 도착했다. 전국 각 지역에서 오는 버스로 복잡하다. 서울에서 오는 버스는 30분마다 있었다. 승객을 풀어놓는 출구를 눈여겨 살펴보며 대합실 의자에 앉아서 느긋한 마음으로 기다렸다. 아직은 한 시간의 여유가 있었기에 오고 가는 여행객 중에서도 예쁜 아가씨가 보이면 위아래로 훑어보며 은근히 몸매를 가늠해 보았다. 수정 씨 몸매는 더 좋았지 상상하며 잠시 후에 만날 기대로 가슴은 벌렁거리고 혹시 내려오며 사고날까봐 초조하기까지 하다.

도착할 12시가 가까워지면서 한눈팔던 시선도 없어지고 오로지 출구만 바라보았다. 특히 서울발 버스가 도착할 때는 아예 출구 쪽으로 다가가 나오는 승객들을 살폈다. 그녀가 나타나면 무조건 껴안을 심산이다. 장장 5시간의 긴 여행으로 지쳐있을 그녀를 위해서는 깊은 포옹으로 화답해야 한다.

그런데 버스가 몇 대나 왔지만 그녀는 없다. 오후 2시가 되어도 서울발 버스는 여전히 도착했지만 안 나온다.

점심도 굶고 대합실 의자에 앉아 하염없이 기다렸다.

'무슨 일이 생겼나?'

'오다가 버스가 사고라도….'

서울발 버스에서 내린 승객에게 물어봤지만 내려오는 동안에 별

다른 사고도 없었고 정상으로 도착했단다.

오후 4시까지도 혹시나 하는 마음에 서성거리고 있을 때 장교(대위) 한 분이 다가왔다.

"장교후보생이네, 혼자서 뭐하나?"

"충성! 네, 애인이 오기로 했는데 기다리는 중입니다."

늦은 시각에 애인을 기다린다는 것이 이상했던 모양이다.

"몇 시에 만나기로 했는데?"

"네, 서울에서 일찍 출발해서 12시에 만나기로 했습니다."

"그래? 지금이 벌써 4시인데, 한참 늦었네. 한데 서울에서 온다며? 왜 여기서 기다리지? 저쪽 고속버스터미널에는 가 봤나?"

"네? 고속버스터미널 요?"

그랬다. 광주에는 버스터미널이 두 군데 있었다. 시외버스종합터미널과 고속버스터미널. 서울에서 오는 버스는 고속도로를 이용하는 시외버스도 있었고 고속버스도 있었던 것이다. 똑같이 고속도로를 이용하지만 중간 기착지가 있는지 여부로 달랐다. 서울 출발은 똑같았어도 도착하는 터미널은 달랐다. 하필 엉뚱한 곳에서 기다렸다.

분명 광주에 살고 있다는 동기 놈한테 물었었다. 한데 그놈이 가르쳐준 곳이 여기다. 두 터미널의 위치는 서로 멀지도 않았다. 지척 간의 거리였지만 눈, 귀가 막혀서 정말 기가 막힐 노릇이다.

대위는 어차피 그곳에 가더라도 그 시간까지 애인이 기다리고 있지도 않을 테니 맥주라도 한잔하고 기분 풀란다.

후보생 신분으로 첫 외출이라 절대로 술 마시면 안 된다는 중대장의 훈시가 있었지만 이런 기분에 기합이 문제냐? 맥주가 아니라 소주 한 박스라도 마시고 싶은 심정이다. 대위는 터미널 옆 호프집으로 안내하더니 생맥주를 시켰다. 후보생 신분만 아니면 취하고 싶다. 아니 잊고 싶다. 지금 여기서 벗어나고 싶다. 잠시 시계를 되돌려서 4시간 전으로 돌아가고 싶다. 이럴 수는 없다. 얼마나 보고 싶던 얼굴이냐? 생각만 해도 억울 분통이 터지고 바보 같다.

분명히 그녀도 지금쯤 허탈한 마음으로 눈물 흘리고 있을 것이다. 기대에 부풀어 왔을 텐데 사랑하는 사람이 없으니 얼마나 가슴이 미어질까?

생맥주 네 잔을 마시고야 일어섰다. 부대로 돌아오는 버스 차창 밖 모습은 아침에 나올 때 보던 풍경하고는 전혀 다르다. 쓸쓸하고 허무하다. 설레었던 마음은 암흑 속에 갇힌 패잔병이 되었다. 축 처진 상태로 내무반에 들어섰다. 그런데 일찍 들어와 있던 동기생이 강호를 보고 놀란다.

"야! 박강호! 너 도대체 어디 갔었냐?"

"어? 왜? 광주 시내…."

애인 만나러 갔었지만 못 만났다고 말하기도 창피하다.

"야! 조금만 일찍 오지 그랬냐? 방금 전까지 네 애인이 여기 와서 난리가 아니었어."

"어엉? 뭔 소리?"

사건의 전말은 강호가 버스터미널에 2시간이나 지나도록 나타나지 않자, 당연히 부대에 부득이한 사정이 있어서 나오지 못한 것으로 생각한 그녀가 '상무대'로 찾아오면서다.

상무대 정문에는 헌병이 지켰고 면회실이 따로 있다. 군기가 바짝 들어있는 헌병에게,

"군인 아저씨! 여기 장교후보생 박강호라고 면회 왔습니다."

"충성! 아가씨! 저쪽에 면회실로 가셔서 신청하셔야 합니다."

처음으로 군부대라고 찾아왔다. 절차는 몰라도 면회 신청만 하면 만날 수 있다는 기대로 가슴 설레며 기다리고 있었다. 면회 신청받았던 당직 사병이,

"박강호 후보생 면회 신청하신 분!"

"네, 여기요."

'금방 나오니 기다리라'고 말할 듯싶어서 기분 좋게 다가갔다.

"저기요, 아가씨! 오늘 장교후보생은 한 명도 안 남고 전원 외출했답니다."

"네? 그게 무슨 소리예요?"

"방금 교육대로 연락했는데, 아침에 후보생 전원이 외출해서 교육대에 한 명도 없답니다."

"아니에요, 뭔가 잘못 알고 있어요. 그 사람이 나왔다면 터미널에 안 올 리가 없어요."

"분명히 한 명도 없이 다 나갔답니다."

"군인 아저씨! 다시 한번 연락해 보세요. 혹시 알아요? 어디 아파서 그 사람만 남아 있을지도 모르잖아요?

"알았습니다. 몇 내무반이라 했죠?"

"2중대 3구대 4내무반요."

하루가 멀다 하고 편지를 썼기 때문에 소속은 바로 나왔다. 면회실 당직 사병은 그녀의 말대로 혹시라도 몰라서 교육 중대로 전화했다. 마침 당직사령으로 2구대장이 받았다.

"네, 교육대 2중대 홍 중위입니다."

"충성! 면회실 박 상병입니다. 2중대 3구대 4내무반에 박강호 후보생 면회 오신 분이 있습니다."

"뭐? 박강호 후보생 면회? 오늘 후보생 전원 외출 중이라 내무반에 아무도 없을 텐데…."

"네, 오늘 전원 외출이라 아무도 없다고 전했습니다. 그래도 분명히 아파서라도 내무반에 있으니 찾아달랍니다."

"뭐라고? 내무반에 가서 찾아보라고?"

"네! 맞습니다."

"박 상병! 면회 온 사람이 누구야?"

"이수정 씨라고 애인입니다."

홍 중위는 순간 지난번 편지 사건이 생각났다. 분명 오늘 같은 날이면 광주시내에서 한참 만나고 있어야 할 연인이다.

"야! 곽 일병! 지금 빨리 3구대 4내무반에 가서 박강호 후보생 있는지 찾아보고 와."

10분도 안 돼서 면회실로 전화 왔지만, 당연히 아무도 없다는 얘기다. 귀신이 곡할 노릇이다. 그토록 애달파하며 오매불망 만날 날을 손꼽아 기다리며 내려왔다. 만나자고 한 장소에도 없었고 부대에도 없다면 도대체 어찌 된 노릇인지 알 수가 없다. 그러나 외출했다면 분명히 터미널에 나타났을 텐데 안 나온 것을 보면 확실히 부대에 있을 것이다. 단지 저들이 못 찾았기 때문이다.

면회실에서 해결이 안 되자, 정문 헌병한테 매달렸다. 막무가내로 들어가서 찾아야 한다고….

"군인 아저씨! 못 찾아서 그렇지 분명히 안에 있어요. 믿을 수가 없어요. 아프면 어디로 가나요? 의무실에라도 있을 거예요. 그 사람이 여기 없으면 어디? 갈 곳 없는 사람입니다. 제가 찾아보겠으니 제발 들여보내 주세요. 네…?"

부동자세로 서 있는 헌병 옷자락을 잡으면서 애원했다.

"아가씨! 여기서 이러시면 안 됩니다."

"왜? 안 돼요? 군인 아저씨도 애인이 와서 못 만나고 가면 좋겠어요?"

"허참, 아가씨! 민간인은 절대 출입 금지입니다."

"아저씨! 제 눈으로 꼭 확인해야 돼요. 네! 으흑흑…."

웬 아가씨가 서글피 울면서 매달리는 모습을 마침 정문을 지나치던 어느 높은 장교분이 보셨다. 결국 지금까지 한 번도 시행하지 않은 민간인을 부대 내로 들여보냈다. 직접 찾아보라고 안내까지 했지만, 여태껏 기다리다 좀 전에 올라갔단다.

그러니 중대 본부 당직사령이나 동기생들은 오히려 강호한테 무슨 일이 생긴 것은 아닌지 걱정하고 있던 참이다. 그녀 역시 처음에는 볼 수 없다는 안타까움에 난리 쳤지만 끝까지 나타나지 않자, 분명히 사고 났을 것이라고 걱정만 산더미처럼 하고 올라갔단다.

편지 사건으로 그렇지 않아도 중대본부에서는 강호의 연애담을 알고 있었다. 이제는 애인이 나타나서 보병학교를 발칵 뒤집어 놓았다. 정말 못 말리는 연인이라 생각하겠지만, 강호는 벽에 머리를 부딪치면서 울부짖었다.

만약에 그곳 고속버스터미널에서 맥주를 안 마시고 바로 부대로 왔다면, 강호를 찾아 헤매는 그녀를 만날 수 있었다.

그녀가 올라가고 있으리라 생각하며 슬픔에 젖어 맥주 마시고 있었을 때에, 그녀는 강호를 찾아 창피한 것도 모르고 온 부대를 헤매고 있었다. 그러나 그보다도 버스터미널이 두 군데고 고속터미널이 따로 있었다는 사실조차도 모르고 있었으니, 누구를 탓할 것이고 누구를 원망하랴? 그 먼 거리를 내려왔건만 결국은 사랑하는 사람의 그림자도 못 보고 오히려 걱정만 태산같이 하고 올라갔다. 생각하면 할수록 가슴이 찢어졌다. 아… 바보 같은 운명이여….

소통의 문제? 무지의 소치? 아니면 운명의 갈림길? 모두가 합쳐진 불행한 일이다. 이날 저녁 야간 보초를 서면서 밤하늘에 떠 있는 달을 보았다. 서울에서도 저 달을 보고 울고 있을 그녀를 생각하니 야속한 운명에 또 한 번 울었다.

슬픔에 젖어 애타게 사연을 적은 편지는 속절없이 수차례 오고가고, 그로부터 2주 후 또다시 외출이다. 드디어 그녀를 만났다.

광주 고속버스터미널에 11:30분 도착하는 서울발 고속버스는 정확히 도착했다.

인파 속에 섞여서 내려오는 그녀는 한 폭의 그림이다. 챙이 넓은 하얀색 모자에 크림색 바탕에 푸른 무늬가 새겨진 원피스를 입고 사뿐히 내려오는 그녀는 정녕 천사다.

"수정 씨! 반갑습니다."

강호를 보자마자 눈물부터 흘리며 활짝 웃는 그녀를 힘껏 껴안아 들어 올렸다. 훈련받으며 고통스러웠던 순간보다 보고 싶은 갈증으로 애태우던 여인이 지금 품에 안겼다. 이 세상 모든 행복을 껴안은 기분이다.

"아이, 창피해요. 호호호. 어디 보자. 얼굴이 많이 탔네요. 건강해 보여요."

"내려오느라 힘들지 않았어요?"

"아뇨, 강호 씨 본다고 생각하니깐 전혀 힘들지 않았어요."

다른 사람 눈치를 볼 것도 없이 생글생글 웃고 있는 그녀의 입술을 탐하고 싶다. 그러나 좌측 어깨에 부착한 '나를 따르라'라는 견장 때문에 품에 안긴 여인을 풀어주었다. 장교후보생으로서의 품의에 어긋나는 행동은 안 된다. 사랑보다 강한 군기가 어느새 몸에 스며있었다.

여름의 낮은 길다. 대청마루 밑에서 하품하며 엎드려있던 멍멍이도 무료함을 달래려면 수십 번을 어슬렁거려야 겨우 해가 떨어지는 계절이다. 그러나 사랑하는 연인에게는 짧다. 더구나 귀대시간이 정해져 있는 군인에게는 아예 시간이 없다. 손잡고 거닐어 본들 마음은 헛헛할 뿐이다. 빨리 둘만의 공간으로 이동해야 한다.

늦더위 날씨도 피할 겸 무등산 자락에 있는 유원지로 향했다. 내무반 동기에게 물었을 때 그래도 연인끼리 놀기에 적합하다고 추천

받은 곳이다. 유원지 안에는 시원한 계곡물에 발 담그고 쉴 수 있도록 돗자리 깔아 놓고 장사하는 식당들이 계곡을 차지하고 있었다. 놀러 오는 사람마다 시원한 돗자리 위에서 먹고 즐기다 가는 곳이다. 그러나 우리는 둘만이 오붓하게 있을 수 있는 방으로 들어갔다. 주문받는 주인아저씨도 하루 이틀 장사가 아니기에 눈치채고 닭볶음탕을 시키란다. 당연한 수순이지만 아저씨가 나가자마자 누가 먼저라 할 것 없이 껴안았다. 굳이 말이 필요 없다. 몸이 알아서 한다. 고된 훈련에도 이 순간을 생각하며 참았다. 지난번 엇갈렸던 시간까지 합쳐서 온몸으로 사랑을 나눴다. 운명의 심술로 진즉에 만나지 못한 슬픔까지 보상받아야 했다. 얼마나 사무치게 그리워하던 사람인가? 강호만큼 수정도 강호를 기다렸다. 떠들썩한 바깥과는 다르게 방안에서는 조용히 사랑을 나눴다. 얼마의 시간이 지났을까?

"닭볶음탕 나왔습니다."

닭볶음탕 나왔다는 소리에 화들짝 놀라며 옷매무새를 갖춰 입고서야 문을 열었다. 그때까지 문밖에서 기다리던 주인이 강호를 쳐다보면서 의미심장하게 미소를 보낸다. 문 열어줄 때까지 매너를 지켜줬다는 뿌듯한 느낌으로….

"요즘에는 강호 꿈을 꿀 때가 많아."

"하하하. 저도 그런데요."

"호호호. 그래요? 어젯밤에는 우리 뭐 했나?"

수정은 좀 전의 뜨거웠던 여운을 생각하면서 사랑 가득한 눈길로 강호를 쳐다보았다.

"어제요? 뭐였더라…. 아하, 지난번에 못 만나서 헤매던 꿈 꿨어요. 오늘 만나는 것 때문에 설레고 또 못 만나면 어쩌나 악몽을 꿨어요."

"예! 나도 어젯밤에 헤매는 꿈 꿨는데…. 어쩜 똑같은 꿈을 꿨지? 강호가 눈앞에서 자꾸 사라지는 거야. 호호호."

"이렇게 봤잖아요."

"그래, 정말 꿈만 같다. 난 이제 큰일이야. 강호를 못 보면 하루도 못 참을 것 같으니 어떡해."

"지금까지 잘 참았잖아요. 이제부터는 외출도 자주 있어요. 아마 유격훈련 마치고는 1박 2일로 외박도 된다고 하니깐 그때는 제가 올라갈게요."

"아니, 뭐 하러 길바닥에 시간 버려요. 내가 또 내려오면 되지. 호호호."

닭볶음탕으로 소주 한잔하면서 사랑 넘치는 얘기로 시간 가는 줄 몰랐다. 사랑하는 여인 앞에서는 힘든 훈련도 생각나지 않고 지금 이 순간이 최고다. 비록 편지사건으로 허벅지가 찢어나가도록 구타를 당했어도 공동화장실 청소를 잘못했다고 내무반 전원이 화장실 바닥을 포복으로 쓸고 다녔어도 이 순간은 아무렇지도 않게 최대한 멋있어 보이고 남자로 보여야 한다. 꿈속에서도 잊지 못할 남자여야 한다. 외출 중에 술 마시면 안 된다는 중대장의 엄포가 있었지만 기합을 받을지언정 지금 이 자리에서만큼은 기분 좋게 시간을 보내자. 이런 분위기에서 술 없으면 앙꼬 없는 찐빵이다. 앞에 사랑하는 여인이 있지 않은가? 호기스럽게 소주병을 비웠다. 처음에는 기분이나 맞추려고 한잔한다는 것이 술기운 돌면서 배짱만 늘었다.

"너무 술 마시는 거 아냐?"

"아이고, 괜찮습니다. 까짓거 뺑뺑이만 몇 번 돌면 됩니다."

"뺑뺑이라니? 그거 기합 받는 거 아냐? 그러니깐 너무 마시지 말아요."

"제가 말입니다. 수정 씨 편지를 처음 받던 날, 어땠는지 알아요? 아, 참! 내가 그 얘기는 안 했구나."

"왜? 무슨 일 있었어요?"

"하하하 우리 중대에서 히트 쳤습니다. 애인한테서 온 편지를 제가 제일 먼저 받았잖아요. 중대장도 놀라게…."

더 이상 말을 못했다. 그때 그 사건으로 허벅지가 불나게 맞았다는 얘기는 차마 못하겠다.

"왜? 무슨 일이 있었구나? 그래서 다른 사람 주소로 보내라고 한 거죠? 그때 많이 혼났어요?"

"하하하. 조금요, 하여튼 오늘은 너무 기분 좋아요. 이렇게 사랑하는 수정 씨와 함께 있으니 전부 제 세상 같습니다. 자, 한잔 같이 듭시다. 우리의 영원한 사랑을 위하여!"

"호호호. 사랑을 위하여!"

시간은 누구나 똑같이 주어지지만 상황에 따라서 다르다. 달라도 엄청 다르다. 똑같은 시간인데…. 열흘 남겨둔 시한부 인생의 하루와 제대 앞둔 말년 병장의 하루는 차이가 나도 수만 배는 다르다. 고된 훈련받을 때와 애인과 함께 있을 때의 시간도 다르다. 그렇게 길게 느껴졌던 시간이 빨라도 너무 빠르다. 벌써 귀대시간이 다가왔다.

서울 가는 마지막 버스를 기다리면서 2주 전 그녀를 못 만나고 슬픔에 젖었던 맥줏집에 들렀다. 그때나 오늘이나 같은 곳인데, 그녀의 존재 하나만으로도 분위기는 180° 달랐다.

"이 자리가 수정 씨를 못보고 한탄하면서 마시던 곳이에요."

"그래? 생각보다 터미널에서 멀지 않네? 그때만 생각하면 억울해. 그래서 그런가? 마음이 더 짠하네요."

그녀는 또다시 이별의 슬픔에 젖어 진한 향기를 남기고 올라갔다. 강호도 헤어짐의 아쉬움에 좀 전의 체취를 잃지 않으려고 버스 의자에 깊숙이 앉은 채로 눈을 감았다. 아직도 그녀의 생생한 목소리와 함께 고운 살결이 만져지는 것 같다. 호호거리면서 사랑스런 눈으로 하염없이 바라보던 모습도 눈앞에 어른거린다. 그러나 그것도 잠시 '상무대'가 가까워지면서 은근히 걱정이다. 충분히 깰 시간이 지났으려니 했지만 좀 전에 터미널 거울에 비친 얼굴은 다른 사람처럼 보였다. 벌겋게 달아올라서 고추장 물에 푹 담갔다 빼낸 얼굴이다. 예전에는 아무리 술을 마셔도 이렇게 심할 정도는 아니었다. 오랜만에 마셨고 훈련받느라 기가 다 빠져서 그런가? 아침 외출 전에 연병장에서 "교육생 신분으로 절대 술 마시지 마."라는 중대장의 표독스러운 말이 자꾸 머리를 때린다. 점호시간만 잘 넘기면 되겠지 했는데…. 냄새는 껌을 씹던지 솔잎을 씹어서라도 어떻게 피할 수 있겠지만 얼굴은 아니다. 이런 모습으로 안 마셨다고 우겨본들 손바닥으로 하늘 가리는 격이다. '조금만 마시라'는 수정 씨 말을 들을걸. 괜히 호기부리다 낭패다. 어떤 기합일까? 불안하다. 벌을 받는 순간보다 받기 전의 불안감이 더 크다. 상무대 정문에서부터 교육대로 가는 긴 길을 걸으면서 손바닥으로 연신 얼굴을 문질렀다. 혈액순환을 빨리해서 얼굴에 모여 있는 피 한 방울이라도 전신으로 내려 보내야했다. 내무반에 들어서자마자 상의를 벗어놓고 화장실로 달려가 세수를 했지만 그다지 변함이 없다. 세면대에 물을 가득 채워 놓고 얼굴을 담갔다 꺼내도 거울에는 짝사랑하는 처녀 앞에 숫기라고는 하나도 없이 홍당무가 되어 있는 총각 모습이다. 목까지 벌겋다.

"어! 박강호 어떻게 된 거야? 술 마셨어? 왜? 또 애인을 못 만났냐?"

일찍 들어와 옆자리에서 관물 정리하던 '최학봉'이 놀라서 묻는다. '2161번' 바로 아래 군번으로 옆자리이다 보니 미주알고주알 수정 씨와의 관계를 잘 안다. 더구나 첫 편지 사건이며 첫 외출 때의 사건까지 소상히 알고 있던 차에, 그렇게 중대장이 술 마시지 말라고 강조했는데도 마셨다면 분명 뭔 일이 있다. 뭔 일은 나중에 듣고 일단 저놈의 붉은색부터 없애야 한다.

"박강호, 아무래도 안 되겠다. 그 얼굴로 점호 받으면 백 프로야. 얼른 옷부터 벗고 여기 누워 봐."

"점호 시간 이제 한 시간밖에 안 남았는데…."

애인 앞에서 호기 있게 마셨지만 걱정이다. 정신은 말짱한데 얼굴이 문제다. 지난번 외출하고 왔을 때에는 다른 때와 다르게 빡세게 점호를 받았었다. 잠시라도 해이해진 군기를 잡아야 한단다. 오늘도 그때와 다를 바 없을 것이다. '김성규'가 점호 준비한다면서 걸레질하겠다고 물걸레를 들고 나간다.

"김성규, 저기 주전자 물 좀 갖고 와 봐."

학봉이는 매트리스를 깔아 옷 벗고 누우려는 강호에게 물을 두 컵이나 따라주면서,

"이제 눈 감고 온몸에 있는 기운을 빼봐. 축 처졌다 생각하면서 기운을 빼. 점호 준비는 우리가 알아서 할게. 걱정하지 말고 물속에 잠기듯이 몸을 주욱 내려."

강호는 이 순간에도 지금쯤 고속도로를 달리고 있을 수정 씨를 생각하며 몸을 가라앉혔다. 짧은 만남이지만 즐거웠던 시간이다. 잠시 후의 불안만 없다면 더 멋진 하루가 되었을 텐데, 아쉬운 마음으로 생각도 접고 온몸의 기운을 뺐다.

"박강호, 이제 일어나서 옷 입어."

어느새 스르르 잠이 들었던 모양이다. 잠깐이지만 정말 꿀잠이다.

"어때? 아직도 빨개?"

"야, 확실히 효과 있네, 전혀 술 마신 티가 안 나."

"그래?"

무사히 점호를 마치고서야 술 마신 사연을 얘기했다. 사랑하는 여인과의 짜릿한 만남을 술 없이 보내기에는 서운했다고….

애인이 고무신을 거꾸로 신었다든지, 아니면 오늘도 못 만났거나 무슨 엄청난 일이라도 있으리라 생각했던 동기들은 허탈하게 들었지만 기분은 좋았다.

8. 허무한 우이동 계곡

보병학교에서의 훈련은 20주다.

거듭된 훈련에 온몸은 바위처럼 단단해졌고, 구릿빛 피부로 변했다. 육체의 변화만큼이나 눈동자에서는 레이저 광선이 쏟아졌고, 가슴 한복판은 악 덩어리다. 훈련이라면 어느 것 하나 쉬운 것이 없지만, 군대 갔다 온 남자들 모두가 힘들다고 떠드는 게 유격이다. 유격훈련까지 끝나면 까만 얼굴에 눈동자는 더 까맣게 빛난다. 이때가 군인들이 가장 살기등등할 때다. 잘못 건드렸다가는 뼈도 못 추린다. 그만큼 힘든 훈련이다.

유격훈련을 마치고 처음으로 교육생 전원 외박이다. 1박 2일. 내려오겠다는 수정 씨를 만류하고 서울행 버스를 탔다. 4개월 만의 서울행. 수정 씨는 그사이 동생들과 살던 집에서 나와 학교 근처로 이사했다. 마침 제주도로 내려갔던 부모님이 올라오셨고, 더 이상 다 큰 처녀가 부모님과 함께 지내는 것도 불편하고, 새 삶을 찾아야겠다는 무언의 압력이다. 그 중심에는 강호가 있었다.

이사한 곳도 궁금하지만 함께 하룻밤을 지내기에 혼자 살고 있는 방으로는 최적이다.

고속버스터미널에는 그녀가 기다리고 있었다. 가을 향기가 묻어 나는 갈색 주름치마에 코스모스 빛을 발하는 블라우스를 입고 서 있는 모습이 마치 경주 성덕대왕신종에 새겨놓은 선녀가 잠시 사바세계로 내려와 있는 줄 알았다.

"아이고, 선녀님. 잘 지냈어요?"

"호호호. 나야 잘 지내죠, 그나저나 왜 이렇게 탔어요? 아프리카 흑인이 와서 친구 하자고 하겠네."

"하하하. 사내가 이 정도는 돼야죠, 이제 힘든 훈련은 다 끝났어요."

"어디 다친 데는 없구?"

걷던 걸음을 멈추고 한 바퀴 획 돌아 보였다.

"이러면 됐죠?"

"호호호. 얼굴이 새까맣게 타서 그런지 아주 건강해 보이네."

옆구리에 팔짱을 끼운 채 연신 얼굴을 쳐다보느라 제대로 걷지를 못한다. 깡충대며 걷는 그녀를 세우고,

"이제 어디로 갈까요? 일단 뭐 먹을까?"

"배고파요? 난 아직 안 고픈데."

"아니, 올라오면서 휴게소에서 뭐 먹어서 아직은 괜찮아요. 그래도 시간밥 먹다 보니깐 습관이 되어서…."

"그럼, 좀 참고 나 사는데 가서 먹을까?"

"좋죠, 갑시다."

터미널 근처는 아무래도 여행객 위주로 손님을 대하는 식당인지

라 썩 내키지 않는 모양이다. 이사 갔다는 '우이동'까지 가려면 족히 2시간은 걸리겠지만, 이왕이면 그녀가 사는 동네에서 먹는 것도 좋겠다.

버스를 갈아타며 도착한 곳은 우이동 계곡이다. 등산객을 상대로 장사하는 식당이 물길 따라 굴비 엮어 놓듯이 촘촘하다. 빈대떡이며 파전을 부치느라 골짜기 들어서면서부터 기름 냄새가 침샘을 자극한다. 그중에서도 깨끗해 보이고 계곡물을 직접 내려나 볼 수 있는 식당에 들어가 야외 식탁 쪽으로 갔다. 전선 케이블을 감았던 드럼으로 만든 원탁이 식탁이다. 거기에 걸맞게 의자는 통나무를 잘라서 만들었다. 계곡과 함께 운치를 더해준다. 그런데 단풍철이 지난 탓도 있지만 점심때가 한참 지난 후라 손님이 뜸하다. 덕분에 호젓하게 가을향기 맡으며 물소리 들을 수 있는 곳에 앉았다.

"나 살고 있는 집은 아까 지나왔어."

"그래요? 어쩐지 너무 깊이 들어간다고 생각했어요. 거기서는 잠만 자는 거요?"

"응, 어차피 아침은 건너고 점심은 학교에서 먹으니깐, 저녁만 사 먹으면 되잖아."

"그나저나 왜 나왔어요."

편지에는 간략하게 사연을 적었지만 그 속내가 여전히 궁금하다. 바로 대답을 안 한다. 물끄러미 계곡만 내려 보는데, 무심한 낙엽이 한잎 두잎 떨어지고 있었다. 계곡물에 떨어진 낙엽이 아스라이 사라질 때까지 눈동자는 초점을 잃은 지 오래다. 뭔가 할 말이 있지만 망설이는 눈치다. 기다리다 지칠 때쯤 되어서야 눈을 살짝 흘기면서 말한다. 강호가 알아주지 못하는 것에 서운함도 약간 끼였다.

"사실은 나, 엄마 등쌀 때문에 나왔어."

"어엉? 뭔 소리에요?"

"시집가라고 난리에요. 누구 만나는 사람 있으면 데려오라고요. 아니면 선을 보든지. 이러지도 저러지도 못하니깐 매일 잔소리가 심해서, 아예 나왔지 뭐, 호호호."

웃는 소리에 씁쓸함이 묻어있다. 웃으면서 끝냈지만 그 고충을 미리 헤아리지 못한 강호의 잘못도 크다. 부모님이 제주도에 계실 때는 그나마 잔소리는 안 들었다. 다 큰 처녀를 붙들고 있는 강호 책임이다. 그렇다고 당장에 결혼할 수 있는 것도 아니다. 뻔히 안 되는 사정을 알면서 강호에게 보챌 수도 없으니, 아예 집에서 나왔단다.

"그리고, 훈련 때도 그렇지만 앞으로 장교 되고 나서도 만나려면 지금처럼 힘들지 않을까?"

"그거야 그때 가 봐야 알죠."

"가 봐도 뻔해요. 군대라는 게 다 똑같지 뭐 장교라고 달라지나요."

"지금보다야 당연히 자주 볼 수 있겠죠."

그러는 강호를 철모르는 동생 쳐다보듯 하면서 쓴웃음을 짓는다.

"생각해 봤어요? 군 생활만 3년이야. 그것도 어디서 할지 모르는 강원도 양구가 될지? 한번 만나려면 하루 종일 걸려야 하는 곳. 아니면 아예 만나고 싶어도 만날 수 없는 철책선에서 근무할지 모르잖아."

"아이고, 그래서요."

오랜만에 만나서 반갑고 들뜬 기분으로 우이동 계곡에 들어왔건만 너무 무거운 얘기다. 집 나온 이유가 궁금했을 뿐이다. 지금 이 순간이 즐거우면 되었지 뒷일까지 생각하고 싶지 않았다. 한데 군대 3년이며, 철책선까지 들먹이며 걱정하는 수정 씨가 은근 귀여우면서도 섭섭하다. 낙엽이 테이블 위로도 떨어진다. 갈잎이다. 이때쯤이면 겨울 땔감 준비로 낙엽 채취하러 산에 오르던 생각이 났다. 땔감으로 많이 주워 모으던 잎이나. 끝사락이 살짝 휘어져 있어서 손가락으로 펼치면서 냄새를 맡았다. 참나무의 은은한 향이 난다. 바스러질 듯 마른 잎에서도 못다 한 한을 품고 있었다.

"강호는 내가 그렇게 보고 싶지 않았나 봐."

"예? 뭔 말을…. 얼마나 보고 싶었는데…."

화들짝 놀라서 들고 있던 낙엽을 원탁에 내려놓으면서 말도 제대로 안 나온다. 보고 싶지 않았을 거라니? 보고 싶었다는 정도를 수치로 나타나는 기계가 있다면 이 세상 누구하고도 견줄만하다.

"제가요, 숨 쉬는 것도 아까울 정도로 수정 씨가 보고 싶었어요."

"호호호, 그렇잖아, 우리가 지금 서로 보고 싶어서 만나잖아. 그런데 지금도 그렇고, 앞으로도 3년이나 이렇게 만나려면 힘들 거 아냐?"

"뭔 얘기, 장교가 되면 당연히 지금보다야 자주 만날 수 있죠. 그리고 지금 새삼스럽게 그 말이 왜 나와요?"

"몰라서 물어요?"

"알죠, 당연히 자주 못 본다는 얘기잖아요."

"그 말도 맞아. 하지만 누구는 훈련받느라 나를 못 봐도 참을 수 있는지 모르지만 나는 참을 수가 없어."

보고 싶어도 보지 못하는 안타까움에 며칠을 고민한 결과 집을 나왔다는 얘기다.

"보고 싶다면서… 집 나온 것하고 뭔 관계에요? 부모님 잔소리 피해서 나왔다는 말은 이해가 되지만."

"그래야, 보고 싶으면 훌쩍 내려가서 면회라도 하지. 안 그러면 매번 부모님 눈치 봐야 하고 거짓말해야 하잖아. 동생들로부터 해방이기도 하고."

"아하, 그런 깊은 뜻이 있었는지 몰랐네요. 어떻든, 잘했어요. 동생들로부터 해방인가요?"

"해방이라기보다는 이제는 자유인이 되겠다는 얘기지. 끈을 놓지 못하는 자유인…."

왠지 듣기 좋은 말이면서도 가슴이 먹먹하고 어깨가 무거워진다. 보고 싶어도 몰래 만나야 하는 지금의 상황에서는, 부모님 곁에서 나왔다는 것이 그나마 최선이다. 더 좋은 해결방법은 당당하게 부모님께 허락받아 만나는 거다. 나가서는 결혼하는 거다. 당장 결혼한다고 함께 지낼 수는 없지만, 결혼하면 마음의 안정에는 도움이 되겠지. 그러나 부모님 허락부터 난관이다.

"수정 씨! 우리 결혼할까요?"

"네엥? 이 상태에서? 지금은 아닌 것 같아. 부모님 허락도 받아야 하지만, 나 먹여 살릴 수 있어요?"

"지금 당장은 아니고, 장교가 되면 월급 나오잖아요."

"에이, 소위 월급으로 뭐를…. 호호호, 말이라도 고맙네요."

주문한 파전과 막걸리가 나왔다. 오랜만에 시원한 막걸리에다 선녀가 옆에 있으니 만사 부러울 것이 없다. 그러나 좀 전의 대화가 영 마음에 켕긴다. 즉흥적으로 한 말이다. 결혼하자는 말에 웃으면서 고맙다고 하는 것이 현재로서는 최선의 마무리다.

군인들은 치마만 걸치면 모두 여자로 보인다. 아무리 호박 같은 여자일지라도 훈련 마치고 나오는 군인 앞에 서봐라. "헤이, 아가씨 시간 있어요?" 이 소리를 수도 없이 들을 것이다. 하물며 선녀같이 예쁘고 사랑하는 여인이 옆에 있으니 골치 아픈 얘기는 금방 잊었다. 달콤한 그녀의 목소리에 취하고 따라주는 가을 향에 저절로 취했다.

"지금 오세요? 선생님."

"아, 네. 친동생이 군대 갔다가 외박 나왔기에 술 한잔했어요."

"아이고, 아주머니 안녕하십니까? 제 누님 잘 봐주십시오. 충성!"

그녀는 단층건물인 개인주택에서 잠만 자는 방 하나만 사용한다. 학교 근처라서 알아보는 제자들도 많아 혹시라도 이상한 소문나면 곤란하다고 극구 집에 같이 못 간다는 것을 설득해서 왔다. 동생이라고 우기면 된다고….

약간 취기도 올랐지만, 그보다는 그녀가 혼자 살고 있는 집을 봐야 한다. 노란색 철제 대문을 열고 들어서자마자 조그마한 시멘트 바닥이 있었다. 마당이라고 하기에는 쑥스럽기만 한 크기의 공간이다. 실제 마당으로 사용하는지는 모르지만 'ㄷ'자 모양의 집 구조상 빈터에 불과하다. 그녀가 거주하는 방은 대문 열고 바로 오른편에 여닫이문으로 된 건넌방이다. 마침 주인아주머니가 대청마루 옆 부엌에서 저녁 준비하던 참이라 대문 열고 손바닥만 한 마당에 들어섰을 때부터 눈이 마주쳤다.

굳이 밝힐 필요 없는, 친동생이니 누님이니 너스레를 떨면서 방으로 들어갔다. 아담하고 소박한 방이다. 특별한 것이라도 있을 줄 알았으나 침대도 없이 벽에 비키니 옷장과 그 옆에 책상이 덩그러니 놓여있을 뿐이다. 책꽂이에 꽂혀있는 책을 보면 그 사람의 성품을 안다는데, 교과서인지 참고서인지 학교 책만 꽂혀있었다. 여자들의 애장품인 화장품이라고는 서랍 속에 숨겨놓았는지 달랑 스킨로션만 보인다.

"어째 썰렁하네요?"

"여자 혼자 사는 방이 그렇지 뭐…."

방에 들어와서도 남의 방인 양 방문 옆 벽에 우두커니 기대어 서서 심드렁하게 말한다. 그 모습을 보면서 서서히 다가갔다. 얼마나 기대하던 순간인가? 자연스레 포옹하면서 진한 키스를 했다. 훈련받을 때 총기를 떨어뜨리면 엄청난 후폭풍이 온다. "총기는 애인처럼 다뤄라! 떨어뜨리면 죽는다." 유격훈련장에서 숱하게 들었던 소리다. 반대로 애인을 총기처럼 껴안아 본다. 절대로 떨어지지 못하도록 가슴 가득히 안았다. 키스하면서 가슴이 먹먹하다.

"허억! 숨 좀 쉬면서요."

"하하 절대로 놓치지 말라고 해서요."

"누가요?"

"빨간 모자요."

대한민국 유격장 조교의 모자는 빨간 모자다. 자다가도 빨간 모자만 보이면 놀래서 일어났다.

"네엣! ○○번 올빼미!"

유격장에서의 '올빼미'라는 유래는 1962년도 동복 유격장에서 처음 시도했단다. 야행성에 용맹함을 갖추고 한반도에 두루 분포하여 모두가 알고 있는 '올빼미'에서 따왔다. 그런 올빼미를 닮으라고 유격장 훈련생들은 한결같이 '○○번 올빼미'라고 불렸고, 조교는 빨간 모자를 썼다. 며칠 전까지도 그 빨간 모자 앞에 서 있었다.

"160번 올빼미! 총기를 애인처럼 다루라고 했는데, 떨어뜨렸습니까?"

"네엣! 160번 올빼미!"

"160번 올빼미! 총기를 앞에 들고, 저 멀리 보이는 정상을 향해서 '총기는 애인처럼' 10회 실시!"

"총기는 애인처럼! 총기는 애인처럼! 총기는…."

다시 한번 그녀를 총기 다루듯이 껴안았다. 갈비뼈가 부러지도록….

"우리 씻고 누울까? 나 먼저 화장실 이용할게."

화장실은 다행히 방 안에 있었다. 주택을 지으면서 처음부터 임대할 목적으로 지은 집이란다. 화장실이 방안에 있어서 보자마자 계약한 이유다.

뜨거운 열기를 잠시 식히면서 한 벌뿐인 이부자리를 폈다. 그녀와 함께 잘 이부자리다. 그녀의 방에서….

다음 날 아침 늦게까지 잠자리에서 놀다가 배고파서 일어났다. 군대에서 하루 세끼를 빠지지 않고 제때 먹었던 습관이 그사이에 들은 탓이기도 하지만, 밤새 즐기느라 힘이 빠졌다.

아점으로 인근 식당에서 해결하고 바람도 쐴 겸 우이동 뒷산인 북한산 자락으로 올라갔다. 등산로가 있었지만 둘만의 오붓한 곳을 찾는답시고 인적이 드문 길 따라 올라갔다. 얼마를 갔을까? 그녀가 갑자기 배가 아프다며 집에 다녀와야 한단다. 화장실이 급하다는 얘기인데… 아무리 산속이라 하지만 아직은 남자 앞에서 큰일 보는 것이 쑥스러웠던 모양이다. 큰일을 보더라도 족히 30분이면 갔다 올 거리다. 금방 다녀올 테니 기다리라 하고 떠났다.

그런데 1시간 지나고 2시간이 지나도 안 온다. 처음에는 금방 오겠지 기다리다가 시간이 좀 흘러서는 괜히 내려가다가 서로 길이 엇갈리면 안 될 것 같아서 그대로 있었다. 그렇게 2시간이 지나서야 뭔가 이상하다 싶어서 내려갔다.

내려가면서도 혹시라도 길이 엇갈릴까 봐 사방을 살피면서 내려가는데 미처 몰랐다. 주로 이용하는 등산로가 아닌 길을 택한 탓으로 좀 전의 자리로 되돌아가려면 여간해서는 못 찾을 것 같다. 그녀가 이곳 지리를 잘 안다면 몰라도 그렇지 않다면 엉뚱한 곳에서 헤매고 있으리라 생각하니 빨리 집에 가서 확인해야 했다. 너무 안이하게 기다리고 있었다는 자책으로 걸음이 빨라졌다.

처음 와본 집이지만 그녀의 집은 바로 찾을 수 있었다. 길눈이 밝아서가 아니다. 이 집이 조금 특별해서다. 대부분 다른 집 대문은 하늘색이거나 회색 계열이다. 이 집만 노란색이다. 거기에다가 블록

담장 안으로 개나리를 심어서 담장 너머로 나뭇가지가 넘어갈 만큼 무성하게 자랐다. 봄에는 아마 담장이 온통 노란색 천지일 것이다. 샛노란 대문은 멀리에서도 눈에 확 뜨였다. 대문을 열고 들어서니 마침 주인아주머니와 그녀가 거기에 있었다. 마음속으로 안도의 숨을 내기도 전에 그녀가 놀라서 묻는다.

"아니? 어떻게 된 거예요?"

"네?"

사실 강호가 물어볼 말이다. 도대체 지금 뭐 하고 있냐고. 그런데 오히려 수정 씨가 놀라워한다.

"나는 강호가 무장공비한테 잡혀간 줄 알았잖아요? 그래서 지금 신고해야 하는지 알아보고 있던 참인데, 도대체 어떻게 된 거지?"

얘기인즉 예상대로 30분도 안 돼서 되돌아왔단다. 그런데 그 자리에 강호가 없었단다. 분명 그 자리에 있었는데….

혹시라도 잘 못 길을 택한 것은 아닌지 몰라서 그 일대 산속을 다 헤매며 찾았단다. 나중에는 창피한 것도 모르고 한 시간 넘게 이름까지 부르면서 찾았지만 결국은 못 찾았다.

아무리 '우이동' 뒷산이 넓다 하여도 한 시간 넘도록 찾았는데도 없다면, 분명 누군가에게 잡혀갔을 것이다. 여기까지 생각하니 찾고만 있어서는 안 되겠다 싶어서 신고하러 내려왔단다. 신고하기 전에 혹시라도 그사이에 집에 오지는 않았을까해서 들린 게 방금 전이다.

"그런데, 도대체 어디에 있었어요?"

"네? 그 자리에 그대로 있었는데…."

가만히 생각해보니 그 자리는 맞지만 약간 벗어나기는 했다. 10

월 가을 날씨치고는 쌀쌀하다 싶어서 양지바르고 약간 움쑥하게 파인 곳에서 낙엽 더미 위에 누워 있었다. 그래도 그곳에 수정 씨가 왔었다면 못 찾을 리는 없었다. 분명히 골짜기가 비슷해서 지나쳤든지 아니면 낙엽 더미에 묻혀 있어서 못 보았든지.

"아니, 그렇게 이름을 부르며 외쳤는데, 못 들었어요?"

"네?"

역시 생각해보니 기다리면서 잠깐잠깐 졸았다. 밤새 못 잔 탓에 가을 햇볕이 드는 양지에 누워 있으려니 저절로 눈이 감겼다. 비몽사몽간에 시계를 들여다보고 오지 않는 그녀를 기다렸다. 금방이면 오겠지 기다렸는데 결국 2시간이나 잤다. 눈뜨고 기다린 것이 아니고 자면서 기다렸다. 아마도 강호 찾는 외침을 들었겠지만 꿈속에서 찾는 소리인 줄 착각했던 모양이다.

"호호호. 어떻든 다행이네, 나는 무장공비한테 잡혀간 줄 알았잖아."

첫 외출이었을 때 엉뚱한 곳에서 기다리는 바람에 못 만나는 쓰라림을 겪었다. 이제는 첫 외박하던 날, 또 한 번 실수로 그녀를 놀라게 했다. 놀랬을 뿐인가? 모처럼 기분 내면서 산책하려던 시간을 망치고 말았다. 허탈하다. 뭔가 멋진 추억을 남기고 싶었는데, 아쉬운 추억이다. 그나마 깊은 밤을 보내며 청춘을 태웠고 미래를 약속한 것이 커다란 위안이다.

잡혀가지 않아 다행이라며 기뻐하는 그녀와 헤어지고 또다시 광주행 버스를 탔다. 그녀가 내려왔다면 좀 더 긴 시간을 함께 했겠지만, 이사 간 방을 구경하겠다고 굳이 올라가는 바람에 일찍 헤어져야 했다. 졸며 깨며 내려가는 고속도로 창밖에 고향으로 가는 인터체인지 출구가 보인다. 부모님은 군에 간 자식 걱정에 뜬눈으로 지낸 밤이 많다고 하셨는데, 자식 놈은 연애하느라 고향을 지나치고 있었다. 죄송한 마음에 부모님 모습을 떠올린다. 만약 이번 외박 때 찾아뵈었다면 훤한 웃음으로 반겨주었을 게다.

그것도 잠시, 죄송하면서 한편으로 걱정이다. 간밤에 그녀와 약속했다. 언젠가는 허락을 받아 결혼하겠다고. 훤히 웃는 부모님에게 연상의 여인을 소개할 자신이 없다. 그녀 앞에서는 자신 있다고 큰소리쳤으면서 막상 고향 마을을 지나치면서는 마음이 무겁다. 사랑하는 여인이여 기다려다오.

9. 고된 훈련에 꽃피는 사랑

보병학교 교육을 마치고 각 병과 별로 흩어졌다. 100명이 넘는 공병 병과뿐만 아니라 사관후보생들은 광주 송정리역에서 특별 군용열차를 탔다. 그동안 사용하던 'M16' 소총만 반납하고 관물함에 있던 모든 보급품을 집어넣은 더블백을 하나씩 둘러메고 탔다. 땀에 찌든 전투복은 집어넣고 정복 차림으로 있으려니 훈련을 마치고 자대로 가는 기분이다. 병과학교에서의 또 다른 훈련이 기다리고 있다는 사실도 잊고 간만에 기차여행으로 들떠서 떠들던 모습도 잠시 후 모두가 곯아떨어졌다.

공병학교는 김해에 있다. 아침 일찍 출발한 열차가 부산역에 도착해서 군용트럭으로 공병학교에 도착한 시각은 취침 시간이 다되었을 때다. 부산역에서부터 인솔한 장교는 공병학교에 도착하자마자 첫마디가,

"여기는 공병학교다. 떨어지는 낙엽도 수직으로 떨어져서 수평으로 날아가는 공병학교다. 알았나!"

그만큼 군기가 세다. 전투병과인 보병학교 교육을 수료했기에 이

제는 느긋하게 기술병과 교육만 받으면 되는 줄 알았다. 편안하게 남은 기간을 때우려는 생각이 일순간에 사라졌다.

인솔 장교는 교육생을 훈육 관리하는 구대장이였다. 교육 시간을 제외한 모든 군 생활을 담당했다. 2명이다. 그중에 한 명이 인솔해 왔다. 첫날부터 깐깐하다고 느꼈지만 교육을 받으면서 그 정도가 심해도 너무 심했다. 보병학교에서의 토요일 단독군장 구보는 엄살이었다.

매일 밤마다 저녁 먹고 단독군장으로 공병학교 외곽 순환도로 따라서 구보를 했다. 한 바퀴 도는데 30분 걸린다. 이것을 잘해야 두 바퀴이고 어느 때는 네 번, 다섯 번 돌 때도 있다. 중간에 쉬지 않고 달렸다. 다섯 바퀴 돌 때는 제대로 씻지도 못하고 저녁점호를 바로 했다. 학교 위치가 구릉지에 잡은 지형이라서 도로 구배가 엄청 심하다. 내려가는 방향으로 뛸 때는 저절로 다리만 들어도 앞으로 달려 나가기 때문에 오히려 브레이크를 잡아야 하지만, 올라가는 방향은 한 걸음을 디뎌도 반걸음 밖에 안 나간다. 완전 헐떡거리며 뛰어야 한다.

구보하는 구간에는 대위급 장교들이 교육 받고 있는 장교기숙사가 있었다. 그런데 이곳을 지날 때는 군가를 더 크게 부르며 지나가야 한다. 후보생들이 열심히 교육받고 있다는 모습을 보여주고 싶은 구대장의 심보인지는 몰라도 꼭 이곳을 지날 때는 더 다그쳤다. 결국 군가라기보다는 '악악'대는 소리만 울리는 곳이다. 매일 이렇게 돌아야 끝났다. 저녁 식사 때 먹었던 음식이 처음에는 뱃속에서 출렁였지만, 끝날 즈음에는 소화가 다 되어 배고프다.

이곳에서도 2주 동안은 서신 왕래가 금지되었고, 4주가 지나서야 외출이 가능했다. 4주 차 일요일, 첫 외출 날 아침이다.

삐익!

[전 중대원은 지금 즉시 전투복 차림으로 연병장에 선착순 집합한다.]

새로운 곳에서 한 달만의 첫 외출이라, 새벽부터 일어나서 폼 나게 보이려고 군화도 번쩍번쩍 광내고, 옷도 야무지게 칼날을 세우면서 설치고 있을 때다. 아직은 아침 식사 전이라 외출 신고할 시간도 아니다. 의아해하면서 연병장에 뛰어나갔다. 어떻든 선착순이라면 좋은 일은 아니다. 선착순으로 10명은 내무반으로 돌려보내고, 구대장이 뭐가 그렇게 심통이 났는지 씩씩대며 단상에 올랐다.

"후보생! 오늘 외출이라니깐 정신머리가 빠졌나!"

교육생들은 무슨 영문인지도 모르고 긴장해서 쳐다보았다. 저렇게 나올 때는 뭔가 심상치 않다. 그동안 4주 지나면서 많은 기합을 받았지만 오늘처럼 저렇게 목소리 톤이 높은 적이 없었다. 뭐를 잘못했나?

"누가, 근무자도 아닌 교육생이 기상 전에 일어나서 설치고 다니라고 했나! 앙? 전부 엎드려뻗쳐!"

국방부 규정에는 대한민국 군인은 야간 근무자를 제외하고 오후 10시에 취침해서 오전 6시에 기상하도록 정해져 있단다. 그런데 교육생 모두 기상나팔 불기 한참 전부터 설치고 다녔다.

그렇게 시작한 기합은 2시간이나 이어졌다. 온 연병장을 뒹굴면서 싸늘한 대지를 쓸고 다녔다. 의자에 앉아 공부할 때도 50분 수업에 10분간 휴식이다. 가만히 앉아서 공부하는 것도 피곤하다며 쉬는 마당에 2시간을 쉬지도 않고 기합을 받았다. 정신없이 기합을 받다 보면 몸은 몸대로 끌려 다니고, 정신은 정신대로 어디에 붙어 있는지도 모르게 몸과 마음은 내가 아니다. 외출하려고 새벽부터 갈고 닦으며 광내던 전투복이며 군화는 흙투성이로 너덜거리고, 흙먼지로 까만 눈동자만 보이는 얼굴은 콧물 눈물로 범벅여서 몰골이라 할 수도 없었다. 극한의 전투에서 겨우 살아난 패잔병일지라도 이보다는 낫겠다. 입에서 단내나도록 흙바닥을 뒹굴고 있을 때, 첫 외출이라고 멀리서 찾아온 면회객들이 있었는데 연병장에서 기합 받고 있는 군인들이 애인이요, 자식인지 몰랐다. 그저 불쌍한 사병들이 기합 받는 줄 알았단다. 샤워하고 늦은 아침을 먹고서야 외출하는데 면회객 속에서 강호는 부모님을 발견했다.

"어! 언제 오셨어요?"

반가운 마음에 좀 전의 기합도 잊었다. 그러나 부모님은 기다리면서 약간 짜증이 났었는지 타박하는 목소리다.

"얘, 강호야, 왜 이렇게 늦었냐?"

"아까 연병장에서 기합 받고 있는 거 못 보셨어요?"

"뭐! 아까? 아니, 그러면 땅바닥에서 뒹굴던 군인들이 너희들이야?"

"네."

"아니, 뭐를 잘못했기에 그렇게나…."

"군대가 그렇죠 뭐. 언제 내려오셨어요? 이 시간에 오시려면 집에서 어제 출발했겠네요?"

"그래. 부산에서 자고, 아침 새벽에 왔다. 일찍 나온다고 해서 새벽부터 기다렸는데…."

면회 온다는 소식을 전하지 못했기에 혹시라도 자식을 만나지 못할까 봐 부산에서 새벽 첫 버스를 타고 왔다. 그런데 보고 싶은 아들은 안 보이고 웬 군인들이 차디찬 땅바닥을 뒹굴며 기합을 받고 있었다. 그 속에 아들이 있었단다. 2시간 넘게 기다리며 지루함에 약간은 짜증도 났었다. 그런데 그 시간, 눈앞에서 벌어지고 있던 참혹한 광경 속에 막내가 있었단다. 내 아들은 장교후보생이라 저 군인들처럼 기합 받는 일은 없으리라 믿었다. 안도의 숨을 쉬면서도 똑같이 자식 가진 부모의 심정으로 심한 기합에 마음이 짠했다. 뭐를 얼마나 잘못했기에 저러나 싶어서 기합받는 모습을 제대로 보지도 못할 정도로 무거웠고 안타까웠다. 그런데 아들이라니…. 웃고 있는 아들이지만 좀 전의 광경이 머릿속에서 지워지지 않는다.

"몸은 괜찮냐?"

얼굴은 새까맣게 탔어도 건강해 보인다. 좀 전의 광경을 못 봤다면 군대 간 자식 걱정하는 정도의 안부라고 하겠지만 지금은 아니다. 그토록 뒹굴었는데 어디 성한 곳이 제대로 있겠나 싶어서다.

"네, 걱정하지 마세요. 끄떡없습니다. 하하"

뻔히 왜 묻는지 아는지라 팔을 흔들어 보이면서 오히려 웃었다. 사실 기합 받을 때만 고통스럽지 지금은 전혀 아프고 저린 곳이 없다.

"얘야, 뭐 먹고 싶어?"

"방금 전에 아침 먹어서 딱히 생각나는 거 없는데요."

"여보. 오면서 보니깐 김해시장이 보이던데, 거기 가볼까요?"

어머니는 강호를 보자마자 눈시울이 붉어졌었다. 그저 바라만 봐도 뭉클한 자식이다. 지난여름에 군대 간다며 떠나고 처음 보는 얼굴이다. 반년 만에 보는 막내아들이라 그렇지 않아도 눈물부터 나오는데, 군대 가면 고생이라는 말은 들었어도 눈앞에서 기합받던 군인들이 아들이라는 말을 듣고서는 눈물이 범추지 않는다. 어릴 때 아무리 잘못해도 종아리 한번 때린 적 없는 자식이다. 혼내느니 마음으로만 삭혔다. 한데, 도대체 몇 시간이냐? 면회실에서 기다리며 몇 번을 들락거려도 기합받는 모습만 보였다. 남의 자식이지만 군대가 저렇게까지 해야 하나 싶었다. 그런데 아들이라니, 가슴이 찢어진다. 배부르다 하지만 먹이고 싶다. 뭐라도 먹여야 찢어지는 가슴을 조금이라도 다스리겠다. 그런 아들이 딱히 생각 없다고 하지만 뭐라도 먹여야 한다. 새벽부터 달려오느라 당신들은 아침을 걸렀지만, 내 속을 채우는 것보다 진 빠진 아들을 위해 뭐라도 먹어야 마음이 놓이겠다. 마침 김해 시내로 가는 버스가 때맞춰 왔다.

김해시장은 넓었다. 3일과 8일에 서는 장날에는 도로 구분 없이 커다란 시장터로 변하지만 기본적으로 도로 옆에는 상설시장으로 늘 열리는 곳이다. 장날은 아니어도 재래시장은 언제보아도 활기차고 볼거리가 많다. 훈련과 기합으로 군기가 바짝 들었어도 상인들이 외치는 소리에 자세가 흐트러지면서 침샘이 돈다. 먹고 싶은 요리가 생각났다. 배고파서가 아니라 그냥 입에서 당기는 음식이다.

"저기, 인절미나 가래떡이 먹고 싶은데요."

"아, 그래."

당신들은 새벽에 출발하느라 사실 아침도 제대로 들지 못했다. 시장터에 들어서서야 배고픔을 느꼈지만 먼저 아들이다. 국밥이라도 얼른 말아먹고 싶어도 아들이 먹고 싶은 것을 찾을 때까지 기다렸다. 다행히 밥은 아니지만 평소에 좋아하던 떡이다. 부모와 자식이 다 좋아한다. 떡집은 시장 안에 들어서서 얼마 지나지 않아 나타났다. 여느 떡집과 똑같다. 온갖 떡이 먹음직스럽게 접시에 담아 진열대에 올려있었다. 하얀 팥소로 만든 인절미가 눈에 들어온다. 강호는 콩가루로 버무린 인절미보다 팥소로 만든 인절미가 더 맛있다. 그래도 구색을 맞추려고 콩가루와 팥소로 만든 인절미 두 접시를 시켰다. 사실 좀 전에 먹은 아침 식사량을 생각하면 한 접시도 많다. 아무래도 새벽에 출발하신 부모님을 생각해서다. 그런데 차려놓은 떡을 부모님은 쳐다만 보시고, 강호가 혼자 다 먹었다. 부모님 드시라고 하면서도 한 점 두 점 먹다 보니 두 접시를 먹었다. 혼자서….

"아이고, 얘야. 체하겠다. 여기 물 마시며 천천히 먹어라."

당신들은 배고픔도 잊었다. 그냥 자식이 눈앞에서 허겁지겁 먹는 것만 봐도 배부르다. 이제야 흐뭇하면서도 안쓰럽다.

'얼마나 배고프면 저렇게 잘 먹을까?'

"밥 생각 없다더니 잘도 먹네."

"그냥 떡이 먹고 싶었어요. 밥 배하고 다른가 봐요. 그나저나 아침 식사 못하셨잖아요?"

배가 부르니 그때서야 생각났다. 자식 먹는 것에 흐뭇하게 쳐다보는 부모만 보았지, 당신들이 아침까지 굶었다는 생각은 미처 못 했다.

"아냐, 우리 걱정하지 말고 또 뭐? 먹고 싶은 거 있으면 말해라."

군대에서는 방금 먹어도 돌아서면 배고프다. 지금 그렇다. 떡 두 접시를 먹고서도 통닭집을 지날 때 그냥 지나치지 못했다. 특히 훈련받으며 먹고 싶던 통닭이다. 기름에 튀긴 통닭 냄새는 방금 전에 먹은 인절미를 까먹었다. 분명 배불러서 일어났는데…. 한 마리를 뜯고서야 더 이상 들어갈 공간이 없어졌다. 그래도 모른다. 먹고 싶은 요리가 생각나지 않아서 그렇지, 만약에 눈앞에 보인다면 또 시작할지도 모른다.

"아니, 훈련받느라 많이 배곯았나 보구나?"

"그냥, 배는 부른데도 들어가네요. 마음이 편해서 그런가? 요즘 군대는 자율 배식이라 먹고 싶은 데로 먹어요."

군인 특히 교육생은 '춥고 배고프고 졸리다.'라고 하는데, 배부르니 졸린다. 특별히 놀러 갈 곳도 없고, 가까운 여관에서 부모님과 함께 투숙했다. 사실 훈련받으며 있었던 얘기를 해본들 할 말이 없다. "편하게 훈련 잘 받고 있으니 아무 걱정하지 마세요."하고 싶어도 직접 눈앞에서 흙투성이로 뒹구는 모습을 보셨으니 뭐라고 말하나? 잠시 눈 붙이며 쉰다는 것이 저녁 귀대 시간이다. 누워 자는 모습이 측은해 보여서 조금이라도 더 자라고 깨우지 않으셨다. 당신들은 혹시라도 귀대 시간에 늦을까 봐 눈도 못 붙이고 계셨다. 아들 배불리 먹을 때에 조금 떼어먹은 것이 오늘 하루 식사량 전부지만 배고픔도 잊고 옆에서 지켜주셨다.

새벽에 와서 혹사당하는 아들을 보아야 했고, 게걸스레 먹어대는 모습에 눕자마자 떨어져 잠든 자식을 지켜보셨다. 집에서 출발하여 꼬박 하루 걸려서 반년 만에 만난 아들 모습치고는 너무 측은하다. 부모님은 올 때보다 더 심란한 마음으로 부산 가는 버스를 타고 가셨다. 부산역에서 막차라도 있으면 다행이지만, 또다시 여관방 신세 질 것이 뻔하다. 연로하신 부모님께 못 볼 꼴만 보였고 짠한 마음만 가득 심어놓은 하루였다.

사실 모처럼 부모님 만난 자리에서 수정 씨 얘기를 할까도 싶었다. 그러나 아들 보고 싶어 그 멀리서 오셨는데, 차마 입이 떨어지지 않았다. 연상에 그것도 5년 차이를 극복하기에는 아무래도 시간이 필요하다. 그녀에게는 자신 있다고 얘기했지만 막상 부모님을 대하니 입안에 침만 바짝바짝 마르고 애꿎은 떡만 축냈다.

부모님이 다녀가신 첫 외출 이후로는 매주 일요일마다 외출이 허용되었다. 특별하게 교육시간이나 훈련 중 잘못해서 외출금지 명령만 안 받으면 되었다. 대부분은 저녁식사 후 구보에서 낙오되거나, 교육 시간 중에 졸다가 지적당한 경우다. 그런데 강호는 엉뚱한 일로 외출 금지를 당했다. 딱 한 번이지만 재수 없어서? 아니면 쓸데없는 오지랖? 하여튼 강호 잘못은 아니다.

한겨울이라 저녁 식사 후 7시부터는 생활관 입구에 보초 근무를 선다. 다음날 기상 시간까지 두 시간 간격 교대근무다. 제일 좋은 시간대가 첫 번째다. 한창 잠들고 있을 때에 일어나지 않는 것도 좋지만, 더 좋은 것은 식사 후 매번하는 연례행사에서 빠진다는 특혜다. 근무자는 당연히 구보에서 열외다.

마침 재수가 좋으려니 한창 추운 날, 다른 동기생들은 저녁 마치고 단독군장 구보할 때, 첫 번째 보초 근무를 섰다. 근무만 아니었으면 저 무리에서 헐떡거리며 뛰고 있겠지 하는 생각으로 보초를 섰다. 보초라 하지만 사실 초소가 있는 것도 아니다. 생활관에서 50m 정도 떨어져 있는 연병장 끝자락 입구에서 서성거리는 것이 전부다. 사방이 확 트인 길바닥에서 실탄도 없는 M1 소총 들고 보초라고 선다. 엄동설한의 초저녁이라 해도 구보할 때는 땀이 나지만 별다른 움직임 없이 서 있으려니 슬슬 춥기도 하고 심심하다. 입구에서만 서성거리던 행동반경을 좀 더 넓혔다. 그런데 그동안 안 보였던 불빛이 보인다. 생활관 쪽 샤워실에서 흘러나오는 불빛이다. 누군가 마지막 나오면서 소등을 안 한 모양이다. 보초 근무는 외부로부터의 경계가 우선이겠지만 안에서 일어나는 일도 파악해야 한다. 국민의 세금으로 국방비를 충당하면서 한 푼이라도 아껴야 할 마당에 쓸데없이 켜 놓은 전등을 꺼야했다. 근무자라면 당연히 해야 할 일이다. 샤워실에 들어가 전등을 끄고 나왔다.

하필 그때다. 샤워실에서 나오는 모습을 이제 막 구보 마치고 들어오는 구대장이 봤다.

"야! 보초! 너 뭐야?"

"넷! 96번 박강호 후보생!"

"야 인마! 보초가 왜 거기서 나와?"

무어라 변명의 여지도 없다. 달려오자마자 군홧발이 날아와서 정강이를 걷어찬다. 서너 번 걷어차더니 지시봉으로 앞가슴을 찔러대면서,

"야! 박강호 후보생! 동기들은 구보하느라 땀 빼고 있을 때, 보초

가 자리를 이탈해서 따뜻한 곳에 있다 나와!"

가슴을 찔러대는 통에 '허억 허억'만 한다. 변명을 해 본들 거짓말 한다고 더 화만 북돋을 것 같다. 사실 잘못이라면 보초가 자리를 이탈한 것은 맞다. 그러나 구대장이 말하는 '추워서 따뜻한 곳에 있었다.'는 아니다. 선의의 행동이지만 보는 시각에 따라 의도하지 않은 결과가 나올 수 있는 곳이 군대다. 군홧발로 차이고 앞가슴에 멍이 생길 정도로 찍히면서 다가오는 일요일 외출 금지 딱지까지 받았다. 첫 번째 근무라서 재수 좋았다고 생각했는데 재수 없는 하루였다.

일요일 어쩌다 외출 금지로 못 나갔지만 자주 못나가는 동기가 몇 있었다. 이들에게는 외출 금지뿐만 아니라 벌칙이 별도로 있다.

공병답게 땅파기다. 말이 땅파기지 한겨울에 삽 한 자루로 땅을 파는 일은 고역이다. 더구나 땅을 누구 무덤 파듯이 마구잡이로 파는 것도 아니다. 가로세로 30센티미터에 1미터 깊이로 파야 한다. 위에서 내려 봤을 때 정사각형 기둥이 땅속에 박혀있다고 보면 된다. 구멍이라도 크면 삽으로 파면되겠지만 30센티미터 크기의 사각형 모양을 유지하면서 1미터 깊이로 파 내려가려면 결국 숟가락이나 나뭇가지를 이용할 수밖에 없다. 엄동설한에 꽁꽁 언 땅을 헤집고 파려면 족히 반나절은 걸린다. 끝날 때에는 아무리 추운 날이어도 온몸에서 김이 모락모락 오른다.

그런데, 이런 사역을 어쩌다 한 번 걸리는 게 아니고, 매주 땅 파는 동기가 두 명 있었다. 이 두 명은 주말이면 의례히 삽 들고 땅 파는 일이 일과다. 일요일 대부분의 동기는 외출하고 텅 빈 연병장 구석에 대여섯 명이 나란히 줄 서서 땅을 팠다. 두 명은 특별한 사유가 없는 한 꼭 그곳에 있었다. 이들이 매번 외출 금지에 땅 파는 곤욕을 치루는 사유는 한가지다. 매일 저녁마다 실시하는 단독군장 구보 때문이다. 아무리 동기들이 군장을 대신 들고 뛰어도 교정을 몇 바퀴 돌다 보면 뒤로 처져서 결국은 구대장 눈에 띄었다. 구보는 한두 번의 체력단련으로 극복되는 문제가 아니다. 매일 반복되는 낙오자 신세는 휴일에 땅 파는 일로 연결되있다. 이것도 나중에는 요령이 생겨서 지난주에 파놓았던 자리를 잘 표시해 두었다가 다시 팠다. 처음에는 반나절 걸리던 벌칙이 한 시간이면 충분하다. 너무 빨리 끝내서 점검받으러 가면 이상하게 생각한다고 내무반에서 놀다가 더운물로 세수하고 보고하러 가는 노련함이 생겼다. 그중에 한 명이 같은 내무반이다. 외출하지 않고 있을 때는 같이 장기, 바둑 두면서 시간을 보내주는 전우였다.

그러던 어느 몹시 춥던 일요일, 그날도 특별하게 할 일이 없어서 내무반에서 장기를 두고 있을 때다. 강호를 찾는 자가 있다며 면회실에서 연락 왔다.

혹시 수정 씨가 아닐까 하는 기대는 했지만 정말로 그녀가 있으리라고는 생각을 못했다. 검은색 털외투를 입고 앉아 있는 수정 씨가 보였다. 깜짝 놀랐다.

"어! 어떻게 된 거요?"

"헤헤헷. 다행히 안 나가고 있었네. 깜짝 놀라게 해주려고."

"아니, 내가 나갔으면 어쩌려고요."

반가우면서도 놀랍다. 편지로 수정 씨 없는 외출은 재미없어서 나가기 싫다고 보냈었다. 사실이 그랬고 그래야 받아보는 그녀도 행복할 것 같아서다. 그렇다고 아무런 예고도 없이 찾아오리라고는 꿈에도 몰랐다.

"요즘, 겨울방학이잖아. 마침 친구들끼리 부산 놀러 가자고 해서 왔다가, 나만 살짝 빠져나왔어."

"친구? 누구?"

"아니 대학 친구들이야. 강호는 모르지."

"그럼 바로 가는 거요?"

"아냐. 그 친구들은 내일 올라가니깐, 오늘은 강호하고 같이 있을 거야."

"하하하. 그래요. 하여튼 반갑네요."

친구들과 내려왔다가 보고 싶어서 왔단다. 애당초 떠날 때부터 강호 만나러 내려왔다. 혹시라도 외출했으면 어쩌나 하면서도, 한편으로는 깜짝 놀라게 해주고 싶었단다.

"헤헷. 정말로 기뻐?"

"하하하. 그럼요. 생각지도 못했죠. '을숙도'라고 가봤어요?"

"아니, 친구들도 거기 얘기하던데."

"그래요? 낙동강 하구에 있는 섬인데 갈대숲으로 유명한 곳이에요. 여기서 가까워서 동기들과 몇 번 갔었어요."

"그럼, 거기 가볼까? 혹시 친구들도 볼 수 있을지 몰라."

갈대숲에는 천막으로 꾸민 집도 있고, 함석을 지붕에 올려 제대로 지어놓은 집도 있었다. 대부분이 술집이다. 안주로는 각종 전 부침이 많지만, 낙동강 하구이니만큼 강에서 잡은 어패류로 지지고 볶고 데친 안주가 대부분이다. 술을 너무 많이 마시면 안 된다. 적당히 마셔서 저녁점호시간에 들키지 말아야 한다. 밝은 바깥과는 다르게 어두침침한 방을 꾸며 놓고 장사하는 집으로 들어갔다. 동동주 한 병에 조갯살 무침을 시켰다.

"그래, 우리 못 본 지 얼마나 되었죠?"

"지난 10월에 만났으니 벌써 3개월이나 됐네."

"처음에는 못 보면 죽는다고 하더니, 이제는 참을 만한가요?"

"참기는, 그냥 그러려니 하니깐 견디고 있지. 다른 방법이 없잖아. 강호는 나 안보고 싶었어?"

"하하하. 매일 같이 꿈속에서 만나게 해달라고 빌면서 잡니다. 그러면 정말로 나타나요. 옷 벗은 채 수정 씨와 껴안은 모습."

"호호호. 에이, 누가 들어요."

"들으라 하죠 뭐."

꿈속에서 그리던 키스를 퍼부었다. 진한 향기가 묻어나온다. 달콤한 키스가 길어지면서 지난번 부모님 오신 이후부터 느꼈던 갈등이 해소된다. 사실 부모님이 다녀간 이후로 수정 씨에 대한 열기가 조금은 식었다. 그전에는 하루라도 빠지면 큰일 난 것처럼 편지가 오고갔었다. 하루 이틀 미루다 보니 일주일 만에 쓴 적도 있었고, 그녀 편지도 뜸하기는 마찬가지다. 글 속 내용이 예전보다 식었음을 감지할 수 있었다.

"지난번에 부모님이 면회 오셨어요. 그런데 말을 못했어요."

"무슨 말? 헤헤."

뻔히 무슨 말인지 알 텐데, 생글거리면서 되묻는다.

"수정 씨하고 결혼하겠다는 얘기요."

"호호호. 너무 조바심 갖지 말아요. 강호 마음이 중요하잖아."

"하하하. 내가 한 말은 책임을 져야죠."

사랑하는 마음이 식지는 않았다. 보고 싶은 마음이야 당장이라도 올라가고 싶다. 막상 부모님께 말하려니 걱정이 앞서서다. 걱정하면 할수록 그녀를 향한 마음에 갈등이 생긴다. 이성이 서서히 감정을 누르고 있었다. 그동안 너무 감정에 휘말려서 현실을 도외시한 것은 아닌지? 5년 연상의 여인을 정말 부인으로 맞이할 수 있을까? 하는 회의에 빠졌다. 그런 갈등을 은연중에 글로 써서 보냈고, 그녀도 그동안 많은 생각을 했을 것이다.

"강호, 나를 책임지기 위해서라면 고민하지 말아요."

"아뇨, 책임이 아니고 사랑입니다. 사랑하기 때문에 책임진다는 거예요."

"그 말도 싫어요. 책임진다는 말은 싫어요. 그냥 사랑하기 때문이라면 몰라도…."

"맞아요, 그냥 사랑하기 때문에…."

사랑하기 때문에는 모두가 포함이다. 사랑하기 때문에 사랑한다. 눈앞에 여인을 두고 잠시라도 고민했던 지난 시간이 미안하다. 서로 사랑하면 된다. 여기까지 내려온 수정 씨가 고맙다. 친구 따라 내려왔다고 하지만 그동안 고민하던 감정을 때맞춰 없앴다.

"호호호. 여기 정말 멋져요. 근데 남자들끼리만 오면 정말 쓸쓸하겠다."

"하긴 그래요, 동기들끼리 두 번 왔었나? 연인끼리 있는 모습이 되게 부러웠는데, 하하하 이제 소원 풀었네요."

"호호호. 이게 소원이면 자주 내려와야겠다."

"저야 좋지만, 에이, 너무 멀어요."

"왜? 여기서는 외박 없어요? 외박하는 날 내려오면 좋을 텐데."

"이제 2개월만 지나면 임관돼서 올라갈 텐데요, 뭐."

"호호. 벌써 그렇게 됐나? 어디로 갈지는 모르죠?"

"하하. 그거는 그때 가봐야 알아요."

"서울 근처로 오면 좋겠다. 그러면 매주 면회 갈 거야."

"하하하. 그런 의미에서 우리 파이팅합시다. 우리의 만남과 사랑을 위해서!"

"위하여!"

막걸리 잔을 들어 올려서 모처럼 신나게 마셨다. 5년 연상이 대수냐? 서로 사랑하는데…. 사랑을 확인하고 헤어졌다. 굳이 사랑한다며 더 이상 말할 필요도 없다. 몸으로 사랑을 느꼈다.

삐삐익!

[전 중대원은 지금 즉시 단독군장 팬티바람으로 연병장에 선착순 집합한다.]

오늘도 어김없이 새벽 1시, 스피커 소리가 울려 퍼지고 화들짝 놀란 동기생들은 잠자다 말고 튀어 나갔다. 하다못해 입었던 상의 메리야스도 벗어 던지고 팬티만 입은 채다. 맨살에 단독군장이다. 철모에 허리춤에는 수통까지 매달은 탄띠를 두르고 M1 소총으로 '앞에 총' 하면서 튀어나갔다. 선착순 10명은 언제나 바로 들여보내지만, 나머지는 엄동설한의 혹한기 새벽 1시에 기합이다. 양팔 거리로 벌려서 차렷 자세로 매번 한 시간은 서 있어야 끝난다. 몸에 걸친 것이라고는 팬티 한 장. 그나마 철모 쓴 머리는 덜 춥지만, 온몸이 언다. 낙동강 강바람까지 부는 날에는 온몸이 얼다가 오금이 저려서 저절로 떤다. 그런데 차렷 동작에서 조금이라도 움직이면 바로 응징이다. 꽁꽁 언 맨땅에 팬티 한 장 달랑 걸친 맨몸으로 기어야 한다. 몸에서 나는 열기로 언 땅을 녹이며 포복을 하다 보면 팔꿈치나 무릎은 깨지기 일쑤다.

그렇게 한 시간 기합을 받은 후에는 모포 속으로 들어가 잠을 청해도 금방 잘 수가 없다. 온몸이 얼어서다. 몸이 스스로 떨면서 내려갔던 체온을 올려야 한다. 잠을 자야 한다는 나의 의지와는 관계없이 사시나무 떨듯이 온 몸이 저절로 떤다. 너무 추우면 이빨을 악물고 있어도 "으으으." 하는 소리만 나온다. 그렇게 또 한 시간은 흘러야 잠을 잔다. 새벽 3시다.

스피커 소리가 매번 1시에 나는 것도 아니다. 어느 때는 12시, 아니면 2시도 있다. 그러니 저녁점호 끝나고 10시에 취침한다고 해도, '빰빠라'가 언제 울려 퍼질지 몰라 긴장한 상태로 자야 한다. 선착순 10위권에 들려면 깊이 잠들어서는 안 된다. 당연히 '빰빠라'가 끝나야 맘 놓고 잘 수 있다. 그래봤자 서너 시간이다. 이런 과정을 이틀에 한 번꼴이다.

교육생이 무슨 잘못을 했다면, 기합치고는 악랄하지만 그런대로 덜 억울하다. 그런데 잘못해서가 아니다. 그냥 '악'을 키워야 한다며 한 밤중에 냉동인간을 만들었다. 그러던 어느 날 '악'도 알맞게 키워야지 잠도 못 자고, 밤마다 떨어야 하는 '빰빠라'에 제동을 걸기로 했다.

교육생이 반항할 수는 없고, 악마 같은 구대장을 내쫓으면 된다. 쫓는 방법은 구대장 역할에 흠집을 내는 일이다. 그것도 아주 큰 일… 집단 식중독이다.

저녁점호가 끝나면 매일 빵을 나눠줘서 먹고 잤다. 이 빵에 문제가 생기면 당연히 구대장 책임이다. 그날은 나눠준 빵을 먹지 않고 몰래 보관했다. 일주일이 지난 D-day날, 숨겨 두었던 빵을 전 동기생이 먹었다. 물론 빵은 푸른 곰팡이에 '쩌어쩍' 늘어지는 실 곰팡이까지 완전히 썩은 빵이다. 구대장을 쫓아내겠다는 염원으로 부스러기 하나 안 남기고 썩은 빵을 전부 먹었다.

다음 날 아침, 전 중대원이 식중독에 걸려서 화장실에 들락거리며 아침 점호도 못할 정도로 아파야 했다. 그래야 구대장이 쫓겨나고 '빰빠라'를 면할 수 있다.

그런데, 아무도 아픈 사람이 없다. 썩은 빵을 먹은 그 많은 동기 중에서 배탈이거나 설사라도 생겨서 화장실 찾는 동기가 한 사람도 없었다.

'악'을 키우는 구대장을 쫓아내려고 했지만, 교육생의 몸속에는 이미 '악'이 키워져 있었다. 돌멩이를 먹어도 씹어 삼킬 수 있는 악바리가 되어 있었다.

국방부 시계는 아무리 훈련이 고되어도 지나갔다. 드디어 대한민국 육군 장교로 임관했다. 훈련 36주 만이다. 강호가 배치 받은 곳은 부산이다. 서울 근교로 배치되기를 기도했건만 오히려 제일 먼 곳이다. 강원도 심심산골 철책선 지뢰 매설하는 부대는 아니라서 다행이지만 수정 씨를 보려면 하루가 걸린다. 부산에 있는 군수사령부가 첫 근무지다. 전투와는 전혀 관계없이 전군의 군수물자를 취급하는 부대다.

임관식후 자대로 이동할 시간도 필요하고 나흘간의 휴가를 줬다. 그러나 소위 임관 후 첫 부대로 배치된 군수사령부 사령관에게 신고식 할 때 탈영자로 보고될 뻔했다. 나흘간의 휴가 중에 생긴 일 때문에….

10. 충격 발표

따르릉. 따르릉.

전화벨 소리에 일어나 시계를 보니 새벽 5시다. 약간 짜증 난 목소리로 말했다.

"여보세요?"

"강호냐? 나 형이다. 둘째 형!"

"어? 어떻게 알고?"

지난밤 수정 씨와 걷다보니 변두리 외딴곳에 찾아든 여관이다.

"야! 너 있는 곳 찾느라 밤새 찾았다. 잔말 말고 지금 당장 나와. 지금 그 여자하고 같이 있냐?"

"그건 왜요? 할 말 없으니깐 끊어요."

"야! 강호야! 집안을 발칵 뒤집어 놓고 잠이 오냐?"

"나는 할 말 다 했어요."

"너만 말 다 하면 끝이냐? 형도 할 말 있으니깐 만나자. 조금 있다가 거기 앞으로 갈 테니 내려와라. 네가 지금 피한다고 될 일이 아니잖아?"

"알았어요, 그럼 이따 7시에 제일극장 앞에서 만나요. 형만 나오는 거죠?"

"알았다. 나만 나간다."

임관식 끝내고 나흘간의 여유를 줬다. 이동 시간도 필요하지만 집에서 약간의 휴식을 취하라는 뜻이다. 당연히 수정 씨에게 연락했고 휴가 이튿날 그녀가 시골로 달려왔다. 기차역에서 만나자마자 긴 포옹이다.

"수정 씨, 오랜만이네요?"

"그래요, 그렇게 사복 입고 있으니깐 이제는 몰라보겠네."

"하하! 군바리 티가 나나 보죠?"

"호호호. 머리가 완전히 군인 머리인데 뭘 바래요."

역에서 그리 멀지 않은 조용한 식당으로 찾아갔다. 방이라도 있으면 좋으련만 그냥 훤한 홀이다. 조금 이른 시간이라 손님이 없지만 구석진 테이블에 앉았다. 주방에서 좀 떨어져서 손이라도 마음껏 만질 수 있는 곳이다. 눈치를 살피면서 키스를 하려니 선물이라면서 건네준다.

"임관식 때 가려고 했어요. 학교 입학식과 겹쳐서 못 갔으니깐 미안, 그리고 이거 임관기념 선물…. 별거 아냐."

예쁘게 포장한 상자를 뜯어보니 평소에 갖고 싶어 하던 '몽블랑' 만년필이다.

"하하. 고마워요. 그런데 그날 부모님이 오셨어요. 어쩌면 안 오시기를 잘했는지도 모르죠. 아니면 오히려 기회였나?"

"공연히 좋은 날에 내가 끼어서 이상할 뻔 했네…."

"모르죠? 그냥 여자 친구라고 자연스럽게 넘어 갈 수도 있었는지?"

"그게 말이 돼? 거기가 어딘데…."

"어떻든 좋은 날이라, 뭐라고 하지는 않았겠죠."

"우리, 그 얘기 고만하고 다른 얘기 할까?"

애인, 더 나가 결혼할 상대라면, 임관식 때 찾아가서 축하하는 것은 당연한 일이고, 부모님께 소개하면 더 기뻤을 일이다. 그런데 오히려 부모님을 피해야 할 연인이다.

수정은 속상하다. 떳떳하게 사랑하는 여인이라고 나서지 못하는 처지가 씁쓸하지만 그보다 강호 태도가 불쾌하다. 예전에는 당당하게 부모님과 맞서서 결혼할 것처럼 말하더니 이제는 소개조차도 피하는 느낌을 준다. 저절로 안색이 어두워 보였나 보다.

"알았어요. 이번에 부모님께 인사드리죠? 아예 결혼할 사람이라고 선포하겠습니다."

"정말!"

"그래요! 마침 오늘 부모님이 다 계시니깐 저녁 식사 대접하면서 말씀드립시다."

"정말? 그렇게 할 수 있어요?"

반신반의하면서 믿을 수 없다는 표정이다. 그러나 한번 뱉은 말. 분위기에 한발 앞섰다.

"왜? 걱정되세요? 어차피 한 번은 겪어야 할 일이잖아요."

"그래요."

잠시 후에 벌어질 사태가 어떻게 진행될지 궁금하고 긴장된다. 전쟁터에 나가는 연인이 서로 손잡고 기도하듯이 그렇게 손을 잡은 채 눈만 쳐다봤다. 이제는 결단내야 한다는 운명의 순간이다. 여기까지 많은 시간이 흘렀지만, 사랑은 영원하기를 빌면서….

말없이 바라보는 그녀의 얼굴에는 강호를 향한 연민의 정으로 가득하다. 파르르 떨리는 입술은 오히려 비장함을 느끼게 했다.

수정 씨는 식당에 그대로 앉아 있으라 하고 부모님한테 찾아갔다. 긴히 할 말이 있으니 함께 식사하자면서 모셨다. 소위 계급장을 단 아들의 모습만 보아도 흐뭇하던 부모님은, 무슨 좋은 일이 있나 싶어서 가벼운 마음으로 따라오셨다. 어머니는 그리 멀지않은 거리를 걸으면서도 아들의 듬직한 모습을 지나가는 모든 사람에게 자랑하고 싶다. 삼 형제 중에서 막내인데도 그중 믿음직한 아들이다. 기분이 좋으실 때는 이름을 부르지 않고 막내라고 불렀다.

"얘, 막내야. 소위면 거 뭐시기냐? 소대장 되는 거냐?"

소대장이라는 단어에 힘이 팍 들어갔다. 그래도 성이 안 찼는지,

"그 왜 여기 왔다 갔다 하는 군인들 말이다. 졸병들이 다 네 밑에 있는 거지?"

머릿속에는 잠시 후에 어떻게 말을 꺼낼까? 고심하느라 뭔 말을 하는지 들리지 않았다. 대답을 하거나 말거나 당신은 아들이 저녁 사겠다고 함께하는 이 순간이 그저 행복할 뿐이다.

자리에 앉아 잠시 물 한 잔으로 목을 축이고 있을 때, 멀찌감치 창가에 앉아있던 수정 씨를 불러서 결혼할 사람이라고 소개했다.

"잠깐, 강호야! 지금 뭔 얘기인지? 여기 선상님은 예전에 너 자취

할 때 그분 아녀?"

"네, 맞아요."

"아니? 그러면 너하고 나이 차이가?"

"그래요, 저보다 5살 연상입니다."

"…"

혹시나 싶었는데 5살 연상이란다. 그때까지도 아버지는 아무런 말씀이 없었다. 묵묵히 아들과 그녀를 쳐다볼 뿐이다. 어머니는 예전에 우유배달 건으로 만났기에 금방 알아보셨지만, 아버지는 그때까지도 무슨 영문인지 모르셨다. 어머니는 갑자기 말문이 막히고 억장이 무너져서 여자 쪽은 아예 쳐다보지도 않고 따라놓은 물 잔만 만지작거린다. 그렇게 한동안 말없이 있었다. 더 이상 할 말이 없다. 결혼할 여자라고 소개했으니 궁금하면 물어보라는 투로 고개만 숙이고 있었다. 답답한 것은 부모님이시다.

"아니? 왜, 뭔 말이라도 해야 할 거 아뉴, 아직 모르셔유! 야가 자취하던 집에 제일 큰언니라고 선상님 계셨잖우. 지금 그 선상님 이잖아유."

어머니는 못마땅한 말투로 아직도 상황 파악을 못하고 계시는 아버지께 설명을 하면서도 딱히 뭐라 할 말이 없겠다 싶어서,

"얘야, 강호야. 무슨 얘기인지 알았고, 이제 밥이나 먹지? 얼릉 뭐 시켜라. 간단히 빨리 나오는 게 뭔지 그거 시켜라."

가타부타 더 이상 질문도 없고, 오로지 이 자리를 피하고 싶으신 모양이다. 분명 저놈이 뭐에 씌어서 저렇지, 미치지 않고서야 이럴 수 없다. 5년이라니 말이 돼. 내 자식이 어떤 자식인데 저렇게 한창

늙은 여자한테 줘. 음식을 기다리면서도 아버지는 머리를 뒤로 젖힌 채 눈감고 계셨고 어머니는 아버지 눈치 보면서 의자에서 일어나고 싶어서 안절부절못하셨다.

주문한 음식이 나왔지만, 부모님도 그렇고 식사할 상황이 아니다. 몇 수저 깨작거릴 뿐이다.

"선상님, 미안한데 식사할 경황도 아닌 것 같고, 아들과 좀 할 얘기가 있으니 오늘은 그냥 여기서 헤어질 수 없나유?"

이런 황당한 자리를 만든 막내에게 서운하고 괘씸한 것을 생각하면 당장이라도 뭔 얘기냐며 호통을 치고 싶어도 선생님이라니 충분히 이해하리라 믿고 말했다.

"어머니, 무슨 얘기 하시려고요. 수정 씨는 오늘 저하고 같이 있을 겁니다. 지금 무슨 말씀을 하셔도 저는 변하지 않을 겁니다."

어디서 이런 용기가 생겼는지, 처음 말하기가 어려울 뿐이다. 부모님께 드리는 말이지만 오히려 수정 씨가 들으라는 말이고 강호 자신에게 하는 다짐이다. 그동안의 굴레에서 벗어나 시원하게 갈등을 날려 보냈다. 그때까지 조용히 상황만 지켜보던 아버지가,

"강호야, 오늘은 네 말을 들은 것으로만 해두자. 그리고 아가씨도 서울이라면서 이제 올라가야 되지 않나요?"

아버지 말에는 어쩔 도리가 없다. 사실 첫술에 배부를 수는 없다. 이제 확실히 알려드린 것으로 충분하다. 여기서 허락받으리라고는 애당초 없었다. 부모님을 먼저 들어가시게 하고, 수정 씨를 기차역으로 배웅했다. 그런데 자고 간단다.

"강호, 나 오늘 여기서 자고 갈래."

"아니, 왜요?"

"오늘, 강호 모습이 너무 좋았어요. 호호호."

봄이라고는 하지만 밤 날씨는 아직 쌀쌀하다. 가벼운 봄옷만 입은 수정 씨에게 입고 있던 잠바를 걸쳐주고 시내에서 조금 벗어난 여관을 찾았다. 좀 전에 부모님과의 상견례는 예정한 일은 아니었지만 어떻든 뿌듯하다. 해야 할 일을 이제 시작했을 뿐인데 당당하다.

"아무래도 부모님은 찬싱하지 않을 거예요."

"그래도 끝까지 설득해야죠. 언제는 뭐? 찬성하시리라 생각했나요?"

"아까, 나 어머니가 그냥 서울로 올라가라고 할 때 울 뻔했어요."

"그래서 자고 간다고 한 거예요?"

"이 상태에서 그냥 가면 너무 슬플 거 같아서…."

"그래요, 잘했어요. 이렇게 껴안고 있으니 슬퍼하지 말아요."

그러면서 잠을 청한 것이 몇 시간 전이다.

그녀에게는 잠시 후에 돌아오겠다 하고 약속 장소인 제일극장 앞으로 나갔다. 형이 먼저 나와서 기다리고 있었다. 발 아래에 담배꽁초가 여럿 있는 것을 보아하니 기다린 지 꽤 된 모양이다.

"지금 오냐?"

"네. 많이 기다렸어요?"

"저기 해장국집 가서 술이나 하자."

극장 앞에서 멀지 않은 곳에 새벽 일찍 문 여는 술집이다. 이른 아침이라 손님이라고는 둘 만이다. 안주 나오기도 전에 소주 서너 잔을 말없이 마셨다. 서로 무슨 말을 먼저 꺼내야 할지 어색하다. 두 병째 소주를 마시면서 겨우 말문이 트였다.

"내가 어제 늦게까지 술 마시고 집에 왔더니, 부모님이 한 걱정하시더라. 네가 누구 데려왔다며?"

"네."

"뭐, 들으니깐 네가 예전에 자취하던 집 딸이라며? 그것도 큰딸."

"네."

"그런데, 강호야. 왜 하필 큰딸이냐? 다섯 살 연상이라며?"

"어쩌다 보니, 그렇게 됐어요."

사실 '나자리노' 노래부터지만, 어쩌다 보니 여기까지 왔다. 그것을 어떻게 말로 표현할 수 있을까? 사랑이라는 묘약이 아무도 모르게 다가온 것을….

"왜? 그 여자한테 물렸냐?"

"아뇨! 내가 먼저 좋아서 그렇게 된 거요."

"그 여자도 너를 좋아하고?"

"그러니깐, 여기까지 온 거죠."

소주를 두 병째 비우고 나니, 서서히 마음에 담았던 얘기가 나온다. 안주라고 시킨 두부김치는 아직 손도 안 대서 깨끗하다.

"강호야, 그거 생각해 봤니? 네 큰형이 그 여자보다 한 살 어리다. 그리고 큰형수는 세 살 아래고, 작은형수나 나는 어떻고, 그 여자가 우리 집에 들어오면 어떻게 되겠냐?"

"그래서 저도 고민한 거요."

"고민하기는 했구나. 그러면 아예 처음부터 좋아하지를 말았어야지. 지금 와서 이게 뭐냐? 부모님이 어젯밤부터 나보고 너 말리라고 보통이 아니다. 밤새 한잠도 못 주무시더라."

"저도 많이 생각했어요. 어차피 제 인생이잖아요?"

"그래, 네 인생은 맞아. 하지만 어떻게 부모·형제가 있는데 네 인생만 중요하냐? 같이 얼굴 보고 살지 않을 거야?"

좀 전의 나긋하던 목소리가 변했다. 사정하면서 설득하려 했지만, 도대체 씨알이 안 먹힌다. 그래도 남자끼리 얘기하면 뭔가 통하리라 믿었지만 아니다. 동생이라고 예전처럼 쥐어박으면서 윽박지를 수도 없고, 더구나 남녀 간의 문제라 조심스럽다. 그러나 한 가족으로 받아들이기에는 도저히 용납이 안 된다.

"그냥 그 사람도 그러더라고요. 형수들한테 깍듯이 형님이라고 할 거라고…."

"나이를 모르면 몰라도 뻔히 알면서 그게 그렇게 쉽게 받아들이냐? 형수들 입장도 곤란하지."

"어떻든 저는 지금 와서 헤어질 수 없어요."

"왜? 벌써 사고 쳤냐?"

"아뇨!"

"그러면 너만 모질게 생각하면 되잖아. 어차피 그 여자는 네가 떨어지면 매달리지 않을 거다."

"누가 매달릴까 봐 그러나요? 그냥 그 사람이 좋아서 그렇죠."

"야, 너 완전히 미쳤구나."

맞다. 미쳤다. 그 여자에게 미치지 않고서야 여기까지 올 수도 없다. 그러나 형에게는 분명히 못한다 했지만, 마음 한쪽에서는 겻불

속에 감춰진 불씨처럼 갈등이 새록새록 생긴다. 형 말에도 일리가 있다. 틀린 말은 아니다. 삼 형제 중 막내의 부인이 제일 나이가 많으니 아무리 남자 쪽으로 순서를 정한다고 하지만 불편한 마음이 많겠다. 또다시 갈등이다. 그러면서 방금 전에 헤어진 그녀가 보고 싶다.

그녀는 나갈 때 모습 그대로 속옷만 입은 채 이불 속에 있었다. 결혼하겠다고 폭탄선언 한 이후에 맞은 첫날 밤이라 신혼여행 온 기분이다.

"지금 와요? 뭔 얘기에요?"

"뻔한 얘기죠. 부모님 걱정이 크시다고요."

"술 마셨나 봐요?"

"술 냄새 나요? 형하고 얘기하며 한잔했어요."

"얼른 옷 벗고 들어와요."

그런데 어젯밤에도 느꼈지만 강호한테 존댓말을 한다. 부모님 만나고 결혼이라는 현실을 느껴서 그런 것인가?

"아니, 그런데 왜 갑자기 '요요' 합니까?"

"지금부터라도 연습해야죠. 형수들에게는 무조건 형님이라고 해야 하잖아요. 그래서 강호에게도 존댓말 붙이려고요. 호호호."

"그래도, 좀 이상하네요. 하여튼 형수들한테 형님이라고 하면 그만큼 수정 씨는 젊어진 것 아닌가요?"

"괜히 나이를 그대로 말했나 봐요. 서너 살 줄여도 모르는데…."

"어차피 나중에 아는 것 아뇨? 이제 뭐 다 알게 되었지만…."

"그래도 지금 아는 것하고는 다르죠."

"자, 여기서 계속 이렇게 누워 있을 거예요?"

"아니, 조금만 더 자다가 일어나요. 어젯밤 제대로 못 잤잖아요."

하룻밤 사이에 성숙한 여인이 되었다. 체크아웃 될 때까지 버티다가 해가 중천에 있는 것을 보고서야 나왔다. 이제는 부모님도 알고 있다. 반대가 아무리 심한들 마음만 먹으면 언제든지 결혼할 나이다. 단, 아직은 결혼할 여건이 아닐 뿐이다.

부모님 걱정은 뒤로하고 시내를 활개 치며 다녔다. 그동안 말 못하며 끙끙대던 속병에서 탈피했다는 해방감? 어쩌면 다짐을 보여줬다는 성취감? 다시 봐야 할 부모와의 대응을 생각하면 가슴이 먹먹하지만, 그것은 그때의 일이다. 당장은 그녀의 행복한 웃음이 너무 좋다. 그녀의 웃음은 나의 행복이다.

저녁나절 되어서야 기차역에 배웅하면서다. 기분에 들떠서 실없는 얘기로 하루 종일 웃고 떠들더니만, 헤어질 시간이 되니깐 그녀는 그때에서야 정색하고 말한다.

"강호, 너무 염려하지 마요. 어차피 우리, 금방 결혼할 거 아니잖아요. 부모님이 뭐라 하시면 일단 들어주는 척이라도 해요. 그분들 말씀도 틀리지 않잖아요."

"뭔 소리예요? 어렵게 꺼낸 말을 금방 죽이라고요? 그리고 뭐 우리가 헤어지기라도 하겠다는 얘기예요?"

"아니, 그게 아니고 일단은 우리 사이를 알려드렸으니 잠깐 일보 후퇴해서 지켜보자는 얘기죠. 우리만 변치 않으면 되잖아요."

"알았어요. 하여튼 이제부터는 우리 결혼할 사람입니다. 허허허."

수정 씨를 가슴 가득히 껴안았다. 대합실 한가운데서….

이별의 아쉬운 여운이 채 가시기도 전에 집에 들어오자마자 어머니가 수심이 가득한 표정으로 다가오셨다.

"막내야, 나하고 말 좀 하자."

"네."

"지금까지 그 여자하고 있었냐?"

"네."

"아침에 둘째 형하고 얘기했다면서?"

"네."

또다시 반복되는 얘기에 말소리도 심드렁하다.

"네가 아직 세상 물정 모르고 젊은 나이에 그러나 본데, 조금만 지켜보자. 막내야."

"알았어요."

슬프게 다가오는 어머니 말을 더 이상 거절하기에는 마음이 아프다. 그리고 좀 전에 그녀와 한 얘기가 떠오른다.

"알았다니깐 다행이다. 하여튼 네 마음이 지금은 아플지 몰라도 나중에 네 어미 말을 이해할 거다."

"어머니, 알았습니다. 하지만 저는 그 사람을 사랑합니다."

"그래. 좋아하고 사랑하고 다 좋은데, 결혼은 안 된다. 지난번에 너 우유 배달한다면서 나한테 와서 알려줄 때 눈치챘어야 하는데…."

"어머니, 그 사람이 그래서 결국 제가 그만두었잖아요."

"아니, 그랬으면 됐지. 그 나이에 학교 선생하면서 충분히 시집갈 수 있었을 텐데, 왜 하필 너를 넘보냐?"

"제가 먼저 짝사랑했어요."

"아니, 왜? 네 주위에 여자가 없었냐? 하기야 너는 너무 착해서 조금만 잘 해줘도 마음을 뺏기더니…. 하여튼 그 여자는 안 된다."

"…."

고개만 푹 숙이고 이렇다 저렇다 할 말을 잃었다. 여기서 뭐라고 하겠나? 스스로도 어쩌다 여기까지 오게 됐는지 모르는 마당에 누가 이해를 하겠나? 그냥 사랑하게 되었다고 해본들 애들 장난으로 안다.

"강호야, 네가 집 떠나서 고생하더니 그랬나 보다. 아직은 나이도 창창하니깐 천천히 찾아보자. 하필 이런 날…. 훈련받느라 고생하다가 휴가 나와서 좋아했는데… 잘해주지도 못하고 이게 무슨 난리냐? 으흐흑."

여자 문제로 어제저녁부터 마음 졸이느라 잠 못 잔 것은 그렇다 치고, 뭐라도 잘 먹이고 편히 쉬다가 부대에 들어가게 하고 싶었는데 아닌 밤중에 이 무슨 난리인가? 생각만 해도 가슴이 짠하다. 분명 훈련받느라 정신없어서 그런 모양이다. 지난번 첫 외출 때 알아봤다. 그렇게 사람이 죽어나도록 얼빠지게 훈련을 시키니 당연히 여인을 찾았겠지. 아이고, 불쌍한 내 새끼.

"어머니, 진정하세요. 신중히 좀 더 생각할 테니 너무 마음 아파하지 마세요. 이번 일은 부모님이 반대하실 줄 알면서 처음으로 말씀드렸습니다. 그래도 그 여자를 사랑하는 것은 맞아요."

"그래, 알았다. 네가 언제 부모 가슴을 아프게 한 적이 있었냐? 너무 급하게 결정짓지나 말아라."

"네."

지금까지 살면서 부모 마음을 아프게 한 적이 없다. 형들이 사고 칠 때마다 어머니 눈물을 지켜보았기에, 강호만이라도 얌전히 부모 말씀을 따르고 성실히 살려고 노력했다. 이번 일이 어쩌면 처음으로 부모님을 슬프고 놀라게 한 사건이다. 하지만 여기서 사건이 끝나지 않았다.

다음날 오전 8시까지 군수사령부에 집결해야 한다. 오늘 저녁에 미리 내려가서 부산에서 잠자야 마음이 놓이지만, 새벽열차를 타고 가기로 했다. 부산에 7시 도착하는 열차다.

부모를 따르자니 여자가 울고, 여자를 따르자니 부모 가슴에 못 박아야 하는 울적한 마음에 중학교 때부터 친하게 지내던 친구 '돈이'를 불러냈다. 울적한 마음을 달래기에 좋은 친구다.

"이야… 장교 되더니, 멋있어 보인다. 부대는 결정된 거야?"

"어, 그래. 군수사령부라고 부산에 있어."

"뭐? 부산? 너무 편한 곳 아냐?"

"야, 군대가 편하고 자시고 뭐 있냐? 다 똑같지."

"그래도 인제, 원통보다야 좋지. 내가 ○○사단이라고 원주에 있었잖아. 서울까지 가려면 하루 걸린다. 거기에 비하면 부산은 코앞이지."

대학교를 안 가고 바로 직장 생활하던 친구는 1년 전에 병장으로 제대했다. 남자들은 군대 얘기 나오면 끝이 없다. 이제 갓 훈련 마치고 자대배치 받은 강호와 제대한 지 1년밖에 안 된 친구는 죽이 맞아서 시간 가는 줄 모르고 술을 마셨다.

술에 취하니 그녀와 부모 사이에서 선택의 기로에 선 자신이 한심하다. 그녀와 있을 때는 그녀가 최고지만, 어머니 눈물 앞에서는 자식으로 못 할 짓이다. 울적한 기분을 달래려고 마시던 술은 도가 지나쳤다. 예전 같으면 웬만큼 마셔도 끄떡없이 새벽에 일어나 기차를 탈 수 있었다. 훈련받으면서 주력(酒力)이 떨어졌는지, 아니면 울적한 기분 탓인지? 밤 10시쯤 헤어져서 집에 왔을 때는 완전 인사불성 되어서 세상모르게 늘어졌다. 다음날 새벽 열차를 타야 한다는 사실도 잊은 채….

놀란 부모는 어찌할 줄 모르다가, 결국 119에 신고해서 병원 응급실로 보냈다.

"여기요, 의사 양반! 내 자식 어떻게 해 봐유. 내일 아침까지 부대 들어가야 하는데. 아이고 큰일 났네,"

앰뷸런스에 실려 가는 차 안에서 어머니는 울고불고 난리다. 환자 상태보다 부대에 복귀해야 한다는 사실이 중하다. 응급실에 도착하자마자 신속하게 움직였다. 위 속에 있는 내용물을 호수로 뽑아내고, 손등에는 포도당 링거주사를 꽂았다. 이렇게 처방한다고 숙취가 금방 해결되는 것은 아니다. 시간이 흘러야 한다. 새벽 5시가 되어서야 억지로 퇴원할 수 있었다. 그것도 반은 혼미한 상태에서….

다행히 더블백은 미리 정리해 놓았기 때문에 집에 있던 둘째 형이 아예 병원으로 갖고 왔다. 택시 타고 기차역에 갔을 때는 예약했던 열차는 벌써 떠났고, 5시 40분 열차다. 예정대로라면 부산에 9

시 10분 도착. 빨리 서두르면 10시까지는 부대에 도착할 수 있겠다. 문제는 8시까지다. 너무 늦었다. 그러나 다른 방도가 없다. 미처 깨지 못한 숙취를 열차에 파묻고 부산역까지 곯아떨어졌다. 내려서 광속으로 택시 타고 '연산동'에 있는 사령부 정문에 도착했을 때는 9시 50분.

그 시각 군수사령부 행정처장인 권의수 대령은 오전 8시부터 이번에 신임 소위로 임관한 17명 명단을 검토하고 있었다. 국방력을 키우는 일환으로 기술병과 장교를 대학 3년 이상 수료한 자만이 응시할 수 있게 한 첫 케이스다. 모두가 본인이 택한 병과에 대해서는 전문지식을 대학에서 익힌 인재들이다. 지식은 물론 36주 교육과 훈련을 통해서 정신 무장까지 완벽하게 소화한 초급 장교이니 만큼 별다른 문제없이 신고식이 되리라 믿었다. 오늘은 장교로 임관 후 첫 근무지인 만큼 사령관인 박○○ 장군(중장)이 직접 신고를 받기로 했다. 다른 때와 다르게 아침부터 조금 신경을 쓰고 있었다.

대대장인 박경철 중령에게 신임 소위들을 행정처 본부로 모이게 한 것이 9시다. 당연히 17명의 소위들이 전부 집합하였으리라 생각하고 본부 사무실로 들어섰다. 단정한 정복 차림의 소위들이 긴장한 상태에서 일제히 부동자세를 취한다. 역시 신임 소위들의 패기가 좋았다. 그 속에 박 중령이 썩은 과일이라도 먹은 표정으로 일그러져 있다.

"권 대령님, 문제가 생겼습니다. 한 명이 아직 안 왔습니다."

"네? 무슨 얘깁니까? 지금 몇 시죠?"

그러면서 벽에 걸린 시계를 쳐다보니 9시 10분이다.

"누가 안 온 거죠?"

"공병 박강호 소위라고 종합보급창 소속입니다."

"아무 연락은 없고요?"

"네!"

"일단, 신고식부터 가르쳐주고 기다려 봅시다. 10시 정각에 사령관실에서 할 겁니다. 뭐야? 도대체. 신빵 소위가 벌써부터 정신머리 없는 거야?"

이때만 해도 조금 기다리면 나타나지 않을까? 역정을 냈을 뿐, 별다른 조치는 없었다. 신고식 절차를 전부 익히고 30분이 흘렀는데도 나타나지 않자 대대장 얼굴은 완전히 똥 씹은 얼굴로 뿔난 정도가 아니다.

정문 위병소에 전화해서 당직 장교를 바꾸라고 하더니,

"김 중위! 박강호 소위, 아직도 안 왔나? 나타나는 즉시 차 태워서 사령관 실로 올려보내! 만약에 10시까지 나타나지 않으면 탈영 보고 해!"

위병소 김 중위는 수화기 놓고 몇 분 지나지 않아서 택시에서 헐레벌떡 내리는 '박 소위'를 발견했다.

"박강호 소위인가?"

"넷! 충성!"

"야! 타!"

쏜살같이 본부 건물로 달렸고, 사령관실이 있는 2층으로 올라갔을 때는 3분 전이다.

그곳에 있던 행정처장이나. 대대장은 일단 가슴을 쓸어내렸고, 정각 10시에 사령관실로 들어갔다.

"사령관님께 경례!"

"충성!"

"충성! 신고합니다. '이대광' 소위 외 16명은 19□□년 □월 □일부로 군수사령부 근무를 명받았습니다. 이에 신고합니다. 충성!"

결국 일일이 사령관과 악수하면서 신고식은 무사히 끝났다. 그러나 2시간이나 지각하면서 탈영자로 신고할 뻔한 강호로 인해서 행정처장이나 대대장은 신고식 내내 뭐 씹은 얼굴로 찡그리고 있었다. 평상시 같으면 행정처장실에서 커피라도 하면서 덕담을 했겠지만, 신고자 전원이 행정처장실로 불려가서 단체 꾸중을 들었다. 커피는커녕 부동 자세로 숨소리도 제대로 못 냈다.

"귀관들은 아직도 군인정신이 덜 들었구만, 박강호 소위! 도대체 어떻게 된 거야? 오늘 신고식 하는 줄 몰랐나?"

"넷! 박강호 소위! 알고 있었습니다."

정신이 바짝 든 동기들은 2열 횡대로 서 있었고, 후열에 긴장된 상태에서 아직도 덜 깬 술 때문에 몽롱하게 서 있던 강호는 있는 힘을 다해서 외쳤다.

"야 인마, 그런데 첫날부터 지각이야? 여기가 네 집 안방인 줄 알아?"

"잘못했습니다! 시정하겠습니다!"

군대는 잘못하면 일단 큰소리라도 외쳐야 한다. 그래야 웬만하면 넘어간다.

"오늘은 첫날이라 특별히 용서하지만 차후에 또다시 이런 불경스러운 일이 발생하면 깜방 갈 줄 알아, 알았나?"

"넷!"

엄한 놈 때문에 신고식 하면서 수고했다는 격려는 고사하고, 단체로 욕이나 먹어야 했던 동기들도 바짝 긴장한 상태에서 처장실을 나왔다. 링거 바늘을 꽂았던 손등에는 아직도 반창고가 붙어있었고 입에서는 술 냄새가 진동하지만, 임관 후 군대 첫 신고식을 무사히 마쳤다. 훈련마치고 잠시 휴가 중에 부모형제 마음속에는 황당함을 심어주었고 동기들에게는 군대 첫인상부터 씁쓸함을 전한 사건이다.

11. 군 생활과 여인

군수사령부에서 신고식을 마치고 간 곳은 예하부대인 종합보급창이다. 부산 서면에서 1km 정도 김해 쪽으로 가다가 나오는 가야라는 곳이다. 위병소가 있는 정문은 큰 도로에서 불과 50m 정도 밖에 떨어지지 않았다. 그런데 부대 위치가 주택가며 산업시설로 둘러싸여 있는데다 사람 키 두 배 정도의 높은 블록담장으로 벽이 처져 있어서 도로에서 신경 쓰지 않으면 그냥 지나치기 십상이다. 6·25 전란 중에는 미군 군수물자가, 베트남 전쟁 중에는 대한민국 군인의 피와 땀으로 얻어낸 군수물자가 쌓여 있었다. 그 당시만 해도 허허벌판이었던 곳이 세월이 흘러 시가지 한복판으로 변하면서 담장은 높아졌고 정문으로 들어가는 도로 양옆에는 작은 빌딩으로 숲을 이뤘다. 전방부대가 나무 숲속에 있는 것과는 대조적이다. 이 빌딩 숲과 부대 담장 사이에는 경부선 철도가 가로질렀고, 부대 안에도 가지치기한 철로가 있어서 화물열차를 이용해 군수물자를 전군에 공급했다. 총·병기를 제외한 모든 군수물자를 취급한다. 육군뿐만 아니라 공군과 여군에게 필요한 물자도 있었다.

강호가 맡은 임무는 창고장이면서 대대 소속으로 소대장이기도 하다. 당연히 사병들 교육도 하고 야간에는 당직사관으로 근무서는 때도 있다. 창고장은 장충체육관만 한 크기의 창고에 군수물자를 보관하고 관리하는 일이다. 방위병 3명이 이 일을 도와준다. 그동안은 상사나 준위가 창고장 직책을 수행했다. 1년 전부터 초급장교인 소위로 교체 중이다. 예전에는 이곳 창고장이 되려면 육군본부나 국방부의 백그라운드가 없으면 못 오는 자리다. 그만큼 뭔가 이권이나 특권이 많은 곳이다. 그러나 소위는 세상 물정도 모르지만 원리원칙대로 근무해야 한다는 것을 방금 배우고 왔다. 그런 이유로 군 혁신 차원에서 초급장교로 전원 교체 중이었다.

강호가 맡은 창고도 전임자가 '곽의무' 상사로 창고장을 5년 동안 했다. 선배 장교의 조언도 있었고 공병학교에서 배우기를 인수인계만큼은 철저히 하라 했다. 물건이 부족하거나 파손된 것을 모르고 인수인계 받으면 결국 훗날 부족 수량만큼 손·망실 처리를 해야 하는데 결국 돈으로 때운다. 잘못하면 월급은 월급대로 날아가고 집에까지 손 벌려야 하는 상황까지 갈 수 있단다.

일주일 동안 재고 파악한 결과 다행히 손·망실된 물건은 없었다. 그러나 문제는 오히려 수량이 넘치거나, 재고 목록에도 없는 물건이다. 아예 박스가 뜯기지도 않은 채 통째로 남아있었다. 마지막으로 재고 파악을 마치고 인수인계 전에 서명할 때다. 인수인계 받기 위해 수량 파악하는 일주일 내내 얼굴 한번 보이지 않던 상사와 창고 안에 유일하게 있는 책상을 사이에 두고 앉았다. 계급이야 상사가 소위보다 아래지만 나이도 한참이나 연배일 뿐 아니라, 오랜 군 생활의 선배다. 3페이지나 될 만큼 잉여 자재로 빼곡히 적힌 종이를 보여주면서 물었다.

"곽 상사님, 목록에 없거나 남아도는 물품이 이렇게 많은데 어떻게 합니까?"

"박 소위님, 그거는 알아서 하십시오. 부족한 물건은 없습니까?"

남는 게 뭐가 문제냐는 듯이 심드렁하다. 알아서 하라니,

"네, 부족한 것은 없지만, 왜 이렇게 남는 물품이 많습니까?"

도대체 이해가 안 간다. 전방에 보내야 할 물건을 빼돌려 놓았나? 궁금하다. 물품이 남아있는 상황도 궁금하지만 그보다 이 물건을 어떻게 처리해야 하나?

"물건 받을 때 여유 있게 받은 것도 있고, 나중에 보면 필요할 겁니다."

막연한 대답이지만 더 이상 물어보면 취조하는 느낌을 받을까 봐 조심스럽게 물었다.

"아예 목록조차 없는 것은 어떻게 합니까?"

전군을 상대하는 보급부대인 만큼 자체 검열도 있지만, 사령부와 육본 검열이 정례적으로 매년 한 번씩 있고, 수시로 특별검열도 있다. 인수인계는 철저히 해야 한다고 부대 신고식 끝나고 첫 임무를 받을 때부터 들었다. 물품은 부족한 것도 문제지만 남아도 안 된다. 남으면 남은 사유서를 써야 한다. 그 사유를 인수인계 도장 찍고 나서부터는 인수자가 해야 한다. 곽 상사는 귀찮아하면서 빨리 마무리하지 않고 뭐하냐는 눈치다.

곽 상사가 인수받을 때는 하루 만에 서류 작성해서 끝났고, 지금

까지 아무 이상 없었다. 이유는 간단하다. 수불 대장을 연필로 써놨으니 숫자 맞추는 것은 식은 죽 먹기다. 부족하면 부족한 대로 남으면 남는 대로 고쳐 적었다. 그동안 잘 해먹었는데 신임 소위가 까칠하다.

"필요 없으면 묻으세요."

"네?"

훗날 이 말의 뜻을 알기에는 많은 시간이 필요 없었다. 인수인계하면서 정확하게 숫자와 목록을 맞춰놓았는데 합동검열 때 재조사하면 어떻게 된 일이 또다시 새로운 잉여자재가 생겼다. 사유서를 작성하느니 땅에 묻었다.

수정하고는 훈련받을 때처럼 매일은 아니어도 일주일에 두세 번 편지가 오고갔다. 부모님 만난 이후로 강호보다도 더 열심히 편지를 보내왔다. 학생들하고 어디를 갔다 왔다는 둥 소소한 하루 일과를 보낸 글을 읽다 보면 바로 옆에 앉아서 다정하게 재잘거리는 느낌이다. 눈가에 잔주름이 생기도록 웃으면서 말하는 모습이 눈에 선하다. 어느 때는 보고 싶어서 밤새 울었고, 근심으로 잠을 설쳤다는 글도 있다. 지금처럼 마냥 3년을 기다려야 하는지? 서울과 부산은 너무 멀다. 누군가 근무지를 바꿀 수 있으면 좋으련만, 군인이 마음대로 부대를 옮기기에는 힘이 없다. 그녀 역시 사립학교인 관계로 부산에 있는 학교로 이동하는 자체가 불가하다. 그렇다고 동생들 때문에 그만둘 수도 없다. 아직은 동생들 뒷바라지로 돈을 벌어야 한다. 소위 월급으로는 살림하며 처갓집 생활까지 챙길 상황이 못 된다. 부모님 반대도 문제지만, 당장 결혼할 여건이 안 된다. 그러나 수정은 3년을 기다려야 하는 현실이 암담하다. 나이가 차면서 기다려야하는 불안감도 크지만 엄마의 잔소리가 싫다.

"얘야, 큰애야, 이번 주에 내가 지난번에 말했던 사람 만날 수 있냐? 딴소리 말고 이번에는 꼭 봐라. 왜 말이 없어."

"…."

싫다 하면 잔소리가 심할 테고 만날 상황이 아니다. 강호에게 죄 짓는 기분이다. 벌써 일 년 넘도록 잔소리다. 선보라는 남자가 끊임 없다. 매번 하는 얘기는 '남자가 돈을 잘 번다.'

"큰애야, 올해는 꼭 가야지. 지금 네 나이가 몇이냐? 잘못하면 똥값 된다. 엄마 말 들어. 이번에 만날 사람은 아주 사람이 됐더라. 우리 형편을 알고 네 동생들 대학 마칠 때까지 책임진단다. 그런 남자가 이 세상에 어디 있냐?"

"그 사람 키가 콩알 딱지만 하다며. 남자 키가 160 겨우 넘기면 그게 난장이지 뭐야? 거기에 나이는 어떻구."

"아니, 키가 먹여 살리니? 사람 됨됨이가 중요하지. 키 큰 놈 치고 제대로 된 놈을 못 봤다. 나이야 좀 먹었지만, 이제 네 나이도 생각해야지."

"엄마! 됐어요, 그만 하세요. 제가 알아서 할게요."

하루가 멀다 하고 선보라는 소리에 결혼할 사람이 있다고 말도 못 하는 심정이 답답하고 서럽다. 이런 내용을 일일이 편지로 밝히지 못했다. 편지만으로는 애틋한 상황을 정리하는 데 한계가 있다.

6월을 맞아 토요일 오후 서울행 기차를 탔다. 군인은 아무리 장교라 하여도 마음대로 위수지역을 이탈하면 안 된다. 전방에서 근무하는 군인은 가까운 수도권이 아니면 서울로 오는 길이 쉽지 않다. 요소마다 군경합동검문소가 있고 헌병초소가 있기에 별도의 외출·외박증이 없으면 서울 접근 자체가 안 된다. 그러나 남쪽 끝 부산에서는 서울로 가는 동안 검문·검열 때문에 못 가는 경우는 없었다. 똑같이 위수지역 이탈이지만 전방과 후방근무자의 긴장감이 다르다.

점심 먹고 출발해서 저녁때가 되었을 때 도착했다. 역으로 마중 나온 그녀와 함께 자연스레 우이동으로 향했다. 집으로 가는 버스에서는 그동안 말 못하며 지냈던 일들을 얘기하느라 시간이 부족했다.

주인집 아주머니에게는 믿거나 말거나 역시 동생이 외박 나온 것이다. 그 사이에 세간이 늘어났다. 없던 침대가 놓여있고 책상 위에 카세트테이프가 눈에 띈다. 전에 보던 제품이 아니다.

"나자리노, 테이프 있어요?"

"호호호. 당연하지. 요즘도 강호 생각날 때마다 듣잖아."

말대로 테이프를 바로 찾는다. 버튼을 누르자 은은한 노래가 흘러나온다. 그때 들었던 그 노래…. 언제 들어도 마음 저리게 하는 노래다. 살며시 그녀를 껴안으며 깊고 긴 키스를 했다. 음악과 함께 그녀의 모든 것을 삼켰다. 밤에만 인간으로 변해서 사랑하는 여인을 만날 수 있는 애절한 사연의 노래다. 강호도 늑대인간처럼 밤에만 그녀를 사랑하고 있는 것은 아닐까? 낮에는 부모님 뜻에 따라 현실을 부정하는 인간. 노래와 흡사한 처지를 생각하며 더 세게 그녀의 허리를 휘어잡았다. 노래가 끝나고 다른 노래로 넘어가는데도 깊은 키스는 멈추지 않았다. 그동안의 무심함을 감추기라도 하듯이 격렬한 키스로 몸이 후끈 달아오를 때 갑자기 뺨으로 눈물이 흐른다.

"어? 울어요? 왜?"

"그냥, 이 순간이 행복해서요."

"그러면 웃어야죠, 울기는 왜?"

그러나 그녀는 목에 걸쳐있던 팔을 풀고 침대 위에 쓰러진다. 섬세하게 움직이는 어깨선이 지금 울고 있다. 행복해서라고 하지만 그 마음을 알겠기에 조용히 옆에 앉아서 지켜보았다. 감정을 다스릴 때는 울어야 한다. 울고 싶을 때 우는 것도 행복이다. 울먹이는 등을 살살 토닥거리며 말없이 문질러줬다. 카세트에서는 아직도 잔잔한 음악이 흘러나온다. '나자리노'도 그렇지만 들리는 노래가 한결같이 쓸쓸하다. 기분에 맞춰 노래를 선곡했겠지만 아무리 기분이 좋았어도 음악 자체가 외롭다. 쓸쓸함이 묻어나는 음악으로 방안 가득할 즈음에 들먹이던 어깨가 조용하다. 엎어진 상태 그대로 한동안 누워있는 모습을 보면서 말없이 휴지를 손에 쥐어주었다.

"왜요? 무슨 일 있었어요?"

"아니, 이 시간 지나면 영원히 헤어져야 할 것 같아서요."

"아니? 뭔 얘기요?"

"강호는 마음이 착해서 부모님 말을 거역하지 못하잖아요."

"…."

그랬다. 그녀는 그동안 강호 마음을 충분히 읽고 있었다. 굳이 말하지 않아도 느낌으로 알 수 있다. 갈림길에서 헤어나지 못하는 심정을…. 그녀 앞에서는 큰소리쳐도 결국은 부모님 뜻에 따라 헤어져야 할 운명이다. 어차피 헤어져야 할 사랑이라면 지금이라도 잊어야 한다. 그러나 용기가 없다. 마음이 약한 자의 슬픔이다. 어차피 슬픔이라면 사랑을 따르자. 힘들지라도 행복하다. 그녀의 눈물은 이별을 향한 눈물이 아니다. 슬픈 사랑을 위한 전주곡이다. 비록 뺨에 흐르는 눈물이지만 강호의 심장을 녹인다. 다시 한번 길게 포옹하며 등을 다독였다.

"수정 씨, 제 사랑은 절대로 변하지 않습니다. 누가 뭐라 해도 영원히 사랑할 겁니다."

"알아요, 강호 마음을 모르고 하는 소리가 아니에요. 그냥 내 느낌이에요."

껴안은 팔에 힘을 주면서 사랑하는 여인의 체취를 느끼며 눈감았다. 품 안으로 파고드는 수정 씨가 애틋하다. 얼마나 그리운 사람인가?

"앞으로는 그런 걱정하지 말아요. 저한테는 수정 씨밖에 없습니다."

"알아요. 저도요."

침대 위에 앉아서 진한 키스로 여운을 남기고 나서야,

"일단, 편안하게 갈아입을 옷 없을까요?"

"학교 체육 시간에 입던 옷인데 이거라도 입어 봐요."

비키니 옷장에서 갖고 온 그녀의 하얀색 체육복이다. 발목에 겨우 걸치는 크기이지만 아쉬운 대로 입을만하다. 그 사이, 그녀도 짧은 티와 반바지로 갈아입었다. 하얀 종아리가 더 섹시해 보인다. 사랑하는 사람의 아름다움은 눈보다는 마음으로 보인다. 그래서 사랑하는 연인은 콩깍지 씌듯이 좀 전의 우울함은 없어지고 또다시 평소의 밝은 모습으로 돌아왔다.

"얼마 전에 집에 갔었어요."

"왜? 뭔 일 있었나요?"

"그게 아니고, 엄마가 하도 오라고 해서요. 누구 선보라고 그러잖아요."

"그래서, 봤어요?"

"왜? 내가 선보면 안 되나?"

"마음대로 하세요."

"에이구, 안 봤네요. 그런데 엄마가 계속 묻잖아요. 누구 있냐고."

"그럼, 있다고 하지 그랬어요. 그래서요?"

"말 못 했어요. 강호가 어떻게 생각할지 모르지만, 우리 부모님도 선뜻 승낙하지 않을 것 같아서…."

"…."

그것까지는 생각하지 못했다. 강호 부모님만 설득하면 되는 줄 알았다. 그러나 수정 씨 부모님도 마찬가지일 것이라고는 미처 생각하지 못했다. 5년 연하의 남자라니…. 장교라고 하지만 아직은 결혼하기에는 험난하다. 더구나 줄줄이 달려 있는 동생들도 그렇고, 막내가 대학에 갈 경우에는 그 등록비도 문제다. 지금은 막연하게 누나가 알아서 하겠지 할뿐이다. 경제력이 부족한 강호로서는 감당하기 어려운 과제다. 결혼이라는 목표 앞에서 너무 쉽게 무너지게 하는 요소다.

"선을 보라고 하시는 거 보면, 결혼은 하라는 모양이네요."

"물어보지 않아도 뻔해요. 어느 돈 많고, 나이 먹은 사람이겠죠."

"내가 아니었으면, 좋았을 텐데…."

"에이, 몰라! 몰라요. 강호가 내 마음 다 가져갔잖아요."

그래, 잊자. 잊어버리자. 고민한다고 해결되는 것도 아니고, 사랑하고 있는 지금이 중요하다. 모처럼의 만남을 즐기자. 주인집에서도 대충 눈치챘을 것이다. 밤새 사랑의 하모니가 울려 퍼졌다.

뜨거웠던 여름도 지나고 가을이 되면서 이제는 완벽하게 초급장교로의 적응도 끝났다. 군 생활을 여유롭게 지내던 어느 날, 부산이 고향이라 부모 집에서 출퇴근하는 김호영이 동기들 전원 미팅을 주선했다. B대학교에 다니는 대학생들이다. 미팅 날 사복으로 갈아입은 동기 5명은 서면에 있는 약속장소에서 만났다. 5명의 여학생은 모두 인물이 출중했지만 그중 2명은 여느 미인 선발대회에 나갈 정도로 키도 크고 예뻤다. 소지품으로 짝짓기를 한 결과 운 좋게도 마음에 점 찍었던 미인 중 한 명이 강호 파트너다. 이름은 한경애. 사회학과 2학년.

"박 소위님이 근무하는 데는 어딘데예?"

부산 사투리 특유의 애교 어린 말투다.

"종합보급창이라고 가야에 있습니다."

"뭐 하는 덴데예?"

"허, 그거는 군사보안이라 말씀드릴 수 없습니다."

"헤헤. 군인들은 말하기 곤란하면 보안이라고 하네예."

말투가 귀엽다. 얼굴도 예쁜데 웃으며 말하는 모습이 귀엽다. 은근히 다음에 또 보고 싶다.

"맞습니다. 다음에 또 만나면 그때 알려드리죠."

"헤헤헤. 그러면 궁금해서라도 또 만나야겠네예. 소위님은 키가 얼마에요? 저도 큰 편이라 키 큰 남자를 못 만났었는데….

"하하하. 제가 180cm인데, 경애 씨도 꽤 큰 편이네요. 저하고 별로 차이가 없는 것을 보니."

"호호호. 170cm요."

"경애 씨는 집이 부산입니까?"

"네. 부산에서 태어나서 주욱 살고있네예. 아버지는 원양어업 하는 선주에요."

선주라니? 놀란 목소리로 물었다.

"그러면 배를 직접 갖고 계시는 건가요?"

"그럼요. 배가 3척인 걸요."

부산 아가씨를 처음 만났지만, 쾌활하고 직설적이다. 더구나 아버지가 동화책에서나 보았던 선박 소유자라고 한다. 호기심도 생겼다. 호감이 가는 아가씨다. 이날은 모두가 함께 움직이면서 다음에 만나자는 약속도 없이 해운대 바닷가를 구경하고 헤어졌다.

2주 지난 일요일 오전, BOQ 같은 방을 쓰고 있는 곽 소위하고 테니스를 치고 있는데 여자가 면회 왔단다. 서울에서 수정 씨가 올리는 없었고, 테니스 치던 모습 그대로 나갔다. 경애 씨다. 그렇지 않아도 키 큰 아가씨가 연분홍색 원피스에 붉은색 허리띠를 질끈

매었으니 눈에 확 띈다. 여러 가지로 놀랍다. 예쁘고 멋진 여성이 찾아와서 놀랐고 부대를 어찌 알고 찾아온 용기에 놀랍다.

"아니? 어떻게 알고 찾아왔어요?"

"에이, 지난번에 여기라고 얘기했잖아예. 정문에서 박 소위님 이름 대니깐 금방 알던 데예."

"하하하. 잘 오셨습니다. 지금 테니스 치다가 나왔으니 잠깐만 기다리세요."

미처 생각지도 못하던 부산 아가씨다. 지난번 만났을 때 또다시 만나겠다는 말을 농담으로 들었다. 그런데 헛말이 아니다. 면회실에는 면회자만 있는 곳이 아니다. 함께 나온 사병들로 북적대는 곳에 경애의 등장만으로도 칙칙하던 면회실이 밝아 보였다. 모두 소대장 애인인 줄 알고 힐끔힐끔 쳐다본다. 궁금해서 쳐다보는 모습이지만, 한편에는 아름다운 아가씨로 인해 넋 나간 표정이다. 일단 자리를 벗어나야 했기에 사복으로 갈아입고 나왔다.

"경애 씨, 갑시다."

"어디로예?"

"을숙도, 가 보셨어요?"

"아뇨. 그렇지 않아도 말만 들었는데, 한번 가보고 싶었어예."

수정 씨가 왔을 때 갔던 을숙도에 경애를 데리고 갔다. 그래도 여러 번 가본 경험이 있는지라 낙동강 하구의 멋진 갈대숲을 거닐었고, 연인끼리 가기에 적합한 술집으로 들어갔다. 아무리 서먹한 사이라 하더라도 마음을 열어주게 할 만큼 저녁노을이 일품인 곳이다. 5년 연상의 수정 씨와 나누던 대화와는 뭔가 달랐다. 생동감 있는 젊음이 있고, 풋풋한 사과향기가 난다. 더구나 부산 아가씨의 솔직함은 밀당이 필요 없었다. 두 번째 만남인데도 오랜 연인처럼 경애는 다가왔다.

"박 소위님, 애인 있어예?"

"왜? 있어 보입니까?"

"글쎄요. 이렇게 잘생긴 분이 아직도 애인이 없지는 않을 테고, 멀리 있나 보죠? 혹시 서울에…."

"아뇨, 예전에 있었죠."

"정말요? 그러면 지금은 없다는 얘기네예. 그럼 제가 애인해도 되나?"

애인 있냐는 물음에 망설이지 않았다. 오래 생각하지도 않고 없단다. 음양이 존재하는 모든 수컷은 자식 번창이라는 자연의 섭리에 의거 모든 암컷을 취하려고 한다. 이성보다는 감성이 빠르다. 분명 어제도 수정 씨에게 사랑의 연서를 보냈건만, 자리에 없는 애인은 애인이 아니다.

"그러면, 경애 씨도 애인 없어요? 이렇게 미모가 출중한데 사내들이 가만두지 않았을 텐데…."

"호호호 남자 친구야 있죠. 그러나 애인은 없어예. 왠지 박 소위님은 듬직하고 믿음이 가네요."

"하하. 듣기 좋습니다. 그럼 우리 정식으로 사귈까요? 그런 의미에서 건배합시다."

"예!"

"자, 우리의 우정과 미래를 위해서!"

"사랑을 위해서!"

끝없이 펼쳐진 강물 위로 석양에 비친 노을은 갈대 사이로 더 붉게 보였다. 젊은 남녀는 분위기에 취하고, 술에 취해서 지금의 감정에 충실했다. 두 번째 만남에서 애인으로 급진전되었다. 경애의 저돌성에 당황하기도 했지만, 오히려 편하다. 가끔 수정 씨에 대한 죄의식이 잠시 스쳐 갈 뿐, 예쁘고 젊은 경애에 대해 끌리는 마음을 접을 수 없었다. 늦은 시각까지 함께 놀다가 BOQ에 들어오니 11시다. 그때까지도 휴게실에서 TV 보던 '곽규학'이 쫓아와 묻는다.

"박 소위! 지금 오나?"

"어, 그래."

"아까 여자가 면회 왔다며? 누구? 수정 씨?"

수정 씨와의 관계는 공병학교에서부터 알고 있던 터라, 자연스럽게 수정 씨라고 생각한 모양이다.

"아냐. 왜 지난번 미팅 때 만났던 부산 아가씨."

"뭐? 이름이 뭐더라? 키 크고 예쁘게 생겼잖아."

"그래, 경애."

"그럼 지금까지 그 여자하고 놀다 온 거야?"

"하하. 을숙도에서 술까지 마시고 왔다, 자슥아. 오늘부터 애인하기로 했고."

"뭐? 그러면 안 되지. 너는 마 서울에 애인 있잖아."

실실 웃으며 얘기하는 강호와는 다르게 정색으로 말한다.

"야. 수정 씨는 서울 애인이고, 경애는 부산 애인이다. 뭐? 안 되나?"

"수정 씨가 그냥 애인이냐? 결혼하겠다고 난리 칠 때는 언제고."

"야 인마, 연상의 여인하고 결혼이 그렇게 쉽게 되나?"

"어쭈구리, 이제는 아예 포기한다는 말이네. 진즉에 그랬어야지 인마, 실컷 갖고 놀다가 …."

"야, 갖고 놀기는 뭐를 갖고 노나? 지금도 사랑하는 여자는 수정 씨뿐이다, 마."

맞다. 사랑하는 여자는 수정 씨다. 경애는 잠깐 잔잔한 바람을 일으켰을 뿐, 수정 씨와 함께했던 지난일과 비교하면 한참 멀다. 그런데도 순식간에 마음 한구석을 차지하고 있었다.

경애는 다음 주 일요일에도 면회 왔다. 부산 아가씨가 저돌적이고 열정파라고 하지만 너무 쉽게 마음을 여는 것 같아 오히려 조심스럽다. 잘못하면 이상한 관계까지 들어가겠다는 생각에 속도를 조절했다. 술은 이성을 흐리게 할 수 있어서 부산 '금정산' 초입에 있는 '범어사'로 놀러 갔다. 버스 정류장에서부터 노송으로 하늘을 가린 하천 길 따라 걸어가면 신라 시대에 창건한 사찰이다. 바위틈 사이로 시원하게 흐르는 하천도 멋있지만, 아름드리 소나무가 찾아오는 여행객을 반겨주는 곳이다.

이렇게 경애와는 두 번째 만남에서 애인이 되었지만, 더 이상 진전 없이 부산 인근으로 고적을 찾아다니며 여행했다. 수정 씨와의 약속이 아직은 살아 있기에 섣부른 불장난은 안 된다.

12. 예비 부부 여행

소위로 임관하고 1년 동안 휴가가 없었다. 일요일 쉬는 것이 유일한 자유시간이다. 평일이야 5시 이후에는 자유시간이지만 수정 씨를 만나기에는 큰마음 먹어야 토요일 오후 서둘러서 서울행 기차를 타야 한다. 그동안 딱 한번 6월 달에 서울에서 만난 이후로 이렇다 할 여유 없이 지냈다. 해가 바뀌면서 2월 마지막 주에 정기 휴가를 받았다. 일주일 휴가다. 일부러 수정 씨 봄방학에 맞춰서 휴가 계획을 세웠다.

강호가 올라가지 않고 그녀가 내려와서 부산과 영남 지역을 다니는 계획이다. 그렇다고 미리 교통편이나 숙박시설을 예약한 것은 아니다. 시간 되는대로 돌아다닐 예정이다. 함께 있는 것이 중요하지 꼭 뭐를 하거나 가고 싶은 곳이 없었다. 단지 부산에서 근무하고 있으니 태종대나 해운대 정도는 같이 가고 싶었다.

휴가 첫날 그녀가 새벽에 출발한 열차는 점심때가 되어서야 부산역에 도착했다. 봄방학이라 하지만 아직은 아침저녁으로 쌀쌀하다. 마땅히 입고 다닐 옷도 없거니와 군복이 편하다. 전투복에 항공 잠바(장교 잠바)를 걸치고 갈아입을 속내의 몇 벌과 세면도구를 담은 '007'가방을 든 모습이 휴가 차림이다. 반면에 그녀는 정장 바지에 주름 많은 블라우스를 받쳐 입고 무릎까지 내려오는 베이지색 바바리코트를 입고 있었다. 허리선에 살짝 동여맨 허리띠와 목에 두른 스카프가 조화를 이루면서 개찰구를 통해서 나오는 여느 여행객보다 눈에 확 들어왔다. 꼭 내 여자가 아니어도 사내라면 한 번쯤 뒤돌아볼 만큼 패션계의 여인처럼 아름다웠다.

"어서 와요. 기차 타느라 피곤하지 않았어요?"

"호호호. 아뇨. 오랜만에 외출이라 전혀…. 그런데 휴가 아니에요?"

군복차림에 '007'가방을 들고 있으니 휴가라기보다는 어디 출장 가는 모습이다. 군대라는 곳은 워낙 불확실한 조직이라 내려오는 사이에 휴가가 취소되었는가 싶어 놀라서 묻는다.

"하하하 아뇨, 그냥 이게 편해서요."

군대 전투복은 사실 편하다. 언제 어떠한 상황에서도 군복을 입고 있으면 만사형통이다. 더우면 팔소매 걷어 올리고, 추우면 겉옷을 걸치면 된다. 결혼식이건 장례식이건 형식에 구애받지 않아서 좋다. 단지 놀러 가는 마당에 군복 입고 흐트러진 모습을 보일 수 없는 게 흠이다.

함께 가고 싶었던 태종대부터 들렀다. 길옆에는 동백꽃이 한창 물올라서 파란 바다를 배경으로 빨간 꽃이 더 선명해 보인다. 기암괴석의 낭떠러지에 부딪치는 파도를 넋을 잃고 바라보면서 몽돌로 이루어진 해안가로 내려갔다. 아직은 바닷바람이 차가운데 파라솔 펼쳐놓고 멍게, 해삼이며 해산물에 소주를 파는 곳이 있었다.

휴가 첫날에 멋진 바닷가에서 사랑하는 연인과 함께 마시는 술맛을 상상해 보시라….

수정 씨는 술을 못 마신다. 서너 잔이면 족하다. 그래도 역시 장소도 그렇고 분위기에 맞춰서 소주 두 병이 금방 동났다. 바닷가에서는 다른 곳에서 마시는 술보다 두 배는 마셔야 취기가 오른다. 그만큼 덜 취한다. 하물며 취하려고 마시는 것이 아니다. 운치에 젖어 풍류를 즐기기 위함이었으니 알딸딸한 상태에서 일어났다. 부산에 놀러 왔으면 저녁에 갈 곳이 있다. 군대 동기들과 가끔 찾아갔던 남포동 자갈치시장이다. 소주 마시면서 멍게, 해삼을 먹었지만 아무래도 부산에 왔으면 제대로 된 회를 먹어야 한다. 시장 초입부터 아주머니들의 손님맞이 호객 소리가 삶의 전쟁터다.

"군인 양반 이쪽으로 오이소!"

"보이소! 아가씨! 여기 억수로 싼 집 있어예."

"와! 여기는 전부 회만 파는 곳이에요?"

"그냥 생선으로도 팔지만 주로 회 먹으려면 이곳이 최고예요. 저도 여기 와서 처음 회 먹어봤어요. 회도 먹고 나중에 매운탕도 끓여주는데 그것도 맛이 괜찮아요."

"그래요? 좀 구경하다 들어가죠."

중간쯤 걸어가다가 처음이나 끝이나 별반 달라져 보이지도 않고, 뭐 대단한 사람도 아닌데 여기저기서 오라는 손짓이며 부르는 소리에 마냥 걷기에는 미안한 마음도 들어서 어느 후덕해 보이는 아주머니 손짓을 따라 들어갔다.

"아이고, 어서 오이소! 두 사람인교?"

"네."

"우리 집이 억수로 헐타아닌교? 뭐로 잡아 드릴까예?"

"수정 씨, 뭐 먹고 싶은 거 있어요?"

"아이, 강호가 먹고 싶은 거 시켜요."

회를 '아나고(붕장어)'로 처음 배웠다. 담백하면서도 씹히는 식감이 좋아서 어쩌다 회 먹을 기회가 있으면 매번 '붕장어' 회를 찾았다. 그러나 부산 사는 동기 따라서 횟집에 가면 부산 사람들은 '붕장어' 회는 회로 쳐주지 않는단다. 그래도 강호는 왠지 '붕장어' 회가 제일 맛있다.

"저거로 주세요."

수족관 안에서 제일 활발하게 움직이는 생선은 붕장어다. 보기에는 꼭 뱀 같이 생겨서 징그럽지만 썰어 나온 회는 하얗게 먹음직스럽다.

부산 사람들 말마따나 회로 쳐주지 않아서 그런지는 몰라도 다른 생선회처럼 무채 위에 정갈하게 올리지 않고, 난도질하듯이 썰어 놓은 살을 그대로 접시에 담아 왔다. 보기에 그렇지 강호 입맛에는 이게 최고다.

태종대 바닷가에서 마신 술은 시장터 사람들 북새통에 다 깼고, 붕장어 회와 서비스로 나온 오징어 회무침으로 다시 소주를 마셨다.

"어떻게 부모님은 지금도 서울에 계시나요?"

"몰라요, 이제 봄 되면 다시 제주도로 가신다는데, 그때 가봐야 알아요."

"왜? 작년에는 서울에서 계속 일하신다고 하더니만…."

"그것도 벌이가 시원치 않은가 봐요. 하여튼 제주도로 내려가셔야지 툭하면 오라 해서 귀찮아 죽겠어요."

"뭐가요?"

"자꾸 선보라 해서 그러지 뭐긴 뭐에요."

막 붕장어 회를 집어서 초장 찍던 젓가락을 멈추면서 강호를 흘겨본다.

"아이고, 난 또 뭐 다른 일이 있나 싶어서죠."

"그일 말고 뭐가 있겠어요? 하여튼 우리 엄마는 서울에 있을 때나 시집보내는 것이 소원이래요."

"조금만 기다려요. 이제 2년만 지나면 전역하니깐. 그때는 무조건 결혼합시다."

"부모님이 끝까지 반대하셔도…."

"당연하죠, 수정 씨는 제가 책임진다니깐요."

"에이, 또 책임진다는 소리 하네…."

"말이 그렇지, 이 세상 끝날 때까지 사랑할 겁니다. 자! 우리의 결혼을 위해서 건배!"

수정 씨는 다소곳이 앉아서 잔을 부딪치고 입술에 살짝 대는듯하다가 내려놓았다. 쓸쓸한 미소가 스친다.

"그래요, 그때까지 기다려야겠지. 달리 다른 방도도 없잖아. 그나저나 휴가 중에 어디 가려고? 계속 부산에 있는 거 아니죠?"

"내일은 해운대 해변에 한번 가봅시다. 여름이 아니어도 그냥 한번은 가 볼 만할 거요. 그리고 언양에 '석남사'라고 가 본 적 없죠?

비구니승만 있는 곳인데 입구에 민박집이 있어서 며칠 묵을 수 있어요. 조용한 곳이라 마음에 들 겁니다."

태종대에서 마신 술까지 합해서 적당하게 취했다. 딱 기분 좋게 마시고 남포동 거리로 나와 여관을 잡았다.

다음날은 서두를 필요도 없다. 느지막하게 일어나 동태찌개로 아침 해장을 하고 해운대로 향했다. 부대에서는 오후 5시 하기식 나팔소리 끝남과 동시에 군속(군 공무원)들을 위한 퇴근 버스가 있다. 사병이 운전하는 군용버스 6대로 부산 시내 주요 지역을 운행한다. 해운대도 해당된다. 가끔은 퇴근길에 동기들끼리 이 버스를 타고 해운대로 놀러 갔다. 장교 복장 그대로 해운대 모래사장에서 소주와 오징어로 젊은 혈기를 달래던 곳이다. 그때를 생각하며 수정 씨와 함께 해운대 모래사장에 발자국을 남겼다.

다음 목적지는 석남사다. 부산 시외버스터미널에서 '언양' 가는 버스를 탔다. 거기서 또 '석남사' 앞으로 지나가는 버스가 있다. 최종적으로 석남사에 도착했을 때는 오후 늦은 시각이다. 경내 구경은 다음 날 하기로 하고 민박집부터 알아봤다. 찾아보고 할 것도 없이 달랑 한군데다. 앞에는 맑은 계곡물이 흐르고 본채와 별채로 나뉘어 있어서 두 남녀와 같은 연인은 별채가 적격이다. 주인집에 부탁하면 식사 제공도 가능하다. 조용한 산사에 가끔은 연인이 놀러 오기도 하지만 여름철에는 젊은이들 때문에 미리 예약하지 않으면 방이 없단다. 마침 이른 봄이라 행락철도 아니고 평일이라서 손님이라고는 두 사람밖에 없다. 절 입구 소나무 숲속에 외따로 있는 집이라 그렇지 않아도 한적한데, 별채가 있는 곳은 안쪽으로 더 깊숙이 소나무로 덮여있다. 너무 조용해서 바람 소리와 함께 들려오는 이름 모를 산새 소리가 반갑다. 적막 산중이란 말이 어울린다.

"하아, 소나무 향이 너무 좋다. 새소리도 좋고, 여기 너무 좋다. 호호호."

수정 씨는 봄바람에 섞여 흐르는 소나무 향기에 빠져서 두 팔을 벌려 온몸으로 피톤치드를 받아들이며 산림욕을 한다. 속세에서 벗어나 선경으로 접어든 기분이다.

"강호도 이렇게 해봐. 피톤치드인지 뭔지? 숲 냄새가 너무 좋다. 머리까지 맑아지는 것 같아."

"하하하. 며칠 묵으면서 푹 쉽시다."

방안에 들어서니 한쪽 구석에 이부자리와 베개만 있고 아무것도 없다. 그냥 텅 빈 방이다. 누구 앞선 손님이 놓고 간 물건인지는 몰라도 잡지책 한 권이 방바닥에 굴러다닌다. 부엌인 듯한 쪽문을 열어보니 여기도 마찬가지다. 부뚜막에 커다란 가마솥이 걸려있고 한쪽에 장작만 쌓여있을 뿐이다. 춥지 않게 장작불만 지피고 자는 방이다. 하루 종일 이동하느라 피곤해서 일단 이부자리 펼치고 껴안은 채 잠깐 잠들었다.

얼마를 잤을까? 주인아주머니가 정갈하게 차린 백반으로 꽉 찬 쟁반을 들고 방문 두드리는 노크 소리에 일어났다. 조미료를 가미하지 않고 순수 재료만으로 꾸민 밥상이다. 진한 토종 음식 맛과 향이 어우러져 감칠맛이 난다.

"조용한 산속에서 먹으니 맛있네. 여기도 절간 앞이라 고기는 못

먹나 봐요, 호호호. 그래도 입에 딱 맞네."

"하하하. 사찰음식이라 맛있네요."

차려 놓은 반찬을 하나도 남기지 않고 비운 쟁반을 들고 주인집으로 갔다.

"아주머니! 세수는 어디서 합니까?"

"아, 예. 집 앞에 흐르는 냇물을 길어서 하거든예. 여기 주전자하고 대야를 갖고 가세예. 물이 차가우면 가마솥에 데워서 허면 되고예."

40대 중반으로 보이는 주인아주머니는 그러면서 대야와 주전자를 건네준다. 그러고 보니 화장실도 안 물어봤다. 도착하자마자 숲속에서 작은 일을 봤지만 수정 씨는?

"여기 화장실은 어디에 있어요?"

별채에 어디 따로 있으려니 했다.

"요기 돌아서면 문 있죠? 저희와 같이 쓰는 화장실 있어예."

주인집을 돌아서서 별채로 가는 모퉁이에 있단다. 서울역 앞에서 자취할 때도 '푸세식'화장실이건만 이런 산속에서 뭐를 기대하나.

다음날은 석남사 경내를 구경하려 했지만, 밤사이에 봄비가 내리더니 하루 온종일 가랑비가 내린다. 이도 저도 못하고 방구들만 지고 있으려니 젊은 남녀가 이부자리에서 뒹구는 일밖에 없다. 저녁나절이 되어서야 서산에 붉은 구름이 보이고 비가 그쳤다.

방문 앞에 있는 조그마한 툇마루에 걸쳐 앉아서 비에 젖은 숲을 바라보고 있을 때다. 우수는 지났다지만 아직은 경칩도 남았고 추운 날씨다. 어디서 나타났는지 커다란 두꺼비가 마당 가운데를 질러서 어디론가 엉금엉금 기어간다. 자세히 보니 한 마리도 아니다. 서너 마리는 된다.

"수정 씨, 저것 좀 봐요."

방에 놓여있던 잡지를 뒤적이며 나름 한가로운 시간을 보내고 있던 수정 씨는 웬일인가 방문을 열었다.

"어머머머! 저게 뭐예요? 개구리예요? 그런데 뭐가 저렇게 커요?"

"개구리 삼촌뻘인 두꺼비예요. 왜, 애들 옛날이야기에 많이 나오잖아요."

"아이, 징그러워요. 나는 두꺼비 처음 봐요. 그리고 한두 마리가 아니네. 저게 방으로 들어오는 것은 아니죠?"

"모르죠, 밤 사이에 우리 옆에 나타날지…. 저게 왕자로 변할 수도 있어요."

"에이, 그런 말 말아요. 괜히 꿈속에 나타나요. 동화책에는 정겹게 나오는데, 실제 보니깐 등에 뭐가 저렇게 울퉁불퉁하고 징그럽지?"

조용한 산속에 나 홀로 지어져 있는 집이다 보니, 어디 따뜻한 처마 밑에서 잠자다 봄비 소리에 세상 밖으로 나온 모양이다. 아무리 봄을 재촉하는 비라 하지만 아직은 춥다. 그래도 두꺼비들은 제 살 길을 따라 묵묵히 숲속으로 사라졌다.

산속의 해는 일찍 떨어져서 금방 어두워진다. 30촉짜리 전구로 방을 밝히고 나뭇가지로 군불을 때니 아랫목이 서서히 따뜻해졌다. 이부자리는 하루 종일 깔려 있었기에 바닥의 온기와 젊은 남녀의 열기로 방안을 가득 채웠다.

셋째 날은 새벽 일찍 일어나서 산책을 했다. 봄비에 온 천지가 깨끗하다 못해 청량한 사이다다. 시원하게 톡 쏘는 소나무 숲 사이로 아침 햇살이 비치고 풀잎에는 밤사이에 맺힌 이슬이 이제 막 떨어지지 못해 매달려 있었다.

바바리코트를 입은 여인과 함께 전투복 차림의 군인이 새벽 공기를 마시며 산사를 거닐었다. '석남사'에 온 지 3일 만의 방문이다. 이른 아침이라 절을 지키는 스님을 몇 분 보았을 뿐 적막하다. 3층 석탑을 탑돌이하고, 대웅전 석가모니상 앞에서는 수정 씨가 불전함에 돈을 넣고 절을 한다. 같이 하자는 소리에 어떻게 해야 할지 우물쭈물하는 사이에 혼자 절을 한다. 108번은 아니어도 여러 번 절을 올린다. 한 번 할 때마다 새로운 소원을 기도하는지? 아니면 좀 더 확실히 기도발 먹히라는 뜻인지 몰라도 한동안 절을 하고서야 큰일 치렀다는 흡족한 표정으로 일어선다.

강호는 군대 들어오기 전에는 친구 따라 성탄절에만 찾아갔던 얼치기 기독교 신자였다. 보병학교 훈련 중에는 일요일마다 있는 종교행사에서 불교가 편하다는 소리에 부처님 앞에서 기도를 올렸다. 요즘은 아예 무교라고 한다. 그래야 마음이 편하다. 일요일마다 종교행사에 참석해야 하는 의무에서 벗어났다는 해방감이다.

"무슨 소원을 빌었어요?"

"호호. 소원을 지금 발설하면 안 돼요."

"저는 아까 탑돌이 하면서 소원을 빌었어요. 수정 씨와 내가 잘되게 해 달라고…."

"나도 그랬어요. 헤헤."

팔짱을 끼면서 가슴속으로 파고든다.

아침상을 마지막으로 민박집에서 나왔다. 비 오는 바람에 하루를 더 잤지만, 사실 조용하고 누구 간섭도 없이 하루 세끼를 알아서 챙겨주는 곳이라 수정 씨와는 더할 나위 없이 좋았다. 밤낮으로 껴안을 수 있어서 좋았다.

"언양에 가면 언양 불고기라고 유명한 요리가 있대요. 나도 처음인데, 여기까지 왔으니 거기서 점심을 먹읍시다. 그리고 오랜만에 경주로 갑시다. 중학교 수학여행 때 가보고 이후로는 한 번도 안 가봤어요. 그러고 보니 수정 씨는 자주 갔겠네요."

"좋아요. 강호하고는 처음이잖아요."

민박집에서 '언양'까지는 그리 멀지 않지만 버스가 언제 올지 모르겠고, 지나가는 버스도 많지 않다. 3일 전 이곳으로 올 때도 언양 읍내에서 한참을 기다려 겨우 마지막 버스를 타는 바람에 저녁나절에서야 도착했었다. 그런데 이제는 반대로 들어가는 방향이라 버스는 어려워도 아무 차량이라도 세워준다면 좋겠다. 엄지손가락을 세워서 바로 히치하이킹을 시도했다. 여자와 군인 중에 누구를 더 선호할지 몰라서 번갈아 했다. 먼저 강호부터다. 아무래도 시범을 보여야 했기에 승용차가 오면 팔을 최대한 뻗어 엄지손가락을 세워서 아래를 향해 흔들었다. 그러나 차량도 많지 않았지만 어느 차도 세울 기미가 없다. 군인이라면 그래도 군대 갔다 온 동병상련의 의미에서 사내들이 세워줄 줄 알았다. 10여 대를 아무 성과 없이 통과시킨 이후에야 수정 씨로 바꿨다. 남자와 함께 있으면 관심이 없을 것 같아서 강호는 나무 뒤에 숨었다. 미인계를 앞세운 효과는 즉시 나타났다.

첫 차량이 20여 미터를 지나서 멈췄다. 그런데, 가는 방향이 다르단다. 어떻든 첫 반응이 좋았다. 운전자가 대부분 사내인지라 이런 외딴지역에서 아름다운 여인이 함께 타자고 하는데, 싫어할 남자는 하나도 없었다. 가는 방향이 달라서 못 탔다. 그냥 지나친 차량은 승용차에 여유 자리가 없어 보였던 차량 1대뿐이었다. 결국 4번째 멈춘 승용차에 올라탈 수 있었다. 역시 신원이 확실한 군인보다는 여자를 선호했다. 아리따운 아가씨 혼자인 줄 알았다가 나무 뒤에서 나타난 군인을 보고 약간 씁쓸한 표정을 읽을 수 있었지만 어쩌랴?

"태워줘서 고맙습니다."

"아, 네. 저도 지금 언양 읍내로 가는 길이라 괜찮습니다."

30대 초반쯤 보이는 청년이다.

"아 그러세요. 언양 불고기가 유명하다 해서 한번 먹어보려고요."

"여기 처음이세요?"

"네. 어디 잘하는데 아세요?"

"몇 번 가본 식당인데, 대추나무집이라고 제일 오래되었고 거기가 원조죠. 그 앞으로 지나가니깐 거기서 세워 드리죠."

"아이고, 잘 되었네요. 정말 감사합니다."

20분 정도 지나서 언양 읍내를 살짝 벗어나는가 싶더니 여느 시골집과 다를 바 없는 허름한 집 앞에 선다. 울타리라고는 있지만 싸리나무로 얼기설기 대충 경계만 알려주는 정도다. 그런 집 앞에 시골 마을 입구에 버티고 있는 느티나무처럼 커다란 나무가 있었다. 대추나무란다. 이제 막 새싹이 보일 듯 말 듯해서 말하지 않았으면 대추나무인지 모를 정도로 컸다. 수령이 100년은 지나 보인다. 대문이라고 만들어 놓은 문짝은 한쪽으로 쓰러질 듯 열려 있고, 식당이라고 알리는 간판도 없다. 모르는 사람은 식당인지도 모르고 지나치기 십상이다. 그냥 대추나무집으로 통해도 아는 사람은 다 알고 모르는 사람은 물어물어 찾아오는 모양이다. 식당 내부도 시골집을 그대로 살려서 대청마루며 방에다 앉은뱅이 식탁이 전부다. 그런데도 창호지 바른 여닫이문 사이로 보이는 방안에는 손님으로 가득 찼다. 넓은 마당 한쪽 구석에서는 예전에는 농기구나 쌓아놓았던 헛간이었을 텐데, 지금은 화로를 만들어서 숯불에 불고기를 굽고 있었다. 연기가 자욱해서 화로가 몇 개인지 몰라도 대여섯 개는 되어봄직하다. 사람들이 연신 석쇠를 뒤집어가며 굽는 모습이 흡사 대감님 환갑잔치 치르는 모양새다.

약간은 찬 기운이 있어서 방 안으로 들어가고 싶지만 방이 세 개나 있으면서도 빈자리가 없단다. 겨우 대청마루 한편에 비어있는 식탁에 앉았다. 메뉴는 달랑 한가지로 '언양 불고기'다. 몇 인분만 결정하면 된다. 2인분에 소주 한 병을 시켰다. 주문하자마자 금방 석쇠에 얇게 저민 쇠고기가 구워져 나왔다. 주문도 받기 전에 미리미리 굽는 모양이다. 그만큼 공급이 딸릴 만큼 손님이 많았다. 고기 굽는 냄새로 온 천지가 진동하면서 진즉부터 입안에 침이 고였었다. 한 점 먹자마자 입안에서 살살 녹는다.

"맛있네요. 사람들이 유명하다 한 이유가 있네요."

"3일 동안 사찰음식만 먹었잖아요. 갑자기 이런 기름진 음식을 먹어도 괜찮을까요? 호호호. 이빨 없는 노인들도 좋아하겠네."

"그래서 그런가? 어쩐지 나이 드신 분들이 많이 보여요."

2인분으로는 부족한 느낌이라 1인분을 더 추가해서 먹었다. 소주 안주로는 아까울 정도로 맛있다. 후식이라며 나온 누룽지까지 완전히 비웠다. 간만의 포식이다.

경주까지 가는 버스는 1시간마다 있었다. 하필 방금 출발한 탓에 50분을 기다려야 한다. 터미널에서 기다리려니 따분하기도 하고 과식한 배를 소화도 식힐 겸 읍내 구경 하러 나섰다. 몇 걸음 걷기도 전에 시골인데도 사람들로 북적대는 곳이 보였다. 마침 5일마다 서는 언양 장터다. 오일장이다. 여행 중에 재래시장 구경은 할 만하다. 더구나 이처럼 시골 장터는 추억과 함께 사는 맛을 느끼게 한다. 시장 초입에 할머니들이 커다란 소쿠리에 냉이를 수북하게 쌓아놓고 팔고 있었다. 어디서 저렇게 많은 냉이를 캐 왔는지 모르지만 손등에 접힌 주름은 억척스런 세월을 보여준다. 할머니들은 지나가는 행인이 혹시라도 못 보고 지나갈 새라 냉이를 추스르며 싸다고 외쳐 댄다.

"아가씨, 여기 냉이로 된장국 끓여 먹어보소."

"방금 밭에서 캐온 냉이에요."

시골 장터에 가면 언제나 볼 수 있는 광경이 있다.

바로 '뻥이요!'다.

양지바른 곳에 앉아서 뻥튀기 기계를 돌리고 있는 할아버지 옆에 누가 갖다 놓았는지 옥수수며 쌀 담은 양철통이 줄지어있었다. 시장 일 마치고 나오면서 찾아가려고 아예 맡겨놓고 간 물건이다. 할아버지는 명찰이 없어도 그 주인이 누구인지 훤히 아는 모양이다.

분명 머릿속에는 각자의 개성에 맞는 인물로 기억하고 있을 것이다. 머리를 뽀글뽀글 감은 뽀글이 아줌마는 옥수수 한 되, 땡땡이 월남 몸빼 바지를 입고 온 땡땡이 아줌마는 보리쌀 두 되, 손주 주려고 딱딱하게 굳은 가래떡을 썰어서 갖고 온 꼬부랑 할머니까지 전부 기억한다.

뱅글뱅글 돌아가는 뻥튀기 바로 밑에는 장작개비를 작게 쪼개서 태우는 화덕이 있다. 화덕이라고 거창하게 만든 게 아니다. 애기들 분유통에 구멍을 숭숭 뚫어서 바람구멍만 있으면 되고, 불 조절은 작게 쪼갠 장작개비를 얼마나 집어넣느냐에 달렸다. 너무 많다 싶으면 옆으로 빼면 된다. 많은 세월 속에 이 정도 불 조절은 누워서 떡 먹기다.

"수정 씨. 저기 뻥튀기는 거 보고 갑시다."

"그래요, 호호호. 예전에는 서울에서도 가끔 봤는데 정말 오랜만에 보네요."

주위에는 벌써 아이들 몇 명이 언제 '뻥' 소리가 날지 지켜보고 있었다. 몇 분이 지났을까? 할아버지 손놀림이 바빠진다. 밑에 있던 화덕을 바깥으로 빼내고, 검은색 천으로 만든 커다란 자루를 뻥튀기 앞에 씌운다. 쇠꼬챙이 두 개를 들고 뻥튀기 몸통 구멍에 넣는가 싶더니 '쉬익 쉬익' 하고 김 빼는 소리와 함께 외쳤다.

"뻥이요!"

순간 시장터 어디에서도 다 들릴만한 굉음이 터졌다.

퍼엉!

"아이고, 깜짝이야. 호호호."

하얀 뭉게구름처럼 피어나는 연기 속에 뻥튀기의 달콤한 향이 순식간에 다가왔다. 아이들은 흐트러진 강냉이를 주워 먹느라 손놀림이 바쁘다. 땅에 떨어진 옥수수 강냉이 몇 알이라도 주워 먹는 재미로 구경하면서 기다렸다. 어린 시절 추억을 생각나게 하는 뻥튀기다.

시장터 안으로 들어갈수록 볼 것이 많았다. 온갖 잡동사니를 돗자리에 펼쳐놓고 파는가 하면 무좀약이며 쥐약에다 좀벌레 약이라고 하얀 사탕같이 생긴 약을 리어카에 가득 실어놓고 팔았다. 그중에 시장터에서 제일 시끄러운 장사꾼은 울릉도 호박엿을 팔면서 가위질하는 엿장수다.

"수정 씨, 저 엿장수가 흔들어대는 가위질이 일 분에 몇 번 하는 줄 아세요?"

"그걸 어떻게 알아요? 세어봐야 아는 거 아닌가?"

"하하. 엿장수 맘대로죠."

"호호호. 그런 게 어디 있어요."

"저기요, 한 번 물어봐요."

엿장수한테 물어보지는 않았지만, 엿을 샀다.

"수정 씨 엿 먹어요."

"…네, 강호도 엿 먹어요. 호호."

전투복에 '007'가방을 든 장교가 예쁜 아가씨와 시장터를 돌아다니니 장사꾼도 그렇고 행인들이 힐끔힐끔 쳐다본다. 근무 중에 연애하는 행태로 보이는 모양이다. 전방이나 지켜야지 여기서 웬 연애질이냐다. 휴가 중인 군인은 연애하면 안 되나? 아마도 드문 광경이라서 그러겠지. 그렇다고 휴가 중이라고 어깨에 견장 차듯이 표시

할 수도 없고, 조금은 의식하면서 다녔다. 손잡고 다니다가 슬며시 놓거나 엿 봉지를 수정 씨가 들도록 하는 정도다. 시장은 넓었다. 끝까지 보지 못하고 터미널에 돌아갈 시간이다. 이제는 경주다.

경주로 가는 완행버스는 시골길을 굽이굽이 돌아서 3시간 만에 도착했다. 산비탈에서는 누런 황소가 끄는 쟁기질로 아지랑이가 피어오르고, 밭두렁에서 나물 캐는 아낙네의 머리 수건에는 노란 꽃이 피어있었다.

"경주에 가면 아무래도 불국사하고 석굴암은 꼭 가봐야죠. 수정 씨는 어디 가고 싶은데 있어요?"

"나도 뭐 그렇지… 호호호. 꼭 신혼여행 같다."

아까부터 함께 경주 간다는 생각에 수정은 들떴다. 마냥 신기하고 즐겁고 행복하다. 석남사 민박집에서 보내던 요 며칠도 꿈같았지만 이제 경주로 가는 바깥 풍경에 가슴이 뛴다. 하기야 요즘 친구들 결혼식 끝나면 신혼여행지로 경주를 찾는다. 그것도 그나마 며칠간의 휴가를 얻을 수 있는 경우다. 택시 타고 북악스카이웨이를 한 바퀴 도는 것으로 끝나는 신혼여행에 비하면 대접받는 기분이다. 하기야 경주는 학생들 수학여행 때면 으레 찾는 곳이라 자주 와봤지만 오늘은 둘만의 여행이다. 기분이 아닌 진짜 신혼여행이고 싶다.

"하하하. 우리 석굴암 부처님 앞에서 약식 결혼식 어때요?"

"정말 그렇게 할까?"

강호 어깨에 살포시 머리를 기대며 먼 산을 바라본다. 함께 다니니 즐겁고 행복하면서도 또다시 헤어질 생각을 하면 가슴이 답답하다. 보고 싶은 마음은 크지만 불안하다. 눈에서 멀어지면 멀어질수록 간절하면서도 생각도 멀어지는 느낌이다. 특히 요즘 엄마 잔소리가 심할 때는 더 그렇다. 정말 이 남자와 이참에 부처님 앞이건 신부님 앞에서 결혼 서약이라도 할까? 그래야 마음이라도 안정되겠다.

강호가 불국사에 도착했을 때 불국사는 예나 지금이나 중학교 수학여행 때 보았던 모습 그대로다. 하기야 천년 넘게 지켜온 건물이 이제 10년도 지나지 않았는데 뭐가 변하겠나? 변했다면 강호가 변했다. 까까머리에 교복 입고 철없이 웃고 떠들던 모습이 지금은 군복입고 장래를 약속한 여인과 함께 거닐고 있으니 10년이라는 세월이 무상하다.

"중학생 때는 저 다보탑이 엄청 화려하고 웅장하게 보였는데, 지금은 화려하게만 보이네요."

"그만큼 키가 커졌다는 얘기지. 키만 컸나? 눈도 높아졌겠지. 나를 택한 것만 봐도 알잖아. 호호호."

"허어, 얘기가 그렇게 가나요."

"호호호. 그래서 연상의 여자를 좋아하는 건가?"

"아이고, 그런가 봅니다. 제가 워낙 눈이 높아요."

연상의 여인을 사랑하게 된 사유가 눈이 높아서란다. 하기야 웬만해서는 애당초 쳐다보지도 못할 나이다. 같은 동갑인 경우도 여자가 남자보다 정신 수준이 높다. 하물며 5년 연상을 상대하려면 정신 수준은 아니더라도 눈이라도 높아야 한다.

석굴암은 오후 늦게 도착했다. 석가모니 불상 앞에서 결혼식은 아니더라도 약식이나마 결혼 서약이라도 하고 싶다는 수정 씨의 요구다. 대놓고 말하지는 않았지만 은근히 기대하는 눈치다. 수정 씨를 기쁘게 하는 것도 행복하지만 그보다 동해를 바라보며 나라를 지킨다는 석가본존불의 영험함을 받고 싶다. 본존불 앞에서의 서약이니만큼 쉽게 헤어지지 못할 것 아닌가? 시내 금은방에서 저렴하게 커플 반지를 샀다. 다이아 3부라도 박힌 금반지는 정식 결혼식 때 하기로 하고 은반지다. 석굴암 앞에는 평일이고 늦은 시각이라서 다행히 인적이 없었다.

"수정 씨! 사랑합니다. 영원히 사랑합니다."

"저도요, 강호 씨! 사랑합니다. 우리 영원히 사랑해요."

"이제 우리는 예비부부가 된 것이 맞죠?"

"호호호. 예비부부?"

은반지일지라도 사랑을 담아 서로의 약지에 끼워주며 석가본존불 앞에서 두 사람은 엄숙하고 다정하게 예비부부로 결혼 서약식을 했다. 양가 부모와 친지는 없어도 천년 넘게 지켜온 석가 본존불이 내려다보고 있다. 하얀색 은반지가 본존불 이마에서 뿜은 빛을 받아 반짝인다. 그 빛에 수정 씨의 눈에서도 반짝이는 눈물이 보인다. 3년의 기다림과 갈등에서도 여기까지 왔다. 영원히 함께하자.

엄숙한 행사를 마치고 시내로 돌아오니 어둑어둑한 밤이다.

"오늘은 어디 좋은 곳에서 자요. 며칠째 민박집에서 자다 보니 제대로 씻지 못해서 몸이 찌뿌듯해요."

산속 민박집이라 전기는 들어왔어도 수도시설은 물론 화장실도 제대로 갖춰있지 않았다. 개울물을 커다란 주전자에 담아서 가마솥에 서너 번은 부어야 겨우 더운물을 썼다. 그것도 세수만 겨우 할 수 있을 정도로 불편했다. 호텔은 아니어도 지은 지 얼마 안 돼 보이는 여관으로 갔다. 다행히 단체 손님만을 받는 여관이 아니라서 방은 작아도 깨끗하다.

"아이고, 피곤하다. 좀 쉬었다가 나가죠."

"그러게, 오늘 별로 하는 일도 없었는데 온몸이 나른하지."

"하는 일이 없긴요? 하하하. 우리 오늘 결혼했잖아요. 잠깐 겉옷만 벗고 이리 와요."

침대 시트 위에 벌렁 누워서 그녀를 안았다. 하루 종일 손만 잡았던 여인이다. 석굴암 석가 본존불 앞에서 잠깐 키스한 게 유일하다. 군복 입고 석가모니 앞에서 애정행각을 보이면 벌 받을까 봐 걱정이지만 그래도 예비부부 되는 마당에 이 정도는 봐주겠지 싶어서다. 잠깐 휴식을 취하고 고도(古都)의 밤거리를 거닐었다. 저녁 식사도 해야겠고, 예전에 수학여행 와서는 밤에는 바깥출입을 못했기 때문에 지금이라도 천년고도의 밤공기를 마시고 싶다. 왠지 다른 도시와는 다른 공기가 흐르고 있는 느낌이다. 시내 한복판은 아니지만 그래도 버스터미널 근처인데도 거리는 한산하고 오히려 옛 풍미를 느끼게 한다. 화랑의 기운이 스며든다. 말 타고 지나가던 김유신이 애마를 죽였던 장소가 이쯤 되지 않을까? 천관이라는 기녀가 살던 집도 궁금하다. 사나이 굳은 의지를 거론할 때 심심치 않게 나오는 설화지만 애꿎은 말이 불쌍하다. 삼국을 통일한 위인들의 영

면을 기리며 아직까지도 남북통일이 안 되는 현세에 나타나서 불호령이라도 떨어져야 소원이 이루어질까 생각하며 신라의 밤거리를 거닐었다.

"내가 먼저 씻을 테니 TV 보고 있어요."

언제부터인가 몸을 씻는 것도 자연스러워 졌다. 한마음이 되어 스스럼없이 지낸 지 오래다. 더구나 이제는 부부다. 비록 앞에 예비를 부쳤지만 마음은 벌써 부부다. 긴 밤을 지내고 다음 날은 경주 박물관과 천마총이며 왕릉을 둘러보았다. 수학여행 온 학생도 아니고 더구나 역사연구가도 아닌 마당에 경주 유적지를 모두 섭렵할 뜻은 없다. 첨성대를 끝으로 경주를 떠났다. 이제 부산으로 돌아간다.

"가는 길에 동래온천에서 하룻밤 쉬고 가는 게 어때? 내가 알기로는 우리나라에서 제일 오래된 온천이라는데…."

"좋지요. 부산에 있으면서 동래온천 얘기는 많이 들었어요. 신혼여행으로도 많이 가고요. 하하하, 온천에서의 하룻밤이라…. 정말 우리 신혼여행 같지 않아요?"

"호호호. 이제는 뭐 상관없어요. 어차피 신혼여행이잖아요."

"하긴 그래요."

경주에서 동래까지는 직통버스가 없다. 두 번이나 갈아탔다. 전날 출발했던 언양 버스터미널을 다시 거쳐 5시간 걸려서 도착했을 때는 훈훅한 밤이다. 피곤하기도 하지만 분위기 좋게 대중탕보다는 가족탕이 있는 방을 구했다.

"헤헷. 우리 같이 목욕할까?"

"예?"

지금까지 목욕을 함께한 적은 없었다. 서로 몸을 모르는 것은 아니지만, 그래도 훤한 곳에서 속속들이 보이는 목욕만큼은 은연중에 피했다. 그런데 가족탕이라는 명칭 때문인지 아무런 거리낌 없이 함께하잔다.

"하하. 좋습니다. 먼저 들어가요."

"호호호. 내가 물 받을 테니 천천히 들어와요."

잠시 후 그녀가 들어오란다. 벌거벗은 몸은 뿌연 수증기 때문에 감춰지는 것처럼 보였지만, 천장에 부착된 백열전구의 밝은 빛을 피할 수는 없었다. 그녀 역시 물속이라 하여도 희뿌연 여체를 숨길 수 없다. 아무리 신비로움은 없어졌어도 적나라하게 보이는 것에 익숙하지 못했다. 최대한 빠르게 샤워하고 탕 안으로 몸을 던졌다. 그녀와 함께 있는 물속은 기분이 묘했다. 에덴동산에서 만난 아담과 이브처럼 은근히 중요한 부분을 가렸다. 그러나 침례의식처럼 함께 물속에 있으려니 경건함까지 생기면서 사랑하는 마음이 더 커졌다. 남자들끼리도 목욕탕에 갔다 오는 순간 좀 더 친해지는 느낌인데, 하물며 남녀 사이다. 서로 좀 더 친밀해졌음을 굳이 말하지 않아도 된다.

동래 온천상에서의 하룻밤을 끝으로 그녀는 신혼여행 같은 휴가를 마치고 올라갔다. 몸과 마음을 좀 더 알게 되었고 석굴암 석가본존불 앞에서 장래를 다짐하는 예물도 교환했으니 뭔가 한걸음 나아진 기분이다. 그러나 예비부부일 뿐이다. 아직 부모님 허락은 물론이고 형들과 갈등도 그대로다. 당장에 먹고 지낼 집이며 생활비는? 꿈속의 사랑처럼 즐겁고 행복한 시간을 보냈지만, 결국 아무런 결론을 못 내고 그녀는 올라갔다. 헤어지면서도 이별의 아쉬움보다 앞날을 걱정하며 헤어졌다. 불투명한 미래를 위해서라도 자주 만나서 사랑을 나누고 대화할 필요가 있지만 또다시 언제 만나게 될지 모르기 때문이다. 마음만 먹으면 매주 토요일 만날 수 있다. 보병학교에서 외박을 애타게 기다리던 그때를 생각하면 하루가 걸리는 교통편이라 할지라도 올라가서 만날 수 있다. 아니면 내려오거나. 그런데 사람의 마음은 간사하다. 비록 주말일지라도 언제든지 마음만 먹으면 올라갈 수 있는 여건이 보장되었지만 실제로는 기회 자체를 이용하지 못했다. 내 손에 들어온 과일은 언제든지 먹을 수 있다는 안도감, 아마도 애타게 보고 싶은 정도가 하루를 대신할 만큼의 가치가 안 되기 때문이다.

13. 진하 해수욕장으로의 호출

휴가를 마치고 며칠 지나지 않아 중위로 진급되면서 부대 내 시설대로 발령받았다. 시설 대장은 소령이고 강호가 맡은 임무는 시설대 작전장교다. 말이 작전장교이지 하는 일은 현재 진행 중인 신축이나 중·개축 공사감독이다. 신축공사는 그래도 공사답지만 창고를 보수하고 개조하는 모든 일을 시설대에서 했다. 종합창이니만큼 별 하나 준장이 창장이라서 웬만한 건축물은 자체 인력으로 해결했다. 더구나 전군에 지원하는 공병 물자가 이곳에 있으니 건축자재만큼은 쉽게 조달된다. 공사인력도 평소 건설 현장에서 작업하던 목수나 잡부로 일하던 방위병이 많아서 쉽게 동원되었다. 단지 사병이라고는 사무실에서 자재 조달과 서무로 근무하는 두 명과 공사감독 조수로 뛰는 세 명이 있다. 그 위에 하사관인 중사가 공사를 지휘하고 있었다. 결국 시설대 소속으로 장교는 김 소령과 박 중위, 하사관으로 황 중사, 사병 5명이 전부다. 여기에 수시로 일에 따라 변하는 방위병이 열댓 명 정도다. 많게는 30명이 된 적도 있었다지만 일 년 동안 있으면서 대체로 열 명 안팎이다.

강호가 발령받아 첫 번째로 맡은 임무는 테니스장에 휴게시설을 짓는 일이다. 그냥 잠깐 쉬는 공간이 아니고 목욕시설을 겸한 휴게실이다. 시설마다 남녀가 구분되어 따로 있어야 한다. 화장실이며 잠깐 쉴 수 있는 방까지. 당연히 목욕탕도 남탕과 여탕을 분리했다. 여탕을 사용하는 사람이라면 여군이나 여군속이라 생각했는데, 나중에 보니 영관급 사모님들이다. 하기야 부대 내에 여자 공무원인 군속은 많아도 여군은 한 명도 없었다. 여군이 있어도 한가롭게 휴일 날 테니스 치지는 않겠지만 어떻든 모든 시설을 남녀 구분되어 지어야 하는데, 이 모든 공사를 제대로 된 설계도면 없이 해야 한다. 공사 자재와 인력은 동원할 수 있어도 설계는 시설대에서 알아서 하란다. 더구나 공사 기간도 짧다. 창장은 여름 장마철 들기 전까지 완공하라는 특명이다. 시설 대장은 부랴부랴 장교 한 명을 충원해달라 요청했고 공병 병과 중에서 그나마 한가해 보이는 강호를 뽑았다. 김 소령은 강호를 보자마자.

"박 중위! 건축 설계 그려봤나?"

"네? 학교 다닐 때 토목만 했습니다."

"허어, 상관없다. 오늘부터 여기 황 중사하고 상의해서 테니스장에 휴게실 짓도록 한다. 6월 말까지 끝나야 하니깐 바로 시작해. 창장님 특별지시다. 박 중위가 책임지고 완공하도록. 알았나?"

"넷!"

발령 인사로 신고하는 자리에서 바로 임무가 하달되었다. 설계도면 없이 건물을 짓는다. 당연히 건축허가도 필요 없다. 남녀 목욕탕 있는 휴게실도 보안이 필요한 군 시설이다. 마침 서무로 근무하는 김 상병이 Y대학 건축과 2학년 마치고 들어와서 설계도면은 아니어도 대충 알아볼 정도의 평면도는 그려놓은 상태다. 평면도 한 장에 나머지는 전부 공사하면서 말로 지시하면 된다.

테니스장 옆 공간에 터를 다듬으면서 공사를 시작했다. 그런데 땅 파는 일이야 방위병 동원해서 삽만 있으면 되지만 자재가 문제다. 공병 보급물자에 건축공사를 위한 자재는 야적장에 산더미처럼 쌓여 있어도 대부분이 시멘트, 목재로 건물을 지을 때 필요한 모든 자재가 있는 게 아니다. 그것도 마음대로 사용하지 못하고 일일이 물량을 뽑아서 결재를 받아야만 보급받을 수 있었다. 그나마 다행인 것은 결재만 받으면 그날로 싣고 나왔다. 결재라고 해봐야 강호가 올리면 시설 대장이 창장한테 바로 받는 일이라 일사천리로 해결됐다. 그러나 부대에 있는 보급물자는 이렇게 금방 되지만 없으면 외부에서 사야하는데 돈을 타내는 일이 그렇게 쉬운 일이 아니다. 설계도면도 없이 시작하는 공사에서 평면도 하나 놓고 김 상병이 자재를 뽑았다. 뽑은 자재 중에 가장 시급한 것이 블록이다. 시멘트와 모래는 야적장에 있지만 블록은 없다.

"황 중사! 블록이 없잖아. 사야 하나?"

"예. 박 중위님 걱정하지 마십시오. 알아서 해결하겠습니다."

"허어, 그래."

황 중사는 고교 졸업 후에 바로 입대하면서 나이는 강호보다 한 살 아래지만 하사관으로 임관한 이후 이곳 시설대에서만 5년을 근무한 베테랑이다. 며칠 지나지 않아 공사장 옆에서 시멘트 블록이 만들어지고 있었다. 어디서 구했는지 블록 찧는 틀에다 방위병 5명이 만들고 있었다. 야적장에 많은 게 시멘트, 모래였다. 기초바닥 콘크리트를 친 다음날 시멘트 블록은 충분히 쌓여 있었다.

시설대에서만 사용하는 M45 군용트럭이 있다. 가끔은 사소한 물품이어도 보급물자에 없는 자재가 있다. 일일이 돈을 타내기도 어렵고 이때는 할 수 없이 시멘트로 해결한다. 자재상에 시멘트를 싣고 가서 교환하는 일이다. 이런 물물교환은 암암리에 선배로부터 물려받았고 체계화되어 있어서 정확하다. 시멘트 가격만 시장 조사하면 답이 나온다. 시멘트의 적정 가치는 시장가의 70%다. 그러나 물품에 따라 달라서 아쉬운 쪽은 우리다. 가끔은 일하며 막걸리 파티를 하는데 이것도 시멘트로 해결한다. 1포에 막걸리 1말, 비록 퇴계일지라도 씨암탉 한 마리도 1포면 해결된다. 시멘트 몇 포만 싣고 나가면 그날 시설대는 회식을 할 수 있었다. 요 정도는 부대 가까이 인근 가게에서도 교환이 되지만 차떼기로 하는 경우에는 다르다. 누가 봐도 군수물자를 빼돌리는 행위이니만큼 아무 곳에서 할 수 있는 거래가 아니다. 고참 따라다니던 졸병이 고참 되어도 거래처는 변함없다. 결국 부대창설 이후부터 계속된 물물교환은 거래처가 부산 변두리 사상 쪽으로 이사 갔어도 따라갔다.

"박 중위님! 문제가 생겼습니다."

"뭔데? 조감도는 언제 나오고?"

방위 7명 데리고 하루 종일 목욕탕 공사장에서 나름 작업반장 노릇을 하고 있는 곽 상병이다. 대학교에서 미술을 전공하다가 왔다는데 어떻게 시설대로 오게 되었는지 본인도 모른단다. 그러면 영문과 다니다 온 놈은 뭔데? 그나마 미술은 조감도라도 그릴 수 있잖

아. 그러면서 목욕탕 조감도를 그리라고 시켰다. 설계도면 없이 주먹구구식으로 블록 쌓는 것보다는 조감도라도 있으면 힘이 되겠다 싶어서다. 대충 그린 평면도에 살을 붙여서 상상으로 그리는 조감도다. 낮에는 일하고 저녁 시간에 그리다 보니 시간이 걸렸다. 그래도 미술 전공했으면 하룻밤 사이에 나오겠지 했는데 며칠이 지나도 소식이 없어서 그렇지 않아도 다그치려는 판에 알아서 찾아왔다.

"그게 아닙니다."

"아니? 작품 만들어? 대충 상상으로 못 그려?"

"조감도 얘기가 아닙니다."

"뭐? 그럼 뭐가 문제야?"

건축자재는 물론이고 작업자도 충분히 조달한 상태에서 무슨 문제가 있나? 있다면 도면 없이 하는 거다. 그래서 조감도를 상상으로라도 그리라고 시켰는데, 그 문제가 아니라면 뭐가 있나 싶어서 은근히 짜증 났다.

"목수며 미장할 놈은 있는데 배관작업 할 놈이 없습니다."

"뭐?"

전혀 생각하지 못했다. 설비 배관 작업할 방위가 한 명 있었다. 전문가는 아니어도 집수리 쫓아다니며 조수 노릇 하느라 기계를 만질 줄 아는 정도다. 300여 명이 넘는 병력 중에서 그나마 찾아낸 설비공이다. 그런데 갑자기 집안에 일이 생겨서 제대하게 되었단다. 그것도 삼일 내로다.

"좀 있으면 설비 배관작업 시작해야 하는데 큰일 났습니다."

"자재는 준비되었지?"

"넷!"

"당장 똘똘한 놈 두 명 찾아서 그놈에게 배관작업 배우라고 해! 나중에 물 샜다가는 죽을 줄 알고 확실하게 배우라 하고."

군대는 까라면 까야 한다. 전문가가 따로 없다. 하면 된다. 서툴지라도 눈치껏 한다. 손재주만 있으면 금방 배울 일이다. 건물 개·보수 아니면 창고나 짓던 시설대에서 처음 짓는 목욕탕이라 새로운 작업이 많았다. 그때마다 응급조치로 물어물어 공사했고, 공정 나갈 때마다 목욕탕의 면모가 서서히 나타났다. 상상으로 그린 조감도에 비하면 한참이나 부족해 보이는 건물이지만 튼튼하게 지었다.

6월 하순 드디어 건물이 완공되었다. 기념으로 군수 사령관을 모시고 준공식과 함께 테니스 대회를 했다. 7월 초 한창 더운 날에 땀을 뻘뻘 흘리며 테니스를 치고 전부 목욕탕을 찾았다. 군수사령관인 박○○ 중장과 종합보급창장인 정○○ 준장이 앞장서고 각 단장인 대령들 6명은 쭈뼛쭈뼛 뒤를 따랐다. 탈의실에서 대령들은 사령관 앞이라 옷을 벗어야 할지 말아야 할지 난감한 표정이다. 혹시라도 문제가 생기면 안 되기에 박 중위는 탈의실까지 들어와서 부동자세로 서 있었다. 군복을 입었을 때는 당연히 번쩍이는 계급장으로 알 수 있지만 테니스복은 비슷비슷하다. 그래도 끝까지 다른 것은 모자다. 계급장이 있다. 별 세 개 달린 운동모를 벗으면서,

"아니? 뭐합니까? 허허. 같이 목욕합시다."

사령관의 한마디에 그때서야 대령들도 옷을 벗는다.

"어이 시원하다. 정 장군 수고했습니다. 이렇게 지어놓으니깐 훌

륭한데요. 가끔 와서 이용해야겠어요. 허허허."

"아이고, 사령관님 감사합니다. 자주 오십시오."

아침 새벽부터 보일러를 가동해서 목욕탕 물 온도를 38℃에 맞춰 놨다. 너무 뜨거워도 안 되고 차가워도 안 된다. 운동하고 나서 가장 목욕하기 좋은 적정온도가 38℃란다. 온도를 맞추기 위해서 더운물과 차가운 물을 수도 없이 채웠다. 그렇게 3월부터 시작한 목욕탕 신축공사는 군수사령관의 목욕으로 모든 일정이 끝났다. 4개월만이다.

그런데 몇 명이 이용할지 모르는 목욕탕을 관리하는 일도 시설대 몫이다. 평일에는 문 닫았다가 휴일에만 이용하다 보니 BOQ(장교기숙사)가 옆에 있어도 초급장교인 위관급 장교들은 언감생심 얼씬도 못하는 구역이 되었다. 휴일만 되면 창장이 대령들과 테니스 대회를 하는 바람에 초급장교는 아예 테니스 자체를 못했다. 그러나 강호는 그놈의 목욕탕 물 온도를 맞춰야 하기 때문에 은근히 신경 써야 했다. 관리하는 병사가 있지만 물을 잘못 채워서 너무 뜨겁게 한 사건이 생긴 이후로는 강호가 관리 책임을 맡았다. 다른 동기들은 놀러 나가도 창장이 테니스 치러 오는 날은 당직도 아니면서 한동안 근무를 섰다. 목욕탕 물관리 장교로….

시설대에는 전화기가 두 가지 있다. 군용전화와 일반전화다. 군용전화와 별개로 일반전화는 언제든지 바깥세상과 연락이 가능하다. 가끔은 군부대에서 해결하지 못하는 특수한 경우를 위해서 설치한 전화다. 통신보안대의 감청이 있어서 사사로운 통화는 가급적 피한다. 그랬던 10월 초 오후 3시경 일반전화로 전화가 왔다.

김 상병이 재빨리 전화를 받았다.

"충성! 통신보안 김 상병입니다. 누구 찾는다고요? 넷! 알았습니다. 박 중위님, 전화 왔습니다."

일반 전화이건만 습관적으로 군 전화로 착각하고 전화를 받았는데, 강호를 찾는 전화다.

"네, 전화 바꿨습니다."

"여보세요? 나야 수정이."

"어, 웬일이에요?"

"여기 지금 경주에요. 공중전화라 동전이 부족해요. 이따 7시에 진하 해수욕장에서 만날 수 있어요?"

전화기는 잡음이 심했다. 동전이 부족한 탓으로 급하게 떠드는 소리는 더 안 들린다.

"진하 해수욕장요?"

여름철도 한참 지났는데 뜬금없이 웬 해수욕장?

"네. 진하 해수욕장에서 7시요."

뚜뚜뚜.

그리고는 전화가 끊겼다. 다시 올 줄 알고 기다렸으나 더 이상 벨 소리는 없다. 이쪽 사정이 어떻든 그녀가 기다리고 있을 진하 해수욕장으로 7시까지 가야 한다.

대대본부로 전화하니 마침 곽 중위가 당직사관이다. 오늘 저녁에 급히 시설대용 트럭을 사용해야 하니 운전병인 강○○ 일병의 외박증을 끊어달라고 했다.

"박 중위, 뭔 일인데?"

"나중에 돌아와서 말할게. 급하니깐 지금 바로 김 상병 보낸다."

대대본부로 김 상병을 보내고 강 일병을 찾았다. 시설 대장에게는 보고를 안 했다. 말해야 뻔하다. 군용차량을 야간에, 더구나 사적인 일로 이용한다니 말도 안 된다. 어차피 퇴근하면 모르는 일. 사고 없이 돌아오면 된다. 혹시 내일 알았다고 해서 어찌할 건가? 군법에 회부? 그보다 지금 사랑하는 여인이 가까이 내려왔다. 강호가 안가면 모르는 해변에서 헤매고 있을 거다. 당장에 내일 감방에 가더라도 오늘은 그녀를 만나러 가야한다.

5시 20분. 시설 대장이 퇴근하자마자 잠시 후 출발했다. 퇴근 시간대에 부산 시내를 통과했으나 진하까지 갔을 때는 20분의 여유도 생겼다. 다행히 운전병이 부산 출신이라 막히는 구간을 잘도 피한 덕분이다.

"야, 강 일병 운전 솜씨 좋은데…."

"넷, 감사합니다."

"저기, 해수욕장 입구에서부터 안으로 살살 운전해봐."

여름철은 어땠는지 몰라도 가을철 해수욕장은 썰렁하다. 더구나 낮도 아닌 밤거리다. 상가는 전부 문 닫은 상태였고 행인이라고는 아무도 없다. 띄엄띄엄 켜진 가로등만이 을씨년스런 거리를 비추고 있었다. 그런 마을을 입구서부터 돌아보았으나 강아지 한 마리 안 보인다.

"입구에 버스 정류장이 있었지? 그곳으로 가보자."

20분은 금방 지났다. 그러나 7시가 되었는데도, 그녀는 안 보인다. 가끔 지나가는 시외버스는 정류장에 서지도 않고 달렸다.

'혹시 전화가 통화 중에 끊겨서 내가 못 나올 줄 알고 안 오나?'

'아니지, 이제 7시이니깐 조금만 기다려보자.'

트럭을 도로 옆에 세워놓고 기다린 지 몇 분 지났을까? 반대편에 버스가 서면서 한 여인이 내린다. 반가운 얼굴이다. 강 일병에게는 해수욕장 주차장에 세워놓으라고 지시하고 차에서 내렸다. 갑자기 어두운 거리로 내몰린 그녀는 아직 이쪽을 발견하지 못했는지 두리번거리다가 군용차량이라는 것을 알고는 뛰어온다. 도로를 무단 횡단하면서 달려오는 그녀를 반겼다.

"아이고, 수정 씨. 웬일이에요?"

"학생들 졸업여행으로 경주 왔는데, 잠시 땡땡이쳤어요. 호호호."

"네? 그럼 학생들은 지금 어디에?"

"여관 정해놓고 왔으니깐 괜찮아요. 그런데 나는 아까 끝까지 통화가 안 돼서 안 나오면 어쩌나 했어요. 다행이네요."

"그렇게 전화하고 끊어졌으면 다시 해야 하는 거 아니에요? 군인이 어떤 상황인지도 모르잖아요. 오늘 만약에 당직이라도 섰으면 오지도 못했을 거고…."

"아까 전화한 곳이 불국사였어요. 동전 없어서 못하다가 겨우 구해서 했어요. 다른 곳으로 이동하는 바람에 공중전화도 없고, 시간도 없잖아요. 나도 땀났어요. 호호호. 강호가 없으면 다시 돌아가려고 했지. 헤헤."

"이 밤중에요? 어떻든 이렇게 만났으니 다행이네요. 그나저나 가을철에 웬 해수욕장?"

"갑자기 가을 바다가 보고 싶어서요."

수정은 지난 봄방학 때 신혼여행 같은 휴가를 보낸 이후로 반년 넘게 강호를 못 만났다. 그러는 중에도 부모는 결혼할 마음이 있니, 없니 하면서 매일같이 성화였고, 이렇다 할 변명도 못하면서 보라는 선을 피한 것이 다섯 번이다. 얼마 전에는 도저히 피할 방법이 없어서 사람을 만나기는 했다. 어느 대기업에 과장이라면서 능력도 있고, 생김새나 마음 씀씀이도 좋았다. 단점이라면 종손이라서 부모님 모시고 제사 지내는 횟수가 많단다. 그래도 재산도 있어 보이고 동생들 뒷바라지도 크게 신경 쓸 필요가 없었다. 그러나 다음에 만나자고 한 약속장소에 안 나갔다. 강호가 눈앞에서 어른거리는데 나갈 수가 없었다.

한데, 강호는 뭐가 그렇게 바쁜지 지난봄에 만난 이후로 도통 얼굴을 볼 수가 없었다. 만나는 것은 그렇다 치고 편지도 뜸하다. 오늘 내려오면서 갑자기 변산 해수욕장에서의 즐거웠던 추억이 생각났다. 경주와 부산 중간에 있다는 이곳 진하 해수욕장은 그저 바다 생각이 나서 왔을 뿐이다. 강호가 와 있으면 더 좋겠지만, 없더라도 밤바다 보면서 그리움을 달래려고 왔다. 그런데 강호가 기다리고 있다.

연인은 가로등 불빛이 희미하게 비치는 바닷가로 갔다. 여름 피서철에 남겨놓은 수많은 발자국이 해수욕장임을 알려줄 뿐, 가을철 밤바다는 쓸쓸하다. 저 멀리 검은 바다가 밤하늘에 뜬 별들과 경계를 이루면서 더 어두워 보인다. 어둠 속에서 하얀 거품 물고 다가왔던 파도는 모래사장 발밑에서 힘없이 사라졌다. 두 사람 앞에 쌓여 있는 장애물도 함께 씻겨나가게 하고 싶다.

"우리 여기에다 이름 적어요."

"호호. 뭐라고 적지? '랑람'이라고 할까?"

모래사장에 '랑 ♡ 람'이라고 새겨놓고 기도했다. 영원히 사랑하자고….

지난해 여름 우이동 뒷산으로 산책하면서, 편지 쓸 때는 애칭을 사용하기로 했다. 수정 씨는 사랑을 뜻하는 '랑'이고, 강호는 시원한 바람이 좋아서 '람'이다. 언젠가는 밀려오는 바닷물에 지워지겠지만. 진하 해수욕장 모래사장에 '랑 ♡ 람'이라고 그려 놓고 어둠 속에 갇힌 두 사람은 길고 긴 키스를 했다.

막상 버스 타고 오면서도 학생들 야간단속을 못하는 걱정보다는 강호가 못 나올 수 있다는 불안한 마음이 더 컸었다. 안 나와도 밤바다 보는 것으로 만족하겠다고 했지만, 마음속으로는 빌고 또 빌었다. 모르는 길바닥에 내렸을 때, 강호가 보여서 얼마나 다행이었나? 지금 같이 바닷가에 서 있는 게 꿈만 같다.

"강호, 오늘 밤 나와 함께 있으면 안 될까?"

"네? 학생들은 어떻게?"

"어차피 걔네들은 방 배정 마치고 왔으니 내일까지 별일 없을 거야."

"그래요?"

"부대는 어때? 내일 새벽에 들어가면 안 되나?"

"글쎄요, 운전병이 문제죠. 중대 본부에 그냥 오늘 늦는다고만 말했는데…. 혹시 몰라서 외박증은 끊었어요."

"이렇게 헤어지면 너무 쓸쓸할 것 같아."

"알았어요. 그러면 여기서 이러고 있을 것이 아니고, 일단 경주 숙소 근처로 갑시다."

주차장에서 곤히 잠들고 있는 운전병을 깨웠다. 여기까지 오면서 대충 누구를 만난다는 얘기는 했었고 입단속은 철저히 시킨 상태다.

"강 일병, 경주로 가자."

"넷!"

"죄송합니다. 저 때문에 쉬지도 못하고…."

"괜찮습니다."

"수정 씨는 제 무릎에 앉으세요. 트럭이 좁아서요."

트럭 앞좌석에는 선탑자가 타는 좌석이 하나다. 화물칸에 앉아서 갈 수는 없다.

"호호호. 재미있네요."

무릎에 앉은 수정 씨는 마냥 즐겁다. 군용트럭을 처음 타는 것도 신기하지만 사랑하는 연인의 무릎이 너무 좋다. 운전하고 있는 강 일병에게는 미안하지만 여인을 안고 있는 강호도 가슴이 뛴다.

"그런데, 강 일병. 오늘 부대에 안 들어가도 되지?"

"네. 어차피 오늘 밤중에 들어간다고 했으니 내일 아침까지 들어가면 될 겁니다. 중위님이 중대장님한테 말씀만 잘 하시면 됩니다."

"그래. 그거는 걱정하지 말고, 내일 아침에 귀대한다."

"넷! 알겠습니다."

학생들이 묵고 있는 여관에 왔을 때는 10시 가까이 되었다. 잠깐

트럭을 대기한 상태에서 수정 씨는 동료 교사에게 경주로 시집온 친구 집에서 자고 온다는 말을 남기고 나왔다. 다행히 여관들이 밀집해 있는 곳이라 여관은 쉽게 구했다.

"강 일병, 내일 아침 5시에 출발하자. 일찍 자라."

"넷! 충성."

방 하나에 강 일병을 밀어 넣고 조금 떨어진 방으로 들어갔다. 주로 학생들 상대로 하는 단체 손님이 주 고객이니만큼 방들은 컸다. 그중에서도 작은방으로 선택한 방인데도 불구하고 대여섯 명이 뒹굴어도 충분한 온돌방이다. 초저녁부터 방구들을 지폈는지 방에 들어가는 순간 따뜻한 온기가 온몸을 감쌌다. 미처 몰랐지만 밤바다가 추웠었나 보다. 수정 씨의 얼굴이 발그스레하게 얼었다.

"추웠어요? 이리 와요."

굳이 추워서도 아니지만 두 사람은 그동안의 그리움을 긴 포옹으로 방안 가득 열기를 내 뿜었다.

"오늘 정말 잘 생각했어요, 어떻게 전화로 중간에서 만날 생각을 다 했어요."

"어차피 숙소에서는 잠만 자잖아. 강호가 보고 싶어서 도저히 못 참겠는데 이렇게라도 해야지. 헤헤헷."

"아이고, 내 사랑…."

침대 위에 나란히 누웠다.

"나 강호한테 긴히 할 말이 있어요."

"으응? 뭔데요?"

"얼마 전에 엄마한테 강호 얘기를 했어."

"…."

"하도 엄마가 선보라고 난리치는데 어쩔 수 없더라고. 어차피 한 번은 터트려야 하는 거 아냐?"

"잘 했어요. 부모님 반대가 심했을 텐데…."

"아직은 엄마만 알고 계셔. 그런데 엄마가 더 무서워…."

"아니, 왜?"

"강호 기다리다 내 인생 망쳤다고, 당장 때려치우고 결혼하지 않으면 약 먹고 죽겠다고 난리가 아냐."

"으잉? 나랑 결혼하라는 게 아니고? 아니 누구? 당장 결혼할 사람은 있어요?"

"선보라고 여러 번 얘기한 것을 그냥 넘겼잖아요. 엄마는 그게 강호 때문이라고 다시는 허튼소리 하지도 말라는 거야. 군인은 다 똑같다나 뭐라나…. 거기다 강호 부모도 어차피 반대하지 않느냐는 거지."

"우리 사이가 그런 사이가 아니잖아요?"

"그래서 이렇게 달려왔잖아요."

품 안으로 파고드는 그녀를 으스러지도록 껴안았다. 달리 뭐라고 할 건가? 기다려 달라고 말하는 수밖에…. 그러나 그게 쉽지 않겠다. 양쪽 부모의 반대가 상상을 초월한다.

강호 부모야 당장 결혼하는 것도 아니고, 시간이 흐르면 유야무야 알아서 끝나겠지 하는 희망이 있어서 덜 들볶았다. 아예 요즘에는 묻지도 않는다. 긁어 부스럼 만들 필요가 없다는 뜻이다.

수정 씨 부모는 아니다. 지금도 노처녀라는 말을 듣는 판에 일

년 만 지나면 나이 서른이 된다. 어디 내놔도 거들떠보지 않을 떠꺼머리처녀다. 지금이야 그나마 이십 대라 우기며 번듯한 직장이 있어서 선보는 자리라도 생기지만, 해 바뀌면 어떻게 나올지 두렵다. 당장에 선보지 않으면 죽겠다고 난리 치는 모양이다.

좀 전의 열기는 사라지고, 껴안고 있는 팔에 힘을 주면서 천장을 향해 긴 한숨만 지었다. 사랑을 그냥 사랑으로 끝나면 안 되나? 사랑을 향한 벽이 너무 높다.

14. 계엄령 하에서의 여인들

이렇게 애인과 밤바다를 거닐고 돌아온 지 며칠 지나지 않아서 부산과 마산 지역에서는 민주화 열기로 치안 부재까지 염려되는 사건이 발생했다. 일명 부마항쟁(釜馬抗爭)* 민주화 사건이다.

이 시절은 우리나라 근대역사상 가장 혼란하고 시국이 어수선한 시점이다. 현직 대통령이 시해되는 10·26 사건이나, 군부의 12·12 사태, 5·18 광주 민주화 운동 등 근대사의 굵직한 사건이 이때 전부 발생했다. 전국적인 계엄령 선포가 1979년 12월 13일, 1980년 5월 17일 두 번이나 있었다. 부산지역은 특히 이런 사태의 교두보 역할을 했던 부마항쟁의 중심지였다. 1979년 10월 18일 부산지역에 계엄령이 공포된다. 계엄령 공포와 동시에 종합보급창에서도 대대 병력 중 일부만 부대 경계를 취하고, 대부분의 병력은 부산의 주요 시설과 지역에 계엄군으로 출동했다. 동기들도 계엄 소대장 임무를

---

* 부마항쟁(釜馬抗爭): 1979년 10월 16일부터 20일까지 경상남도 부산과 마산 지역에서 일어난 반정부 항쟁 사건.

띠고 부산역과 부산대학교에 진입해서 계엄군으로 상주했다. 언제 출동 명령이 떨어질지 몰라 한동안 전투복에 군화까지 벗지 못한 상태에서 지냈다.

이런 긴급한 상황인지라 수정 씨와의 서신 연락은 뜸할 수밖에 없었다. 반면에 경애는 가끔 일요일이면 위문한다며 찾아오곤 했다. 대학생들이 민주화 운동으로 핍박받고 있을 때, 어엿한 대학 사회학과 4학년인 경애는 오히려 고생한다고 군인인 강호를 위해서 찾아왔다. 따뜻한 봄날이 완연해서 누구라도 봄나들이하고 싶던 날이다.

"오빠! 오늘도 비상 근무야?"

말 트고 지낸 지는 오래다. 그러나 아직도 손만 잡을 정도로 거리를 둔다.

"그래. 시국이 뒤숭숭해서…."

사실 계엄은 해지되었고 당직자만 아니면 외출해도 된다.

"에이, 오늘같이 날도 좋은데…. 그러면 부대 앞 시장에서 술 한잔 사주는 것도 안 돼?"

"알았다. 나갈까?"

가끔 동기들과 찾아가던 부대 앞 재래시장이다. 크지는 않지만 부침개나 통닭구이로 술 한잔하기에는 적당한 식당이 있다. 통닭구이로 소주 몇 잔할 때다.

"오빠, 다음 주 일요일은 쉴 수 있지?"

"왜?"

"아니, 무조건 쉬어야 해. 다음 주 일요일에 친구들과 놀러 가기로 했단 말이야. 전부 애인하고 함께 가기로 했거든….”

“뭐? 남자 친구도 같이? 몇 명이나?”

“응, 3명. 왜 있잖아, 작년에 우리 미팅할 때 나왔던 ‘영숙’이라고 손 중위인가? 파트너였는데? 그리고 내 고등학교 단짝. 하여튼 다음 주는 나와 함께 가야 돼.”

“알았어, 갈 수는 있는데…. 군인이 어디 놀러 간다는 게 그러네.”

“왜? 어때서. 군인은 사람 아닌가?”

다음 주 일요일 아침 일찍, 약속장소인 부산역 앞 광장으로 갔다. 다른 친구들도 애인과 함께 온다니 아무리 군인이라도 군복 입고 놀러 갈 수는 없다. 더구나 시국이 어수선할 때다. 지난봄에 신혼여행 같은 휴가를 마치고 서울로 올라가면서 수정 씨가 잠바를 사 줬다. 군복입고 놀러 다니는 모습이 아무래도 신경 쓰였던 모양이다. 봄 잠바지만 지금 철에 딱 맞다. 애인이 사준 옷을 입고 또 다른 애인을 만나러 나갔다.

한데 6명의 남녀 커플은 나이 먹은 어르신들의 봄나들이 관광버스에 함께 올라타야 했다.

“경애, 이게 뭐야? 어디 기차 타고 가는 거 아냐?”

“호호호, 그렇게 됐어. 실은 엄마가 이 모임 총무거든. 오늘 일이 있어서 못 간다고 대신 가라는 거야. 자리가 많이 남았으니 친구들도 부르고…. 좋잖아?”

“저분들이 엄마한테 얘기하지 않을까? 애인하고 같이 왔다고.”

“뭐 어때. 오빠하고 같이 가는 거 엄마도 아셔.”

“뭐!”

함께 온 친구와 애인들까지 모두 인사하고 즐거운 여행 시작이다. 목적지는 합천 해인사. 일행은 버스 제일 뒤쪽 6명이 나란히 앉았다. 어르신들이 미리 준비한 먹을거리를 개인별로 한 봉지씩 나눠줬다. 음료수, 가래떡, 사과…. 총무인 경애 어머니가 준비했다는데, 신경을 많이 썼다. 먹을거리도 충분하고 편안하게 쉬면서 가면 된다.

그런데, 마음 한구석에서는 영 찝찝하다. 오늘 제대로 선보이는 날이 되었다. 강호 의도와는 관계없이…. 경애 친구, 친구의 남친, 모친의 친구분들. 경애가 아주 마음먹고 날 잡았다. 그렇다고 싫은 기색을 비칠 수는 없다.

"엄마한테는 뭐라고 말했어?"

버스 타고 있을 때는 세상 어수선한 이야기 이외에는 별다른 말이 없다가, 해인사 경내를 돌아 제일 높은 곳에 위치한 '팔만대장경' 앞에서 뜬금없이 물었다.

"엉, 뭐를?"

"오늘 나하고 같이 간다고 했다며? 그런데 엄마가 뭐 안 물어?"

"호호호. 오빠, 그게 궁금했구나? 당연히 남자친구라고 했지. 육군 중위로 군 복무 중이고 사귄지 1년 넘었다고…."

"그리고?"

"결혼할 사람이냐고 묻기에, 아직은 모른다고 했어. 왜? 잘못 말한 거야?"

"아니."

사실 여기서 "아니."라는 말이 나오면 안 된다. "당연히 잘못했지. 결혼할 사람이라고 했어야지."라고 말했어야 한다. 경애하고 만난

지 벌써 1년이 넘었다. 정확히는 1년 6개월. 내년이면 대학 졸업하고 사회인이 된다. 결혼 얘기가 나올 만도 하다. 강호 눈치를 보면서 처음으로 '결혼'이라는 단어가 나왔다.

부산으로 돌아와서는 6명 모두 '자갈치 시장'으로 갔다. 강호 빼고 다른 사람들은 그동안 여러 번 만난 사이다.

"박 중위님, 이렇게 경애 씨와 함께 있으니 모습이 좋습니다. 그동안 경애 씨한테 같이 나오라고 여러 번 요청했는데, 하여튼 오늘 기분이 너무 좋았습니다. 자, 우리 모두 박 중위님의 합류를 위하여!"

"위하여!!"

고등학교 단짝 친구라는 '혜숙 씨' 남자 친구의 선창으로 전부 술잔을 들었다. 두 남자는 직장에 다니고 나이도 강호와 비슷하다.

"그런데, 박 중위님은 군 생활 계속하는 건가요? 어디? 육사 출신?"

"아뇨, 기행사관이라고 따로 훈련받고 임관했어요. 내년 3월까지는 의무복무라 그때 가서 결정하려고요."

"그라믄 내년 3월이면 제대하겠네예?"

옆에서 듣고 있던 경애 친구 '영숙'이가 소주잔을 들이키고 아나고(붕장어) 회를 상추에 싸면서 묻는다.

"그럴 확률이 높죠."

"야, 경애야. 니도 알고 있었나?"

"그래, 이 가시나야."

"그라믄, 박 중위님은 경애를 어떻게 할 건데예?"

"야, 영숙아! 와 네가 물어쌌노?"

"경애야, 니 지금 박 중위님하고 그냥 연애만 하는 사이가?"

"그라몬 영숙이 니는 덕배 씨하고 결혼키로 징하고 사귀나?"

"우리야 같이 부산에서 사는데 뭐 문제 있나?"

"…."

이야기의 본질은 그렇다. 군인은 언제고 사귀다가 말없이 떠나는 경우가 많다. 싫어서 떠나는 사람 붙잡을 명분은 없지만, 가끔 사고치고 떠나도 전국 어느 구석에 있는지 찾기 힘들다. 최전방 부대 안으로 숨어버리면 만나기도 어렵다. 그러니, 경애하고 연애만 하다가 훌쩍 떠나면 어찌할까 하는 염려다.

"걱정하지 마십시오. 저 그렇게 무책임한 놈 아닙니다."

"옴마야, 그라몬 경애를 책임지겠다는 말인교?"

"네. 앞으로 경애를 책임지겠습니다."

"오메, 오메! 이 가시나야! 니 책임진단다. 오늘 우리 잘 왔제?"

경애는 연신 친구를 흘겨보기도 하고, 강호를 보면서 조바심 내다가 책임진다는 소리에 기쁜 표정이 역력하다. 일 년 반 동안 만나면서 사랑한다는 말만 오갈 뿐 이렇다 할 약속이 없었다. 오늘 첫 소개하는 자리에서 그동안의 답답함이 해결되는 순간이다.

"박 중위님에, 친구 말 들어보니 안즉 키스 한 번 안 했다면서예? 1년 넘게 사귀면서 어쩜 그렇게 무정하세예?"

"어어, 그라몬 안되죠. 지금 당장 키스해! 키스해!"

억지로 떠밀려서 키스까지 했다. 정말로 경애와 결혼할 수도 있겠다는 생각이 들면서, 그동안 잊고 있던 수정 씨가 생각났다.

강호 때문에 집에서 그렇게 난리 쳐도 소개하는 사람과 선도 안 보고 있다. 강호의 이런 이중생활을 알면 뭐라고 말할까? 떨어져 있으니 사랑의 열기가 식었는가? 당장 결혼할 수 없다면 이제라도 놓는 것이 그녀를 위한 배려 같다. 어쩌면 핑계일지도 모르겠다. 그러나 수정 씨와 헤어질 마음은 하나도 없다. 남자는 첫사랑을 평생 안고 간다는데 도저히 헤어질 엄두가 안 난다. 사랑을 알고부터 벌써 5년이라는 세월이 흘렀다. 경애는 한 줄기 바람에 스치는 여인이지만 수정 씨는 다르다. 그녀와 강호는 한 몸이다. 느낌으로 알고 마음으로 읽는다. 그녀의 가슴 아파하는 모습에서 슬픈 영혼도 울었다. 미래가 불투명하다고 오늘을 버릴 수 없는 것이 사랑이라면 더욱더 수정 씨와 함께해야 한다. 그러나 사랑하는 여인의 행복을 위해서 떠나야 한다면….

며칠 동안 고민한 결과, 수정 씨에게 장문의 편지를 보냈다. 지금이라도 늦었지만 더 좋은 사람 만나서 행복하게 살라고, 사랑하기 때문에 떠난다고. 연인들이 헤어지면서 써먹는 삼류소설에서 나오는 문구를 그대로 옮겼다. 정말로 사랑한다면 어떤 장애물도 이겨내야 한다. 사랑하기 때문에 떠난다는 말은 허구다. 그러나 사랑하기 때문에 보내야 했다.

그녀는 기다릴 테니 헤어질 수 없단다. '헤어지자.', '기다리겠다.'는 편지가 수차례 오고 가던 어느 일요일. 이날은 전날 밤늦도록 동기들과 술 마시고 BOQ에서 뒹굴고 있었다.

점심때가 다 되어서 위병소 면회실에서 전갈이 왔다. 여자분이 면회 왔단다. 경애는 분명 아니다. 지난주 만나면서 이번 주는 고향에 갈지 모른다고 했었다. 더구나 경애는 면회 오더라도 이렇게 늦은 시각에 오지 않았다. 느낌이 왔다. 수정 씨다. 확인한 결과 역시 맞다. 이곳에서 근무한 이후 처음으로 찾아왔다.

다른 때 같았으면 버선발로 뛰어갔을 텐데, 지금은 아니다. 헤어지자고 마음먹었으니 야멸치게 보내야 한다. 부대 안에 일이 있어서 못 나간다고 면회실로 전했다. 그녀는 강호가 피하는 것으로 알고 있기에 계속해서 면회 신청했고, 면회실 근무병은 무슨 죄로 중간에서 해명하느라 바빴다. 강호는 침대에 누워서 빌었다. 제발 올라가라고…. 모질게 구는 내가 싫다. 보고 싶은 마음과 정 떨어지게 하려는 마음이 싸웠다. 침대에 엎드려 울었다. 지금 면회실에서 하염없이 기다리며 슬퍼할 그녀 생각으로 눈물이 저절로 나왔다. 당장에 뛰어가고 싶다. 보고 싶었노라고 당신을 너무 사랑하는 게 죄라고…. 안타까운 마음에 심장은 터지고 머리가 하얘질 때까지 흐르는 눈물은 베갯잇을 한없이 적셨다.

오후 5시 모든 근무가 끝나고 면회실이 닫힐 때까지 그녀는 떠나지 않았고 강호도 나타나지 않았다. 면회실이 닫히면 올라가지 않을까 싶었다. 얼마나 지났을까? 위병소에서 전화가 왔다.

"박 중위입니다."

"충성! 위병소 최○○ 병장입니다."

"오, 그래."

강호가 소대장으로 있을 때 같은 소대원으로 있던 병사다. 여인과 강호에 대한 소문은 벌써 부대 안팎으로 퍼졌을 거다.

"아까부터 정문에서 떨어지지 않고 중위님을 기다리는 여성분이 있습니다."

"뭐? 최 병장, 오늘은 나갈 수 없으니 잘 말해서 올려보내."

그렇게 1시간 정도 지났을까? 위병소에서 또 전화가 왔다.

"박 중위님! 큰일 났습니다. 여성분이 쓰러졌습니다."

결국 올 것이 왔다. 서울에서 새벽 열차 타고 왔을 텐데, 분명히 하루 종일 굶으면서 기다렸고 허망한 마음에 지쳐서 쓰러졌다. 이제는 사랑하기 때문에 헤어져야 한다는 명분을 따질 때가 아니다. 그녀를 살려야 한다.

위병소에 도착했을 때, 닫혀있는 정문에 기대어 일어나지 못하고 있는 그녀를 보았다. 차디찬 아스팔트 바닥에 반쯤 누워서 겨우 쇠창살에 어깨를 기댄 채 버티고 있었다.

'아, 바보 같은 사람아. 사랑이 뭐라고.' 눈물을 감추고 다가갔다.

"수정 씨."

"나왔어?"

원망과 회한으로 가득한 눈으로 올려본다. 힘없이 말하는 그녀를 껴안고 한없이 울고 싶다. 병사 앞이라 차마 울지는 못하고 무릎 꿇고 안았다. 안긴 몸이 파르르 떤다. 축 처진 몸을 일으켜 세우는데 무게라고는 하나 없이 옷자락만 들어 올리듯 가볍다. 매미 유충의 빈껍데기처럼 생명체라고는 하나도 남김없이 빠져나간 몸뚱어리를 들어 올렸다. 잠시라도 놓으면 옷자락 무너지듯 스르르 쓰러지겠다. 부둥켜안듯이 부추기며 걸었다. 일단 따뜻한 국물이라도 먹여야 한다. 쓰러져가는 그녀를 안고, 시장터까지 걸어가는 길은 염라대왕 앞으로 심판받으러 가는 길이다. 강호가 한 행동이 정말로 그녀의 행복을 위한 일이었을까? 아니면 이제 와서 사랑 운운하면서 그녀를 떨치기 위한 치졸한 행동이었나? 본연의 생각은 무엇인지? 죄가 있다면 달게 받고 싶은 심정으로 그녀를 안고 걸었다. 축 처진 그녀는 아무런 말도 없이 온몸을 맡겼다. 시장터 국밥집까지 가는 길은 그리 멀지 않았는데도 저승사자에게 붙들러 가듯이 질질 끌려갔다.

수정은 몇 수저 국밥을 뜨는가 싶더니, 눈물이 주르륵 흐른다. 말없이 흐르는 눈물이다. 흐르는 눈물을 닦아줄 염치도 없다.

"미안해요, 내 생각이 너무 짧았어요. 이제는 절대 수정 씨를 가슴 아프게 안 하겠습니다."

"미워요."

살며시 쳐다보는 눈길에 하염없이 서러움이 맺혀있다. 야속한 사람아, 우리가 왜 헤어져? 그렇다. 강호 마음인들 편할 리 없다. 사랑하는 사람을 이렇게라도 하면서 헤어져야 하는가? 사랑은 이별도 아프게 한다. 따뜻한 국물도 힘들어하기에 몸을 추스르려고 가까운 여관을 찾았다. 아무 말 없이 침대에 누워있던 수정 씨는 잠시 후 일어나면서 올라간단다.

"이제 올라갈게."

"어, 아직 힘들 텐데요?"

"아냐, 강호 봤으니깐 됐어요."

희미하게 미소를 지으면서 힘없이 일어난다.

"그럼 너무 늦었어요. 비행기 타고 가시죠. 김해공항까지 같이 갑시다."

결국 두 사람의 마음만 아팠고 또다시 사랑하는 연인으로 돌아왔다. 살면서 가장 힘든 하루였다. 참혹한 시련을 치르고 얻은 것이라고는 가슴 한복판에 멍만 남았다. 안타까운 사랑에서 헤어나지 못하고 열병에 걸린 환자가 되었다. 사랑하는 연인의 생이별은 그만큼 마음의 고통이 컸다. 그대를 위한 것이라면 이별도 감수하며 행복하기를 빌었지만 쉬운 일이 아니다. 순리대로 살자. 사랑을 핑계로 운명을 바꾸지 말자. 가슴 아픈 사건으로 인해 사랑하는 마음은 더 확고해졌지만 수정은 집에 오자마자 쓰러졌다.

"아니, 야가 새벽에 나가더니만 초죽음이 돼서 들어오나. 너 또 그놈 만나러 갔었냐? 다시는 그놈 만나지 말라고 안 하든. 왜? 그놈이 결혼이라도 하자든?"

"아니, 엄마! 알지도 못하면서 자꾸 그놈, 그놈 하지 마세요!"

"그럼 그놈보고 그놈이라 하지 뭐라 하냐? 잘나기라도 해서 사위라도 된다면야 당연히 사위님이라고 허지. 그놈이 뭐가 대단하다고 그놈이라고도 못하냐? 정말로 너 부산 갔었냐? 내가 만나지 말라고 안 하든? 사랑이 밥 먹여주니? 네 나이가 몇인데 아직도 사랑타령하면서 지낼래?"

"그럼 엄마는 아버지하고 돈 때문에 결혼하셨수? 그것도 아니잖아요. 맨날 아버지하고 돈 갖고 싸우시면서…. 그뿐이에요? 의처증은 어떻고요."

"야가 미쳤나? 그때하고 요즘 세상하고 같아? 그러니깐 나처럼 멋모르고 결혼했다가 평생 고생한다. 네가 뭐가 못나서 여태껏 그놈한테 매달리고 있니? 사랑은 말이다 살다 보면 아무것도 아냐. 뭐니 해도 돈이 최고다. 애 낳고 살다 보면 미운 정도 정이라고 저절로 정이 생겨요. 돈 없어봐라 사랑이 먹여 살리나. 허튼 생각하지 말고 이번 주말에는 꼭 선봐라."

"아이, 피곤해요. 이제 잘 거니깐 말 걸지 마세요."

그러나 막상 잠이 안 온다. 부모님 말씀이 틀린 게 아니다. 오늘 강호 행동을 봐서는 너무 서운하다. 강호 생각도 맞다. 정말 헤어져야 행복할까? 도저히 강호를 잊을 수 없다.

계엄령도 끝난 어느 날 모처럼 창장 전속부관으로 있는 동기생 원 중위와 선·후배들이 서면 나이트클럽에서 술 마시며 놀았다. 군화도 벗지 못하고 잠자야 했던 비상 근무에서 해방된 기념으로 젊음을 태웠다. 이 순간만큼은 군인이기 전에 젊은 청춘이다. 술 마시며 춤추며 젊은이의 본색을 드러내면서 즐겼다. 스테이지에서 춤추는데 복잡하다. 남자들이란 혼자 있을 때보다 이토록 단체로 있으면 용기가 생기고 춤출 때는 더 뭉치고 싶다. 서로 밀치고 밀리고 하다가 순식간에 싸움이 붙었다. 팔꿈치로 누군가의 옆구리를 쳤나 보다.

강호 일행은 일과 후 바로 나오는 바람에 군복 차림이다. 7명의 장교들이 민간인과의 싸움이다. 상대편도 인원이 만만치 않았다. 그러나 군홧발 앞에서는 게임이 안 된다. 한 번이라도 군홧발에 채이면 끝이다. 상대편이 몰리고 있었다.

그때였다. 모두가 정신없이 싸우다 보니 누가 누구인지도 모르고 주먹질이 오고가는데 저쪽에서 "원 중위님!" 하는 애처로운 소리가 들렸다. 우리는 그 순간 원 중위와 원 중위를 부르는 소리의 주인공 쪽을 쳐다봤다.

"원 중위님!"

고개를 돌려 보는 순간 원 중위의 외마디 비명소리가 들렸다.

"야야야! 싸우지 마! STOP! 그만해!"

원 중위의 행동에 모두가 어리둥절하면서 멈췄고, 그 학생들도 원 중위를 외치던 학생이 제지하면서 싸움은 끝났다. 부대로 돌아오면서 원 중위로부터 자초지종 이야기를 들었다. 방금 말린 학생이 창장 아들이란다. 부산 ○○대학에 다니는 대학 2학년생이고 장군 숙소에서 함께 지내고 있었다. 말을 들으면서도 도저히 믿기지 않은 사태에 모두가 풀이 죽었다. 먹었던 술이 확 깨는 순간이다.

"우리는 내일 영창행이야."

"야, 설마 아들이 우리라고 얘기하겠냐?"

군인이 민간인과 집단 싸움 붙으면 신문 사회면에 대서 특필 감이다. 아무리 민간인이 잘못했어도 집단으로 움직였다면 군인을 의심하는 세상이다. 그런데 계엄령 해제된 지 얼마 안 되어서 집단 패싸움이라, 그것도 장교들이 군복 입고 술집에서…. 그렇지 않아도 계엄령으로 공포정치 한다면서 숨죽여 말하던 언론이다. 먹잇감으로 벌 떼같이 덤빌 사건이다.

더구나 창장 아들을 쥐 팼으니 앞이 캄캄하다. 무조건 영창감이다. 단지 그 누구도 특히 창장 아들이 발설하지 않기를 빌 뿐이다.

다음 날 아침.

숙소에 있는 김 상병한테서 원 중위에게 전화가 왔다. 매번 창장이 출발하면 몇 시에 출발했는지 알려주는 전화다. 그런데 그렇게 빌었건만 창장이 전날 밤 집단 패싸움을 알게 되었단다.

창장은 사실 몰랐다. 아들과 아침 식사 전까지는….

"야! 네 얼굴이 그게 뭐냐? 싸웠냐?"

"아뇨"

"야 인마! 싸운 얼굴인데 뭐가 아냐? 어디서?"

"서면에서 술 마시다가…."

"하라는 공부는 안하고 싸우고 다녀! 왜 싸웠어?"

"군인들이 먼저 시비를 걸었어요."

"뭐! 군인? 군인하고 싸웠단 말이야?"

"원 중위가 말려서 금방 끝났어요."

"원 중위? 그러면 아버지 부대 장교들과 싸웠다는 말이냐? 그놈들은 군복을 입었고?"

"네."

원 중위를 감싼다고 말한 것이 오히려 사건의 전모를 다 밝히게 되었단다. 전속부관인 원 중위가 BOQ에서 잘 때는 창장이 부대에 도착할 때를 맞춰 본청 현관 앞에서 대대장과 함께 도열한다. 이날 아침도 여지없이 현관에 도열하고 있을 때다. 창장은 내리자마자 대대장에게 호통치며 지시했다.

"박 중령! 9시까지 중, 소위 장교들 모조리 완전군장으로 연병장에 집합시켜! 원 중위도! 내가 지시할 때까지 대대장이 직접 그놈들 완전군장 구보 시켜!"

전속부관도 포함이라니 대대장이 놀란다. 원 중위는 장군 뒤를 졸졸 따라가면서 지난밤 일을 대대장에게 대충 말씀드렸다. 대대장은 사태의 심각성을 깨닫고 즉시 중대장을 시켜서 소대장을 비롯해서 중, 소위 장교들 모조리 집합시켰다. 오전 내내 완전군장으로 연병장을 돌았다. 대대장이 3시간 동안 지켜보는 앞에서 완전군장 구보다. 전날 밤에 함께 술 마시지 않은 ROTC 출신 중위 2명과 영외 거주했던 동기 2명도 영문을 모른 체 단체 기합이다. 훈련받고 있을 때야 그렇게 힘들지 않았지만, 2년 넘도록 훈련다운 훈련이 없던 차라 정말 하늘이 노랗게 보일 때까지 뛰었다.

사병을 포함한 모든 사람들은 아침부터 장교들이 완전군장으로 기합 받는 모습에 신기했단다. 왜 장교들이 연병장에서 그토록 기합 받고 있는지 아는 사람은 없었다. 그러나 이 사건으로 동기들은 전방부대로 발령받았다. 그것도 대부분 최전선이다. 단지 시차를 두고 발령받았기에 강호는 겨울이 시작되기 전까지 그대로 부산에 있었다.

15. 신혼여행 왔어요

강호는 학생들 여름방학 시작될 때 휴가를 냈다. 일주일간의 휴가다. 수정 씨를 비행기에 태워서 보낸 이후로 그녀에 대한 사랑은 오히려 더 커졌다. 사랑하기 때문에 보내야 한다는 고통은 견디기 어려웠다. 사랑하기 때문에 더 잡아야 했다. 그러나 그렇게 떠난 그녀는 예전의 그녀가 아니다.

방학이라서 집에 있으리라 보고 무작정 서울로 올라가 우이동 집으로 갔을 때는 그녀의 옷가지 몇 벌만 보이고 빈방이다. 방학 시작하자마자 본가로 돌아갔단다. 단둘이 데이트하려는 계획은 어긋났지만 오히려 잘 됐다. 이 기회에 부모님 만나서 말씀드려야겠다. 따님과 결혼할 테니 허락해달라고…. 미리 그녀와 상의는 안 했지만 이렇게라도 해야 마음이 놓였다.

남산골 자취하던 집에는 저녁때가 되어서야 들어섰다. 나무로 만든 대문은 예전처럼 그대로인 채 열려있었다. 그녀가 그곳에 있으리라 생각해서인지 4년 만의 방문인데도 생소한 느낌은 없었다. 마당 한구석에는 예전에 시멘트로 만들었던 역기가 그대로 있다. 막내가 지금도 역기를 드는 모양이다. 집안에 들어서면서 예전에 몰래 한 사랑이 떠오른다. 그녀를 향한 무언의 메시지를 담아 답답한 마음으로 앉아있던 마루도 반갑고, 부엌에서 나는 도마소리도 정겹다. 마침 저녁 준비하던 그녀의 뒷모습이 보였다. 하염없이 몰래 보아왔던 모습이다.

"계십니까?"

"어머! 웬일이야?"

식구들 들어올 시간에 맞춰 된장찌개 만들고 있던 수정은 눈앞에 강호가 보이자 놀랐다.

"어떻게 된 거예요?"

"휴가 나왔습니다."

"그래요. 잠깐 마루에 앉아 있을래요?"

얼마 전만 해도 만사 제치고 품 안으로 달려와 안기던 여인이었다. 그런데 하던 일 정리하고 나서야 옆에 앉는다.

"부모님은 운동하러 나가셨거든. 조금 있으면 들어오시는데 어쩌지?"

"잘되었네요. 부모님한테 말씀드리려고…."

"아니, 하지 마. 지금은 헤어진 줄 아셔."

"네? 왜?"

"지난번 강호가 헤어지자고 할 때, 아무래도 양쪽 부모님 때문에 그런 거 같아서…. 나라도 짐을 덜려고 말씀드렸어. 역시 반대가 심했지만 강호만 좋다면 무조건 기다리려고 부산에 갔었어. 그 얘기 하려고…. 이제 끝났지만."

"네? 뭐가 끝나요?"

"그때 올라와서 많이 생각했어. 이렇게까지 하는 것이 행복일까? 그런데 강호 말이 맞아. 우리는 이제 헤어져야 하나 봐."

"아니요, 그것은 내가 잘 못 생각한 거요. 부모님은 천천히 설득합시다. 우리가 행복하게 살면 되잖아요."

"아니, 이제 늦었어. 내 마음도 돌아섰어…."

"거짓말 마세요."

그러면서 와락 껴안았다. 온몸이 부서지라고 안았다. 팔을 풀면 영영 떨어질 것 같은 불안감에 더 힘껏 안으면서 입술을 찾았다. 길고 깊은 키스로 불안감을 떨치는데, 지난번 부대 앞에서 기절했던 모습이 생각나면서 눈물이 흐른다. 참회의 눈물이다. 흐르는 눈물을 감지한 수정 씨가 놀래서 쳐다보며 그녀 역시 이슬이 맺힌다.

"부모님 오시기 전에 가. 괜히 말 듣지 말고."

"아니, 그냥 못 가요. 할 얘기가 많습니다."

"그러지 말고 가. 겨우 부모님 안심시키고 있는 중이야."

"그러면, 내일 우리 여행 갈래요? 여름 바다 보러 갑시다. 지난번, 요 위에 여관 있죠? 거기서 기다릴 테니 내일 10시까지 오세요."

일방적인 약속이지만 기다렸다. 여행을 가지는 않더라도 올 것이다. 그런데, 10시 전에 왔다. 그것도 여행 가방까지 들고서….

하얀 모래사장이 드넓게 펼쳐지고 뒤에는 오래된 소나무 숲이 있는 곳. 동해의 망상 해수욕장이다. 서울에서 강릉으로 올 때만 해도 가까운 경포대를 생각했었다. 그런데, 막상 도착했을 때는 왠지 사람이 너무 북적댈 것 같은 기분이 들어 이름이 덜 알려진 이곳으로 왔다. 그러나 여기도 방학을 맞아 피서 온 젊은이들로 가득 찼다. 주위에 온통 웃통 벗고 다니는 남자와 비키니 차림의 여자만 보였다.

그 속에 해수욕장하고는 어울리지 않는 두 사람. 사복 입고 휴가 나왔지만 반소매 셔츠에 구두 신은 양복바지다. 그녀도 애당초 바닷물에 들어갈 생각이 아니었기에 평상복 차림이다. 그나마 캐주얼하게 입었으니 조금은 덜했다.

4년 전 처음으로 함께 여행했던 곳도 여름 바다다. 변산 해수욕장. 그때만 해도 우리 두 사람은 이처럼 사랑의 굴레에서 헤맬 것이라고는 상상도 못했다. 사랑은 아름답게만 보였다.

그러나 오늘은 다르다. 사랑은 아름답기도 하지만 아프다. 아픔을 이겨내려고 바다를 찾아왔으나 그저 파도치는 바다뿐이다. 넓은 바다.

텐트를 빌려서 모래사장에 쳐놓고 온종일 바다만 바라보았다. 그동안 헤어지고 나서 있었던 얘기들…. 공허한 이야기이지만 가끔은 웃기도 하고 씁쓸한 미소를 띠게 하는 얘기로 파도치는 바다를 보면서 시간 보냈다. 밤이 되면서 인적은 많이 줄어들었다. 군데군데 모닥불 피워놓고 술판 벌린 젊은이들만 있었다. 어둠 깔린 텐트 안에는 희미한 모닥불 빛에 겨우 윤곽만 보였다. 그 안에서 두 남녀는 진즉에 누워 있었다.

"수정 씨, 사랑합니다."

"…."

"제 마음 알잖아요? 이제는 절대로 헤어지자는 말을 안 할 겁니다. 끝까지 영원히 사랑할 겁니다."

"…."

"…."

"강호, 이제는 그런 말 하지 마. 우리 서로 알고 있잖아. 사랑이 전부는 아니야. 강호가 있어서 그동안 행복했어. 그리고 앞으로도 영원히 잊지 않을 거야."

길고 긴 시간이 흘렀을까? 파도치는 소리는 예전이나 다를 바 없는데, 그녀는 4년 전 모습으로 돌아갔다.

따르릉. 따르릉.

10월. 그녀와 헤어지고 2개월 정도 흘렀을 때다. 책상 위에 있는 일반전화가 울렸다.

"여보세요? 박 중위입니다."

"나야."

망상 해수욕장에서 1박 2일 여행을 끝으로 서신 연락도 없던 그녀의 전화다.

"어, 수정 씨!"

사무실이라는 것도 잊고 의자에서 벌떡 일어서며 큰소리쳤다. 놀랍고 반가웠다.

"나, 지금 여기 부산이야. 신혼여행 왔어…."

"예!?"

"그렇게 됐어. 좋은 사람 만났어. 그래도 강호 생각나서 여기로 왔어…."

"아니, 결혼했다고요? 지금 거기 어디에요? 만나요."

"아냐, 이렇게 목소리라도 들으니 됐어. 나 행복하게 살 거야. 강호도 좋은 여자 만나서 잘살아."

전화기 너머 들리는 소리는 떨고 있다. 아니, 울고 있으면서 억지로 참는 목소리다. 강호는 순간 "헉!" 하면서 휘청거리는 몸을 책상에 기댔다. 전화기 잡고 있는 손에 힘이 빠지면서 놓칠 뻔했다. 손만이 아니다. 온몸이 떨렸다. 그러면서도 그녀의 마지막 숨소리라도 놓치지 않으려고 전화기를 귀에 바짝 댔다. 이제는 거의 울먹이는 소리다.

"그동안 행복했어. 영원히 잊지 않을 거야. 미안해요. 사랑해, 강호…."

무어라 답도 못하고 전화는 끝났다.

어느 날 갑자기 눈을 떴을 때, "당신은 잠시 후에 죽을 거야."라는 메시지를 하늘로부터 듣는다면 이럴까?

해수욕장에서 밤을 지새며 많은 얘기를 했었다. 그녀는 사랑은 영원하니 헤어지더라도 마음은 늘 함께할 것이라며 떠났다. 그러나 기다리고 있을 테니 마음 정리되면 연락하라고 했는데, 2개월 만의 전화다. 그것도 결혼해서 신혼여행 왔다는 전화. 갑자기 들려온 결혼 소식에 놀라면서도 그녀 목소리가 귓가에 맴돌았다.

"나 지금 여기 부산이야. 강호 생각나서 여기로 왔어."

멍하니 창문 너머 가을 하늘만 쳐다봤다. 지금 저 너머 어디에선가 강호를 생각하며 울고 있겠지? 신혼여행만이라도 강호가 있는 곳으로 내려온 그녀를 생각하면 한없이 작아지고 비참하다. 신혼

첫날밤을 사랑하는 애인이 있는 곳에서나마 지내고 싶었던 그녀의 마지막 몸부림이다. 갑자기 밀려오는 그녀와의 추억을 생각하며 창가에 서서 먼 하늘을 바라봤다. 강호를 찾아 내려왔던 지난 봄날의 정문도 보인다. 하루 종일 기다리며 무너졌던 그녀였기에 더 안타깝다. 이제는 강호가 창살 밖에서 나오지 못할 그녀를 기다려야 한다. 밝았던 모습이 희미하게 사라지며 강호는 자신도 모르게 눈물이 흐른다. 눈물에 그녀의 모습이 담겼다.

'수정 씨, 사랑하고 사랑합니다. 거기가 어디든 늘 당신만을 사랑할겁니다. 부디 행복하세요.'

4년의 세월 속에 서로 사랑했지만, 아름다운 사랑의 끝은 허망했다. 결국 그녀가 강호를 놓았다.

삶의 의욕은 경애와의 연애도 시들어졌고, 그녀의 결혼 소식을 들은 지 한 달도 안 돼 강호는 근무지 이동명령서를 받았다. 지난봄 사건으로 면책성 명령이다. 원 중위도, 곽 중위도 벌써 전방부대로 떠났는데, 강호는 짓고 있던 건물을 완성해야겠기에 시설 대장의 완곡한 청원으로 지연되었을 뿐이다. 아마 수정 씨의 결혼 소식을 들으려고 그랬던 모양이다. 그나마 다행이다. 전방으로 갔으면 그녀의 마지막 목소리조차 듣지 못했을 것이다.

배치받은 전방부대는 3군단 소속으로 인제군에 있는 ○○○야전공병대대다. 공병대대로 가는 길은 하늘이 50평이라는 첩첩산중에 있는 부대다. 대중교통이라고는 도시에서는 흔해빠진 버스도 한 대 없고 오로지 내 다리만 이용해야한다. 다행히 첫 부임지로 군단 사령부에 신고한 이후로 부대에서 나온 밥차를 타고 들어갔다. 그것도 장교라고 미리 연락받은 대대장의 특별서비스다.

부임지로 이동하는 4일간의 기간 동안 예전 같으면 서울에서 그녀를 만나 희희낙락했을 텐데 부모님만 찾아뵙고 바로 올라왔다. 서울 고속버스터미널에 도착해서도 그녀와 함께했던 추억이 떠오르고 춘천행 열차 타고 강촌을 지날 때는 가슴이 먹먹했다. 첫사랑의 열매를 맺었던 곳이다. 하나하나 그녀와의 추억으로 눈가를 맴돌던 차에 새로운 세계로 들어갔다.

이곳에서 하는 일은 종합보급창 시설대에서 하던 일 하고는 차원이 다르다. 야전공병대다. 전쟁나면 도로는 물론이고 강을 건널 때 탱크도 지나갈 수 있도록 다리를 놓아야 한다. 공격 시에는 적군이 매설한 지뢰를 제거해야하고 후퇴할 때는 지뢰를 묻어 적의 공격을 차단해야 한다. 결국 공병은 전쟁 시에는 최 일선에서 싸우는 전투부대다. 그런 야전공병대에서 평시에 하는 일은 전술도로를 내거나, 지뢰를 매설·제거하는 일이다.

강호가 오자마자 맡은 임무는 도로 개설이다. 역시 도면도 없고 측량기도 없다. 산자락을 깎아서 트럭만 다닐 수 있으면 된다. 병사가 나무를 베면 도저가 밀고 암반이 나타나면 폭약으로 터뜨리며 나가는 일이다. 한 달여 정도 공사를 하고 있을 때다. 점심때는 밥차가 공사장 인근까지 밥을 날랐다. 그런데, 밥차 옆에 웬 아가씨가 있다. 경애다. 경애가 어떻게 여기까지….

밥차가 사령부에 갔을 때 마침 경애가 면회 신청 중이었고, 소대장님 애인이라 여기고 밥차에 실어서 여기까지 왔단다.

"경애, 어떻게 여기까지 올 생각을 했어?"

"호호호. 와, 제가 오면 안돼예?"

"아니, 여기가 얼마나 험한데. 부산에서 오려면 이틀은 걸렸을 텐데."

"호호호. 제가 온다고 했잖아예."

"하이고, 그거야 한번 한 말인 줄 알았지. 하여튼 잘 왔어요."

"헤헤헤. 우와, 여기 정말 산골이네예. 저기 운전병 아니면 못 만날 뻔 했지예. 엄청 고맙데이."

혹시나 여기까지 와서 못 만날 줄 알았는데 공사장까지 데려다준 밥차 운전병에게 너무 고맙다고 연신 헤헤거리면서 칭찬해주란다. 부산을 떠날 때 경애는 울면서 붙잡았다. 수정 씨를 생각해서 잠시 머물던 여인으로 여겼지만 경애는 아니다. 어쩔 수 없이 떠나는 군인의 심정을 이해하라며 마음을 달래려고 가르쳐준 부대를 잊지 않고 찾아왔다. 참으로 사랑의 힘은 크다. 서울에서도 하루 걸리는 곳을 부산에서 오려면 보통 정성이 아니다. 만날 수 있다는 보장도 없이 찾아온 경애가 은근히 사랑스럽다.

"어차피 지금은 돌아갈 차량도 없으니 여기서 잠깐 기다리고 있어."

"호호호. 나 오늘 여기서 잘 건데예."

"하하하. 뭔 소리야, 아가씨. 여기서는 안 되고 이따가 일 마치고 시내로 데려다줄게. 일단 저기 내가 사용하는 텐트야. 저기서 얌전히 쉬고 있어요."

공사장은 야외용 텐트를 치고 생활한다. 밥차가 식사 때에 맞춰서 오고갈 뿐 작업은 텐트 생활하면서 지냈다. 경애는 지금 여기 텐트에서 자고 간단다. 강호가 사용하는 텐트가 따로 있어서 굳이 자고 간다면 그렇게 할 수도 있지만 병사들이 보는 앞이다. 경애가 여기까지 찾아와서 함께 자자는 의미가 뭔가? 부산에서도 여러 번 이런 상황이 있었다. 하지만 그때는 택시 태워서라도 집에 보낼 수 있었지만 여기는 아니다. 첩첩산중에 하늘만 보이는 곳이다.

경애는 텐트에 들어가서도 군인들이 일하는 신기한 모습에 한동안 지켜보는가 싶더니 어느새 잠이 들었다. 지난밤 오랜만에 만난 친구와 밤새 얘기하느라 잠을 설쳤지만 그보다 버스 타고 오느라 피곤이 겹쳤다. 혹시 못 만나면 어쩌나 불안했던 마음이 사라지면서 꿈속으로 빠졌다.

인제는 어디든 군인들 천지다. 음식점이며 모든 상권이 군인에 의해서 존재한다. 전국에서 온 여행객도 대부분 자식이나 애인인 군인을 면회 온 사람들이다. 어차피 서울 가는 버스도 하루에 두 번이다. 이제 가면 언제 오나 원통하다는 곳이 여기 인제이니만큼 하룻밤 머무는 외지인이 많다. 면회 온 연인을 위해서 작은 방이 딸린 음식점도 많다. 식사도 하지만 남의 눈치 없이 사랑을 나누기에 적합하다. 식당 주인은 강호일행이 들어서자 벌써 눈치채고 조용한 뒷방으로 안내했다.

"어젯밤에는 어디서 잤어?"

"으응, 서울에 있는 대학교 친구네 집에서…."

"여기 오는 거 부모님도 알고 계셔?"

"호호호. 당연하지. 왜, 그러면 안 되는 거야?"

강호 눈치를 보면서 뭔가 불안하다. 벌써 2년 가까이 사귀고 있으면서도 다른 연인들하고는 다르다. 친구들 앞에서 엉겁결에 키스한 이후로 좀체 진전이 없었다. 어쩌다 분위기에 사랑이라도 나누고 싶었으나 미지근한 애무가 전부다. 처음에는 장교라는 신분에 책임감이 강해서 그런가 보다 했는데 딱히 그렇다기보다는 사랑이 부족하다. 혼자만의 사랑이었나? 불안한 마음으로 조심스레 다가가면 여자 마음을 너무 잘 안다. 사랑을 받지 않아도 행복하게 해줄 사람 같다. 잊기에는 너무 아깝도록 친절하다. 그랬던 강호가 근래 들어서는 그나마 다정하던 모습도 많이 변했다. 메마른 감정을 느낄 때쯤 최전방으로 이동한단다. 여자 마음을 이토록 흔들어 놓고 떠나는 날, 울면서 잡아본들 군인을 어찌하랴. 부모님께는 잘 지내고 있다면서 올라왔으나 막상 강호 앞에 있으니 자신이 없다. 강하게 보이려고 헛웃음을 치면서도 왠지 불안하다. 이번에는 꼭 강호와 함께 잘 생각으로 왔다. 어차피 차도 없고 여관방에 혼자 두지 않겠지…. 아무리 사랑이 위선이었어도 2년 가까이 사귀던 애인이다. 마지막 수단으로 용기 내서 찾아왔다.

"경애야, 경애가 여기까지 나를 보러 찾아온 거는 정말 고마워."

"오빠, 고마우면 됐어. 거기까지만 말해요. 나 오늘 솔직히 오빠하고 잘 거야. 오빠하고 잔다는 의미가 무슨 뜻인지 알지예."

"알아, 경애야. 나도 바보가 아니거든. 그동안 경애가 나 때문에 마음고생 한 것도 알아. 하지만 여기까지야. 사실 경애를 좋아한 것은 맞아."

"좋아하면 됐잖아. 왜?"

"그동안 경애에게 말 못할 사정이 있었어. 지금은 굳이 말할 필요가 없어졌지만…."

"왜? 뭐에요? 말할 필요가 없어졌다니? 내가 싫어졌어요?"

"아니, 싫어서가 아니고 경애가 들어서 좋은 얘기가 아닐 뿐이야. 이제는 말할 거리가 없어졌다는 얘기지."

"그럼 말하지 마예. 말할 필요가 없어졌으면 됐네. 그런데 왜? 나하고 자꾸 멀어지려고 해요."

"경애도 나하고 겪어봐서 알잖아. 그동안 경애가 같이 자려고 했던 일들을 알아. 오늘처럼 말이다. 그런데 내가 어떻게 했니? 내가 경애를 싫어해서? 아니면 책임감 때문에? 하기야 책임감도 있지. 하지만 그것보다는 어느 여인에게 미안해서 그랬어."

첫사랑에 대한 얘기를 하고 싶지 않았으나 경애를 설득시키기 위해서는 어쩔 수 없었다. 지나온 얘기며 최근에 결혼했다는 얘기까지 끝냈다.

"어쩐지 오빠가 예전 같지 않았어요. 그럼 이제는 홀가분해졌잖아, 오빠 옆에 경애가 있어요."

그러면서 다가와 살포시 껴안으며 눈감고 키스를 원한다. 하지만 눈앞에 있는 예쁜 입술에 살짝 입맞춤하고 뒤로 물러났다. 수정 씨가 결혼하기 전에는 이럴 때 애무까지는 받아줬나. 그런데 오히려 결혼한 수정 씨에게 미안함이 더 커졌다. 비록 강호 곁을 떠난 여인이지만 싫어서 떠난 여인이 아니다. 그런 여인에게 잘못된 행동을 더 이상 하고 싶지 않았다. 죄짓는 기분이다.

"경애야, 내 말 잘 들어. 경애가 결코 싫어서가 아니야. 나도 경애가 좋아. 하지만 내 마음속에는 항상 그 여인이 있었어. 그리고 지금도 그래. 언젠가는 이런 마음이 없어질지도 몰라. 하지만 이런 마음으로 경애를 받아들일 수는 없어."

"오빠, 그 여인은 이제 떠났잖아. 내가 기다리면 안 돼?"

"더 이상 경애 마음을 아프게 하고 싶지 않아. 그 여인도 그랬고 또다시 경애를 기다리게 할 수 없어. 이제는 기다려달라는 말을 못 해."

떠난 여인을 못 잊어하는 미련 때문인가? 수정 씨에 대한 추억이 맴돌면서 경애의 간곡한 요구를 받아주지 못했다. 밤새 보채는 경애를 조용히 재우고 다음 날 서울행 버스를 태우고 돌아서면서 파란 하늘을 보았다. 수정 씨도 혹시 저 하늘을 보고 있지는 않을까? 결혼 소식을 전하는 전화를 받았을 때에도 파란 하늘이 보였었다.

도로 개설공사는 쉽게 끝나지 않았다. 겨울 오기 전 완공이 목표였는데, 암초가 생겼다. 처음에는 불도저로 밀기만 하면 될 성싶었다. 토질이 토사토라서 하루에도 100m씩은 수월하게 전진했다. 이런 기세라면 2㎞ 도로 개설은 1개월이면 끝날 참이었다. 한데 중간 지점부터 나타나기 시작한 암반은 끝이 안 보였다. 폭약을 장전하고 터뜨리고 하면서 하루에 고작 10m 전진하기도 힘들다. 암석이 나오면 먼저 천공기로 구멍을 뚫고, 그 천공한 구멍에 다이너마이트를 집어넣는데 암석의 규모에 따라 천공 간격도 다르고 다이너마이트의 양도 다르다. 마지막으로 다이너마이트에 뇌관을 심어서 동시에 폭발할 수 있도록 전기선을 연결한다. 폭파 효과를 높이기 위해서 구멍에 앙꼬(전색제)로 밀봉하면 준비 끝이다. 적당한 안전거리로 피신해서 뇌관과 연결된 폭파 장치를 누르면 된다. 그러면 그렇게 육중하던 바위가 산산조각 나면서 불도저로 밀고 가는 식인데 이것을 하루에 대여섯 번은 해야 겨우 10m 돌파다.

공사하는데 큰 위험은 없었다. 문제는 폭약을 다루는 일이고 폭파할 때마다 쏟아지는 돌무더기를 피해서 엄폐하고 있어야 한다. 잘못 앙꼬를 묻어서 암석이 앞으로 폭파하지 않고 반대로 터지는 경우에는 산산조각 난 바위가 병사가 엄폐하고 있는 곳까지 까맣게 쏟아진다. 매번 폭파 신호를 보낼 때마다 이런 경우를 대비해서 사병들이 충분하게 떨어진 상황을 확인한 후에야 폭파했었다.

이 날도 여느 때와 같이 순조롭게 폭파하면서 길을 내고 있었다. 점심도 맛있게 먹고 세 번째 폭파를 위한 준비 중이었다. 평상시보다 암반 크기가 두 배 정도 컸지만 충분히 천공해서 장약을 채웠다. 뇌관에 전기선까지 연결하고 앙꼬를 덮으면 되는데, 이 작업을 직접 지휘하던 김○○ 병장이 갑자기 배가 아프다면서 화장실을 찾았다. 그렇지 않아도 공사가 늦다며 대대장의 싫은 소리가 오늘 아침에도 있었다.

"홍 상병! 너는 앙꼬 못 묻어?"

늘 하던 일이고 김 병장을 도와서 했던 일이다. 폭약도 아니고 그까짓 앙꼬 묻는 일이 대수롭지 않아서 홍 상병에게 시시했다.

"넷! 자신 있습니다."

홍 상병도 벌써 사수자리를 차지할 만큼 경력은 있었다. 단지 김 병장이 오랫동안 사수를 하면서 지금까지 조수 노릇만 해왔다. 기회다 싶어 뭔가 보여주고 싶은 생각에 자신 있게 나섰다. 그동안 하던 일이라 전혀 무리 없이 진행되었다. 이제 폭파 장치만 누르면 된다. 강호는 소대원들의 위치를 파악했다. 소대원 전원 엄폐물을 이용하여 안전한 거리에서 숨어있었다. 늘 하던 일이지만 폭파장치를 누르는 이 순간은 모든 오감이 작동한다. 특히 폭약이 터지면서 울리는 폭파 소리는 온몸을 짜릿하게 해준다. 어느 때는 이 순간을 기다리며 눌렀다. 그 육중하던 바위가 강호 손끝에 박살 나서 쏟아지는 광경이 경이로울 정도다. 소대원의 엄폐를 확인하고 눌렀다.

바로 그때다. 마침 소대로 전입한 신임 병사가 전입신고를 하기 위해 공사장에 나타난 것은 바로 이때였다. 논산 훈련소에서 훈련받고 처음으로 배치된 부대가 야전 공병대였고 강호가 소대장으로 있는 이곳이다. 소대원 전원이 두 달째 파견근무하고 있는 이곳 공사장에 더블백 메고 나타났다.

"충성! 신고…."

권○○ 이병은 신고하러 거수경례하는 순간 천둥 번개 치는 소리와 함께 하늘이 시꺼멓게 변하는 모습을 봤다. 새까만 하늘이 갑자기 바위덩어리가 되어서 권 이병을 향해서 쏟아진다.

"야, 인마! 숨어!"

권 이병은 순간 모든 바위가 자신에게만 쏟아지는 착각에 도망쳤다. 그러나 너무 놀란 나머지 돌부리에 걸려서 넘어졌다. 긴박한 순간이다. 저대로 머리에 맞으면 즉사다. 이런 경우를 대비해서 언제나 철모를 쓰고 있었지만, 이제 막 전입하는 신병은 작업모를 쓴 상태다. 생각할 여유가 없었다. 새까만 바위가 권 이병을 덮치려는 순간 강호는 날랐다. 권 이병의 머리를 감싸며 쓰러졌다.

"으악!"

하늘을 덮었던 돌무더기가 쏟아지며 두 사람에게 사정없이 떨어졌다. 특히 강호는 온몸으로 받았다. 그리고 정신을 잃었다. 깨어난 곳은 인제에 있는 군 병원이다. 어른 머리통만 한 바위가 강호 왼쪽 뒤꿈치를 쳤다는 말은 숨어서 이 모습을 훤히 보고 있던 소대원들의 증언이다. 다행히 권 이병은 크게 다친 곳은 없어도 오자마자 신고도 못 하고 병원으로 후송되었다. 문제는 강호다. X-Ray 결과 온몸이 타박상에 갈비뼈 두 개가 부러졌고 왼쪽 뒤꿈치 뼈가 으스러지면서 아킬레스건이 끊어졌다. 갈비뼈야 시간이 지나면 아물겠지만 으스러진 뒤꿈치는 수술을 하더라도 정상으로 걷기 힘들다는 얘기다. 그나마 으스러진 뼛조각을 맞추는데 몇 번의 수술을 해야 했다.

군에서 사고조사를 한 결과, 권 이병이 그때 나타나지 않았어도 이런 대형 사고가 나지는 않았겠지만 홍 상병이 앙꼬를 정확하게 채우지 않아서 생긴 사고였다. 바위가 폭파하면서 후폭풍이 생겨 평소의 세 배가 넘는 돌무더기가 쏟아졌다. 화장실 간 김 병장을 기다렸다 했으면 될 것을 빨리빨리 서두르다 난 사고였다. 지휘자로서의 책임도 있지만, 권 이병을 살리려다 생긴 사고였기에 희생정신을 알게 된 군단장의 품의로 병실에 누워 충무 무공훈상을 받았다.

이제 5개월만 지나면 전역인지라 그사이에 완쾌되기만을 기원하며 다쳤다는 소리를 부모님께는 알리지 않았다. 그렇지 않아도 전방부대로 배치되면서 지뢰 묻는 작업은 아닌지 걱정하시던 부모님이다. 도로개설 작업이라 힘든 일도 아니니 걱정하지 말라며 폭약을 다룬다는 말은 꺼내지도 않았다. 그런데 전쟁터도 아닌 곳에서 폭약으로 다쳤으니 할 말이 없다.

사랑했던 여인은 떠났고, 사랑 따라 찾아왔던 아가씨도 보내고 쓸쓸히 병상에 누워 하반신을 마취한 상태에서 대수술을 세 번이나 받았다. 이듬해 3월 만기 전역으로 군대를 떠날 때까지 재활치료로 병원 신세를 지고 있으면서도 어느 누구에게도 연락을 안 했다. 황량한 겨울 풍경을 바라보면서 가슴속으로 밀려오는 그리움보다 위로받고 싶어서라도 그녀에게 연락하고 싶어도 할 수 없었다.

사고 난 부위는 어느 정도 완쾌되었으나 발바닥을 자연스럽게 마음대로 움직이지는 못했다. 걷는 모습을 뒤에서 보면 왼쪽으로 기울어졌다. 뼛조각을 세 번에 걸쳐 맞췄지만 사고 나면서 유실된 뼈는 어쩔 수 없단다. 결국 아킬레스건은 연결했어도 제 역할을 충분히 못하고 부족한 뼈로 인해서 왼쪽 발바닥이 낮아졌다. 만기 전역인데도 의병 제대로 판명되면서 보훈병원에서 치료는 받을 수 있단다.

군에 들어선 지 근 4년 만의 자유다. 그러나 다리 병신이 되어서 나왔다. 한쪽으로 쏠리며 걷는 자유인. 부모님 앞에 섰을 때 부모님은 미처 모르셨다. 이제 전역했다면서 큰절 올리고 일어서는 모습에 뭔가 이상함을 느끼신 모양이다.

"얘, 강호야. 너 어디 아프냐?"

"아뇨."

"아냐, 이상해. 너 저기 한번 걸어봐라."

그제서야 자초지종 말씀드렸다. 조금만 더 재활하면 괜찮을 거라고. 하지만 없어진 뼛조각은? 공병학교에서 기합받던 모습까지 떠오르며 어머니는 오열하신다.

"얘야, 막내야. 네가 왜 그 고생하며 장교가 되더니만 결국은 네 몸으로 바윗덩어리를 막았니? 아이고 강호야! 그런 몸으로 어떻게!"

"…."

이제 뭐라고 말해도 어머니는 슬프다. 한참을 슬피 우신다. 그러다 갑자기 무슨 생각이 나셨는지 물으신다.

"왜 병원에 입원하고 있으면서 한 번도 연락 안 했냐? 그렇게 되도록 너도 마음 아팠을 텐데, 요즘에도 그 여자하고 연락하냐?"

이 와중에 그녀가 왜 나오나? 어머니는 그동안 한 번도 수정 씨에 대해서 묻지 않았다. 휴가 때는 아니어도 잠깐잠깐 1박 2일로 집에 들렀을 때도 세월이 흐르면 스스로 멀어질 것을 예상이라도 했듯이 언급 자체를 안 했다. 그랬던 어머니다. 그런데 그런 큰 사고가 있었는데도 부모에게 연락을 안 했다면 분명 그 여자가 있으리라 생각하신 모양이다. 자식이 불구가 되어서 나타난 것보다 그 여자와 아직도 사귀고 있는 것이 더 큰 일이다.

"그 사람, 결혼했어요."

"…."

"작년 가을에요."

그동안 남들은 휴가라며 집에도 자주 오는데 지금껏 한 번도 휴가라고 온 적이 없었다. 어쩌다 하루씩만 겨우 자고 갔다. 분명히 그 여자와 아직도 사귀고 있으리라 짐작했는데 뜻밖이다. 좀 전까지 땅을 치며 울던 모습은 어디로 가고 담담하다.

"왜? 네가 싫다고 했니?"

갑자기 결혼했다니 마음속에 안돼 보인다. 그때 찾아왔을 때 너무 박절하게 했나 싶기도 하고, 무슨 사연인지 모르지만 여자까지 떠나고 멀쩡한 다리까지 잘못된 아들이 너무 가엾다.

"아뇨."

"왜? 그 여자가 결국 떠났니. 봐라 내 말이 맞잖아. 여자 나이가 그러면 어쩔 수 없다 하지 않았냐."

"어머니, 틀렸어요. 아무튼 그 사람 얘기는 그만하셔도 돼요."

"알았다. 그 얘기는 그만하고 너는 그럼 큰 병원에 한번 알아봐라. 요즘 의술이 좋아서 그 정도는 수술하면 좋아질 거다. 너무 걱정하지 말고."

처음 봤을 때는 놀라고 가여운 생각에 슬피 울었지만 마냥 슬퍼할 수도 없다. 결혼하겠다고 우기던 여자도 떠난 마당에 본인인들 마음이 성하지 않을 거다. 몸과 마음의 병을 앓고 집에 온 아들을 위해 부모님은 정성을 다했다.

부친의 친구분이신 권○○ 정형외과 의사 소개로 강남에 있는 ○○대학병원 정형외과에서 수술을 받았다. 뼈 이식 수술이다. 낮아진 높이만큼 본인 신체 중에 일부를 이용해서 없어진 뼈를 채우는 수술이다. 발뒤꿈치 수술이지만 엉덩이뼈에서 필요한 양을 채취하려니 전신마취를 해야 한다.

오전 10시에 시작한 수술은 오후 1시에 끝났다. 장장 세 시간이다. 하얀 시트 위에 벌거벗은 채로…. 세 시간이 흘렀으나 전혀 아무런 생각이 안 났다. 꿈도 없다. 그냥 잠시 시계는 멈춰 있었다. 병실로 옮기고 나서야 깨어났고 그때까지 노심초사 기다리고 계시던 부모님을 볼 수 있었다.

"강호야, 의사 선생님이 수술은 아주 잘 됐단다."

수술은 성공했다. 예전처럼은 아니지만 언뜻 봐서는 정상이다. 그렇다고 어디 잘못된 것은 아니다. 마음이다. 걸으면서 은연중에 왼쪽 발에 힘을 빼고 걷는 버릇이 생겼다. 똑바로 걸으면서도 왠지 왼발이 허공에 뜬 기분이다. 분명 내 발로 걷고 있는데…. 보는 이의 마음을 불안하게 하는 발걸음이다.

16. 소쩍새가 우는 사연

전역하고 반년이 지나자 어느새 가을이다. 파란 하늘이 보인다. 그녀가 신혼여행 왔다고 전화했을 때도 파란 하늘을 보았다. 그때 보았던 파란 하늘은 그대로인데 그녀 없는 일 년이라는 세월은 많이 변했다.

그토록 원하던 민간인이 되었고 마음대로 걷지 못하던 몸도 자유로워졌다. 비록 불안한 발걸음이라 할지라도 언제든 만나고 싶으면 만날 수 있었다. 그러나 만날 수 없는 사람이다. 보병학교 첫 외출 때 엉뚱한 곳에서 헤매며 만날 수 없었던 그녀가 아니다. 몰래 한 연애편지로 빳다를 맞았어도 그때는 그녀를 만날 희망이 있었다. 그랬던 그녀다. 일 년 지난 지금, 만날 수 없는 여인이 가슴 시리도록 보고 싶다.

시골집에 머물면서 몸을 추스르고 있던 중에 다행히 취직되어서 서울로 올라왔지만, 그녀와 함께 지냈던 추억들이 맴돌았다. 서울역에 내려서 남산타워 쪽 산비탈에 다닥다닥 붙어있는 집들을 보면 더욱 그녀가 보고 싶었다. 그러나 이제는 남의 여자. 결혼생활에 방해가 되어서는 안 된다. 찾으면 안 되는 여인이다. 강호를 잊어야 그녀도 행복할 거다.

하지만, 그녀에게는 잊기를 바라면서 그녀를 잊지 못했다. 사회 초년생으로 바쁘게 지내면서도 마음속에는 항상 사랑하는 연인으로 남아있었다. 시골 부모님은 이제는 결혼할 나이가 되었다면서 좋은 색싯감이 있으니 내려와서 선보란다. 그러나 늘 바쁘다고 핑계 댔다. 딱히 다른 방도가 있는 것도 아니면서 본인마저 결혼하면 그동안의 관계가 영원히 깨지는 기분이 들어서다. 혼자서라도 지켜야 한다. 지금은 남의 여인이라 할지라도, 언제든 다시 오라면 올 것 같다. 마음 한가운데에 그대로 남아서 떠나지 못한 여인이다.

서울에 올라온 지 2년여 세월이 흐르던 어느 날이다. 이날은 더 이상 그녀를 안 보고는 못 배기겠다. 그동안 술만 마시면 눈앞에 그녀가 어른거려서 가슴 찢어지도록 외치며 울었었다.

소쩍새가 밤마다 사랑 찾아 피 토하며 울듯이 강호도 밤마다 피를 토했다. 그러나 이날은 전날 밤 꿈속에서 헤어지지 말자고 목 놓아 울다가 깨어난 후로 밤새 고민했다. 지금은 강호를 잊었다 해도 상관없다. 꼭 한 번이라도 보고 싶다.

"왜 그렇게 빨리 결혼했냐?"고 묻고 싶다.

그녀가 근무하던 학교로 전화했다. 예전에도 전화기를 들었다가 놓기를 수백 번 했지만 오늘은 아니다. 결혼하면서 혹시라도 그만두었을까? 하는 불안감이 엄습했다. 그러나 다행히 그녀는 거기에 있었다. 전화기 너머로 그렇게 보고 싶던 그녀의 목소리가 들렸다.

"여보세요, 전화 바꿨습니다."

아… 얼마나 듣고 싶었던 목소리냐? 순간 심장이 멈추고 온몸이 굳어졌다. 어젯밤 꿈속에서 들었던 목소리다. 그러나 지금은 꿈이 아니다. 학생들 가르치느라 약간은 톤이 있지만 상냥하며 사무적인 목소리. 사랑하는 여인의 목소리를 어찌 잊으랴? 신혼여행 왔다고 전화 통화한 이후 3년 만이다. 사랑하고 사랑하는 여인의 목소리에 길게 숨을 들이켰다. 금방 말이 안 나온다. 떨린다.

"저예요. 강호."

"…."

한참 동안 정적이 흐르고 소리 없는 저편에서 짧은 한숨 소리가 들린다.

"잘 지냈어요? 저 서울에 올라와 있습니다. 한번 만나고 싶은데요?"

혹시라도 말없이 전화를 끊을까 봐 다급하게 만나자고 했다.

"…."

울음을 삼키는 듯 전화기 너머에서 떨고 있는 그녀가 보였다.

"주중에는 안 되고, 이번 주 토요일 오후 2시에 종로에 있는 파고다공원에서 볼래요?"

어딘가 들떠 보이면서도 차분하다. 세월의 무상함이 묻어나는 목소리다. "저예요."라고 할 때 정적 넘어서 들려왔던 한숨 소리가 귓가에 맴돈다. 만날 날을 기다리며 그녀 모습이 어떻게 변했을까 궁금하기도 하고, 만나서 무슨 말부터 시작할지 자신이 없다.

'그동안 많이 보고 싶었습니다.'

하늘부터 땅끝까지 보고 싶었다고 한들 이제 와서 무슨 소용이 있나?

'나를 그렇게 떠나고 행복했나요?'

진정 행복을 원하면서도 바라지 않는 말투다.

'왜 그렇게 급히 결혼했어요?'

제일 궁금하지만, 이유가 있었겠지? 묻지 말아야겠다.

'지금이라도 나에게 돌아올 수 있나요?'

하고 싶은 말이다. 그러나 쉽게 나올 수 있는 말이 아니다.

약속장소에 미리 나가서 공원 입구가 훤히 보이는 팔각정 중앙 벤치에 앉아서 기다렸다. 어떤 모습일까? 그녀를 멀리서부터 보고 싶었다. 약속 시간이 조금 지나자 어린아이 손을 잡고 걸어오는 그녀가 보인다. 단아한 갈색 원피스에 창이 작은 모자를 쓰고 있다. 멀리 보이지만 예전의 모습 그대로다. 단지, 사랑스러운 아이가 넘어지지 않도록 조심조심 걸어오고 있었다.

"안녕하세요?"

"네, 오랜만이네요."

엄마 손에 이끌려 왔던 아이는 엄마 손을 놓자마자 이곳저곳 볼 것이 많은지 산만하게 돌아다닌다. 그 아이를 불안한 듯 지켜보던 그녀는 얇은 미소를 띠며,

"아들이에요."

"귀엽게 생겼네요. 몇 살이에요?"

"집 나이로 세 살…."

"만으로 두 살이면 어이구, 그럼 결혼한 다음 해에 태어났네요.

아이가 무척 커 보이는데. 남편은 뭐 하시는 분이에요?"

"그냥 회사원. 서울에는 언제 올라왔어요? 제대했겠네."

"네. 2년 전에 올라왔어요."

"그런데, 왜?"

대화하는 내내 서로 마주 보지 못하고 놀고 있는 아이를 바라보고 있었다. 얼굴 보면서 얘기하기에는 너무 세월이 흘렀다. 그런데 얼굴을 돌려 강호를 쳐다보는 눈가에 이슬이 맺혔다. 지나온 세월이 묻어 있는 눈물이다. 야속함과 그리움….

남의 여인이라는 것을 잊은 채 안아서 달래주고 싶다. 예전 같으면 벌써 껴안고 눈물을 닦아줬을 텐데, 마음과는 다르게 주머니에서 손수건을 꺼내 슬며시 건네줬다. 손수건을 손에 쥔 채 슬쩍 고개를 돌려 다시 놀고 있는 아이를 바라본다.

"연락하면 안 될 것 같아서요. 잘 지내죠?"

"그렇지 뭐, 사는 게 다 똑같아. '호강'아 이리 오세요."

놀고 있던 아이가 멀리 떨어지자, 아이를 부르는데 '호강'이란다. 뭔가 머리에 번쩍 스친다.

"이름이 '호강'이에요? 생일은 언제죠?"

그때 다가온 아들을 번쩍 안으며,

"호호호. 어때? 잘 생겼죠? 누구 닮지 않았나?"

엄마 팔에 안겨서 낯선 아저씨를 쳐다보는 아이와 눈이 마주쳤다. 큰 눈에 쌍꺼풀까지 생긴 아이의 눈매가 어디서 많이 본 듯한 얼굴이다. 아이에게 물었다.

"호강이는 생일이 언제지?"

"5월 9일."

낯선 아저씨의 물음에 답하면서도 무심한 엄마의 표정을 읽은 아이는 눈치를 살피더니 엄마 품에서 또다시 벗어난다.

더듬거리는 말이지만 또렷하다.

'5월 9일이라고….'

망상 해수욕장에서의 마지막 밤이 생각났다. 놀란 눈으로 그녀를 바라봤다. 아이를 바라보는 그녀의 눈에서 눈물이 흐른다. 눈물 속에 감춰진 세월이여…. 전혀 생각하지 못한 일이다. 아아… 바보 같은 사람아….

엄마 곁을 멀리 벗어나지 않고 해맑게 웃으며 노는 모습을 지켜보았다. 어릴 적 찍었던 흑백사진 속 강호 모습을 그대로 꼭 닮은 아이. 자신도 모르게 자라고 있었다.

"강호 아이야."

흐르는 눈물을 훔치며 담담하게 말하는 그녀를 와락 끌어안았다. 그동안의 마음고생을 말하지 않아도 눈물이 말했다. 밤마다 잊지 못해 피 토하도록 외치게 한 여인이다. 신혼여행 왔다고 전화하던 날 붙들지 못한 것이 천추의 한이 되었다. 그런데 지금 저 앞에서 놀고 있는 아이가 강호 자식이란다. 사랑하는 여인이 낳은 아들이다. 망설일 이유가 없다.

"수정 씨! 저한테 오세요."

"나 어떡해!"

설움에 북받친 외마디 소리와 함께 강호에게 쓰러진다.

"수정 씨, 아무 말도 하지 마세요. 그냥 저한테 온다고만 하세요.

그동안 너무 그리웠지만 참았습니다."

쓰러져 흐느끼는 여인의 등을 어루만지며 지나온 시간이 안타깝다. 힘들어했을 그녀 생각에 소리 없는 눈물은 하염없이 흘렀다. 한참을 돌아왔지만 이제는 아니다.

"강호, 나 사실 요즘 힘들어요."

강호와 마지막으로 정리해야겠다고 망상 해수욕장으로 떠난 것이 문제였다. 하룻밤 맺은 인연으로 임신이 되었다. 나이는 들었지만 집안 내력이며 다니는 회사도 괜찮고 특히 처갓집 사정을 잘 안다고 부모님 성화에 몇 번 선을 본 남자가 있었다. 어차피 강호하고의 인연은 여기까지다 싶어서 결혼을 약속했다. 양가부모 상견례에서 결혼식을 굳이 미룰 것 없다며 두 달 만에 결혼하기로 날을 잡았다. 그런데 결혼식 며칠 앞두고서야 임신 사실을 알았다. 강호에게 연락할까 하다가 그만두었다. 말해본들 지금 딱히 방안이 없다는 것을 잘 안다. 칠삭둥이니 팔삭둥이도 있는데 빨리 결혼하면 되겠다 싶어서 결혼한 게 지금의 남편이다.

결혼식 하는 내내 강호에게도 못할 짓이고 특히 신랑에게 할 짓이 아니라는 것을 깨달았을 때는 너무 늦었다. 신혼여행 가서라도 강호에게 이 소식을 알려서 탈출하고 싶었다. 그러나 전화기 너머 들리는 강호 목소리에 참았던 울음이 터지며 겨우 신혼여행 왔다는 말만 남겼다. 북받치는 감정을 다스리고 다시 통화해서 지금 뱃속에 당신의 아기가 있다는 말을 전하고 싶었지만 업보이려니 생각하고 참았다.

결혼하고 처음에는 무덤덤하게 '이렇게도 사는구나.'를 느끼며 살았다. 배가 불러오면서 남편의 지극정성이 고마웠고 시어머니의 보살핌에 감명을 받기도 했다. 어느 때는 잠시 강호의 존재를 잊고 남편의 진짜 자식인가 착각할 정도였다. 아들이 태어났을 때는 집안의 경사라며 시부모의 사랑을 독차지할 정도로 귀여움을 받았다. 칠삭둥이라 걱정했지만 오히려 열 달 채운 아기들보다도 건강하다며 즐거워하실 때는 마음의 짐을 덜어 놓을 수 있었다. 시부모는 아기를 볼 때마다,

"어쩜 이렇게 지아비를 꼭 닮았니? 코하고 이마 봐라. 어릴 적 네 신랑 모습하고 똑같다."

그럴 적마다 뜨끔거리는 가슴은 어쩔 수 없었다. 죄짓는 마음이지만 그래도 닮았다니 다행이다. 그러나 아이가 돌 지나고 커가면서 닮았다는 얘기가 없다. 아기는 원래 커가면서 변한다고 하지만 아빠 모습을 아무리 찾으려 해도 머리숱이 많아 보이는 것 말고는 없다. 그렇다고 딱히 엄마를 닮아서 그런 것도 아니다. 뭔가 이상하다. 결정적인 것은 호강이가 미끄럼틀에서 놀다가 다쳐서 병원에 입원한 게 잘못이다. 잘못은 아니지만 아기가 떨어지며 왼쪽 팔이 부러졌으니 어쩔 수 없었다. 입원하자마자 혈액검사를 한단다. 나중에 천천히 하려고 태어날 때 안 했던 검사다.

검사 결과는 참혹했다. 세 명의 혈액형이 모두 다르다. 달라도 하필 근거 없는 혈액형이다. 변명의 여지가 없다. 잘못될 수도 있다며 간호사가 혈액을 다시 채혈할 때만 해도 혹시나 하는 기대로 모든

신에게 빌었다. 그러나 결과는 뻔했다. 혈액형만 같았어도 행복할 수 있었는데….

아빠 O형, 엄마 A형, 아기는 AB형이다.

의학적으로 생물학적으로 이럴 수 없다. 결국은 모든 사실을 털어놓았고 마음 약한 남편은 마시지도 못하는 술을 몇 날 며칠 마시더니 쓰러졌다. 안주도 제대로 챙기지 않고 식사도 거른 채 마셔댔으니 멀쩡할 리가 없다. 아기가 입원한 병원에 아빠까지 응급환자로 입원하면서 시댁 식구도 알게 되었다. 남편도 처음에는 과로로 쓰러졌다고 변명했었다.

"호강이 아빠, 미안해요. 나도 처음에는 임신인 줄 몰랐어요."

"수정 씨, 임신도 문제지만 어떻게 나한테 이럴 수 있어."

"미안해요. 지금은 당신밖에 없어요."

"아니지, 호강이가 있잖아. 걔는 무슨 죄냐? 호강이만 보면 그놈 생각날 거 아냐? 이제 와서 미안하다고 하면 다야?"

"입이 열 개라도 할 말이 없어요. 하지만 정말이야. 호강이하고 당신만 있으면 돼요. 용서해줘요."

손이 발이 되도록 빌고 또 빌었다. 아들 크는 모습을 보면서 문득 문득 불안한 마음도 있었지만 서서히 행복을 느끼고 있었다. 훗날 조용히 마음 터놓고 진실을 고백하려고 했다. 그런데 불안했던 일이 현실로 나타나는 순간 깨진 유리병처럼 가정은 산산이 부서졌다. 퇴원한 남편은 그날로 보따리 싸 들고 부모 집으로 들어갔다. 비록 남의 새끼라 하더라도 키운 정이 있는데…. 한쪽 팔을 깁스한 채 힘들어하는 아들을 들여다보지도 않고 매정하게 돌아섰다. 반년 전 일이다.

"그래서 지금은 둘이 사는 거예요? 아기는 누가 키우고?"

"엄마가 와 계셔."

"남편하고는 어떻게? 별거 중인 거예요?"

"그렇지 뭐. 내가 잘못했으니 그냥 기다리고 있어요. 사실 나, 아들 데리고 그쪽 부모님 만나려고 여러 번 생각했어."

"허어… 진즉에 그랬어야죠."

"그런데 어떻게 그렇게 해. 딴 남자하고 결혼한 여자가…."

"아니지. 저렇게 떡두꺼비 같은 아들을 데려오는데. 이제는 걱정하지 마요."

한동안 주위에서 놀던 아들은 낮잠 잘 시간이 되었는지 엄마 옆에서 칭얼대다 좀 전에 잠들었다. 강호는 입고 있던 잠바를 벗어서 포근하게 감싸주었다. 볼에 뽀뽀하던 순간에는 눈물이 났다. 이제 만난 지 한 시간이나 되었을까? 아이를 위해서 대신 죽으라면 죽을 수 있는 아이. 친아빠도 모르고 자랄 뻔한 아이다. 자고 있는 아이를 수도 없이 쓰다듬고 바라봤다. 훗날 혹시라도 친아빠가 아니라는 것을 알면 마음 아파할까 봐 미리미리 호강 받으며 자라게 하려고 일부러 '호강'이라고 했단다. 이름 짓고 보니 친아빠 이름을 돌려서 부르게 되었지만, 그것도 인연이다. 하기야 하늘이 내어준 부자간의 인연 아닌가?

수정 씨를 만난 이후로 강호는 바빠졌다. 아들을 찾아야 한다. 거기에 엄마도 데려오고. 수정 씨는 남편과의 관계를 알아서 정리하기로 했다. 어차피 잘된 일이다. 강호가 어떤 상태인지 몰랐을 때야 빌면서 살려고 했지만 이제는 사정이 달라졌다. 오히려 수정 씨가 이혼을 요구할 판이다.

문제는 처음부터 반대이신 부모님이다. 다쳐서 집에 왔을 때도 아직도 헤어지지 못했냐? 걱정하시던 분이었다. 하지만 이제는 많이 변했다. 결혼한 여인을 못 잊어서 밤새 헤매는 아들의 슬픔을 부모님도 아신다. 그리고 손자가 있다. 단지 예전보다 흠이라면 돌아온 싱글이다. 하지만 그것은 강호 탓이다.

"그러니깐, 강호야. 예전에 그 선상님? 결혼했다는 그 여자하고 결혼한다고?"

부모님이 놀라워하시는 것은 당연하다. 5년 연상이라 반대했는데 뜬금없이 그 여인을…. 그것도 다른 남자와 결혼했던 여자다.

"야가 지금 뭔 헛소리야. 지금 제정신으로 하는 말이니?"

지금까지 겪었던 일들을 소상히 말씀드렸다. 아무리 뭐라 해도 그 여자 아니면 평생 후회할 것이고 어느 누구하고도 결혼할 마음이 없다고. 마지막으로 손자가 있다는 말을 했을 때는 부모님도 어쩔 수 없는 모양이다.

"그럼, 그 여자는 이혼한 거냐?"

이혼은 금방 진행되었다. 살고 있는 집 전세금은 모두 남편이 준비했으니 아들만 챙기고 합의했다. 어차피 아들은 볼일도 없을 테고 살면서 처갓집 살림에 보태준 돈은 없던 것으로 했다. 이혼 합의가 결정되고 서초구 법원에서 나오는데 하늘이 파랗다. 파란 하늘

밑 저 멀리에서 계단을 뛰어오는 강호가 보인다. 계단 하나하나가 저 사람과 쌓은 추억이라 생각하니 눈물이 난다. 괴롭고 슬픈 추억이라 할지라도 이제는 모두가 아름다운 기쁨의 눈물이다. 여름밤에 피 토하며 울던 소쩍새가 지금 저 멀리 계단에서 올라오고 있다.

-끝-